KB115319

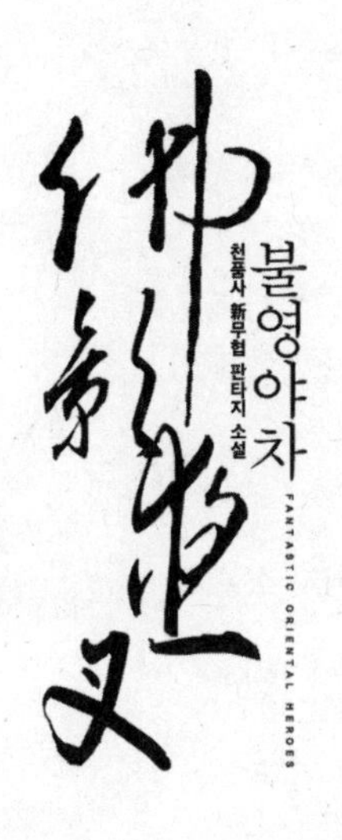
불영야차
천풍사 新무협 판타지 소설
FANTASTIC ORIENTAL HEROES

불영야차 9

천품사 新무협 판타지 소설

초판 1쇄 찍은 날 § 2019년 3월 14일
초판 1쇄 펴낸 날 § 2019년 3월 21일

지은이 § 천품사
펴낸이 § 서경석

총괄팀장 § 최하나
편집책임 § 최광훈

펴낸곳 § 도서출판 청어람
등록번호 § 제387-1999-000006호
등록일자 § 1999. 5. 31
어람번호 § 제2-2777호

주소 § 경기도 부천시 부일로 483번길 40 서경B/D 3F (우) 14640
전화 § 032-656-4452 팩스 § 032-656-4453
http://www.chungeoram.com
E-mail § chungeorambook@daum.net

ISBN 979-11-04-91957-2 04810
ISBN 979-11-04-91812-4 (세트)

불영야차

천품사 新무협 판타지 소설

9

[완결]

FANTASTIC ORIENTAL HEROES

도서출판 청어람

불영야차

제사십삼장(第四十三章)

진군(進軍)

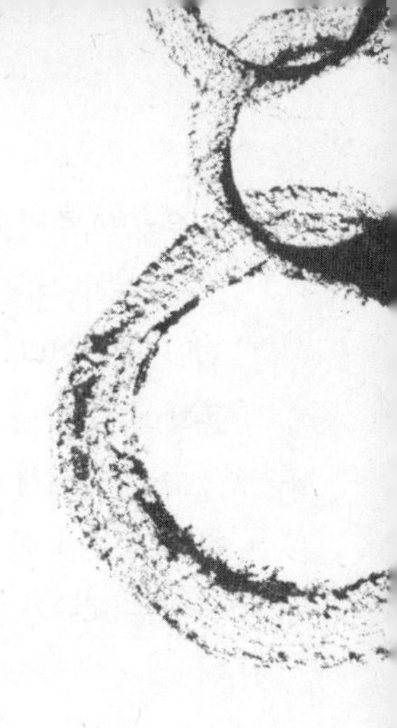

"그래, 그랬단 말이지."

"송구스럽습니다."

"되었다. 어차피 돌이킬 수 없는 일이다."

"하오나 수라검대주 초일상을 꽤나 아끼지 않으셨습니까?"

노인의 말에 그제야 젊은 사내는 뒤를 돌아봤다. 남자에게 백옥 같다는 말이 어울릴지 모르겠지만, 사내의 피부는 백옥처럼 하얗다. 하얀 얼굴에 어울리게 너무 차가워서였을까. 노인은 초일상의 이름을 꺼낸 직후 곧바로 후회하고 말았다.

"우호법."

"예, 교주."

"지나간 일은 꺼내지 말도록. 그의 죽음은 안타깝지만… 우리에겐 해야 할 일이 있지 않은가?"

우호법 주명은 교주의 음성을 듣는 순간, 그가 얼마나 분노하고 있는지 여실히 깨달았다. 교주에게 인간사란 그저 한때의 유희일 뿐이었다. 이 세상 그 어떤 것에도 의미를 부여하지 않는 존재.

그런 그에게 남은 단 하나의 욕심이라면 그것은 사람이었다. 한데 교주가 아끼는 열 손가락 안에 드는 인물이 죽었다. 우호법 주명은 교주가 사람을 편애하는 기준이 무엇인지 정확하게 알았다.

'가능성.'

언제고 앞으로 치고 나갈 수 있는 잠재력, 그거 하나였다.

"…노신이 생각이 짧았습니다."

"자중하라. 그리고 진행하려고 하던 일은… 계획대로."

"누구에게 맡기시겠습니까?"

천마신교의 교주는 한참을 생각하더니 입을 열었다.

"직접 간다. 한번 보고 싶군."

"……!"

노인의 주름진 이마가 펴질 줄을 모를 때, 천마신교의 교주 백유혼은 웃었다. 진심으로 재미있었다.

* * *

시간은 속절없이 흘렀다. 방일소와 부딪친 게 엊그제 같은데 시간은 기다림 없이 벌써 한 달이나 흘렀다. 천마신교와 정도맹회는 교착 상태였다. 하나 법륜은 이 평화가 그리 오래가지 못할 것임을 잘 알았다.

'공기부터 다르다.'

흐르는 기운이 미묘하게 달라졌다. 한데 뭉쳐 고요하게 흐르던 천지의 기운이 금방이라도 흐트러질 것처럼 요동을 쳤다. 법륜은 손아귀에 힘을 주었다. 지난날 입은 부상은 씻은 듯이 나았다. 언제 어느 때든 최고의 한수를 펼칠 준비가 되어 있었다.

"그만 나오시오."

법륜의 나지막한 부름에 취풍개 이달이 담장 아래에서 고개를 불쑥 쳐들었다. 지난 한 달간 이달은 말도 못 하게 바빴다. 전후 처리부터 정보의 조달까지 그의 손과 입김이 닿지 않은 곳이 없었다. 개방에서 맹회로 파견된 장로란 그런 자리였다. 그만큼 책임이 막중했고, 맹회의 누구나 어려워하는 사람이었다.

"언제부터 알았나?"

"이각 전에 담장 밑에 쪼그리고 앉았을 때부터요."

"허허."

그런데도 법륜은 이달을 대함에 있어 한 점의 어려움이나 부담스러움이 보이지 않았다. 있는 그대로 대하는 것. 분명 쉬우면서도 어려운 일이다.

"그나저나 한 달이나 기별도 없으시더니 무슨 일이시오?"

"우리가 꼭 무슨 일이 있어야만 만나는 사이인가?"

이달은 자글자글한 눈가를 일그러뜨렸다.

"분명히 말하지만 아니오."

법륜은 단호하게 선을 그었다. 그 선 안에는 많은 것이 포함되어 있었다. 이달은 법륜이 보기에도 꽤 좋은 사람이다. 적의 시체를 모아 장례를 치르고 위령제까지 지내주는 것만 봐도 알 수 있었다. 충분히 된 사람이다. 하나 그 순간에 법륜은 무슨 생각을 하고 있었던가.

'놓친 자들을 잡지 못해 아쉬워했지.'

그래서였다. 강호에서 수십 년씩이나 몸을 굴리면서도 선한 성품을 유지하고 있는 이달이다. 법륜 또한 그렇지 않느냐 묻는다면 솔직히 할 말은 없지만, 그는 스스로 꽤나 지쳐 있는 상태였다. 무력이나 체력을 말함이 아니다.

얼마 전부터 계속해서 던진 화두가 법륜의 머릿속에서 태풍처럼 자라나고 있는 탓이다. 어째서 무공을 익혔는가. 왜 무공을 사용하는가. 또 무엇을 위해 힘을 부리는가. 법륜은 스스로 만들어놓은 올가미에 목을 들이민 채 자학하고 있었다.

'그래도 이건 아니지.'

법륜이 망설이는 이유. 비단 자신 때문만은 아니었다. 맹회의 시선도 문제였다. 그야말로 굴러들어 온 돌. 단단하던 맹회의 자부심에 박혀든 돌이었다. 파란이나 다름없었다. 그 불편한 시야 속에 이달을 두는 것 또한 법륜이 바라는 바가 아니었다.

"이놈, 또 쓸데없는 생각을 하는군."

너무 속이 보여서일까. 이달은 법륜의 속내를 단번에 꿰뚫어 봤다. 답답함이 송곳처럼 찔러왔다. 그러면 할 수 없었다. 그 송곳을 되돌려 주는 수밖에.

"후회하나?"

이달의 입에서 후회하느냐는 이야기가 나오자마자 법륜의 몸이 거짓말처럼 굳었다. 이달은 그럴 줄 알았다는 듯 끌끌 웃어

댔다. 법륜이 한 고민은 이달을 포함해 모든 무인이 가지고 있는 숙명 같은 것이었다.

'어째서 저 정도의 경지에 오른 놈이 이런 고민을 하는지는 모르겠지만…….'

이런 것은 오래 담아두면 병이 된다. 그리고 무인에게 그 병은 상당히 치명적이다.

"지금 후회하느냐고 했소?"

"그래. 네놈 얼굴에 다 쓰여 있다."

"그랬군."

법륜은 스스로도 잘 모르는 자신의 표정에 대해 곰곰이 생각해 봤다. 그토록 생각이 잘 드러나는 얼굴이었던가? 답은 '아니다'였다. 이달이 법륜의 속내를 짐작할 수 있던 것은 그의 통찰력 덕분이다.

"나는 네가 무슨 생각을 하고 있는지 잘 모른다. 그토록 대단한 무를 가졌으면서도 어째서 후회하지?"

법륜은 이달의 물음에 순순히 답했다.

"후회한다……. 나는 아직 이게 후회인지 아닌지도 잘 모르겠소."

"어째서냐?"

이달은 평소답지 않은 진중한 눈으로 법륜의 두 눈을 응시했다. 빨려들어 갈 것만 같은 눈이다.

"어느 순간부터 나는 타인의 싸움에 이리저리 몰려다니는 사람이 되어 있었소. 그래서 생각했지. 내 싸움을 해야겠다고. 그런데 내 싸움을 시작하니… 많은 것이 달라졌소."

법륜은 이달의 시선을 피한 채 하늘을 올려다봤다. 전운이 감도는 하늘. 법륜은 그 속에서 일그러진 자신의 얼굴을 보았다.

"죄책감? 아니면 책임감? 그런 것들이 아니었소. 아니, 말하자면 그런 것이겠지. 의문이 들었소이다."

"의문이라……. 나는 법륜이라는 인간에 대해선 잘 모르지만, 신승에 대해선 잘 안다. 마(魔)를 원수처럼 미워하고 바른길을 걷고자 하는 무림의 신성이지. 그런 이에게 무슨 의문이 깃들었나?"

법륜은 이달이 늘어놓는 칭찬에 저도 모르게 쓴웃음을 지었다. 자신 스스로보다 더 높게 평가한다. 법륜은 이제 안다. 자신이 그렇게 대단한 사람이 아님을. 무공의 문제가 아니라 인간으로서의 문제였다.

"무공의 문제라면 그리 고민할 것도 없겠지. 싸우고 익히고 때때로 연마하면 될 일이니 말이오."

이달은 자조적인 웃음을 보이는 법륜을 보며 그가 무슨 생각을 하고 있는지 깨달았다. 무림의 신성이라지만 그는 아직 어리다. 스스로 만든 전장에서 아무런 내색도 하지 못한 채 지쳐가고 있음이리라.

'얼마 전에 혼인하였다고 했지.'

구양세가와 백년가약을 맺은 것이 일 년 조금 더 지난 시점이다. 이달은 무신의 삶에서 인간의 삶으로 내려온 자가 충분히 겪을 수 있는 문제라고 판단했다.

"그렇게까지 말한다면 내 할 말은 없네만, 그래도 이 말만은 꼭 해야겠다."

"하시오."

이달의 눈이 매서웠다.

"강해지려 하지 마라. 지금 우리는 누가 더 강한지 겨루는 것이 아니야. 우리는 지키려는 거다. 우리의 삶을, 그리고 터전을. 돌아갈 집이 있지? 그리고 기다리는 사람도 있고. 그렇다면 약해지지 마라."

이달은 그대로 돌아섰다. 잡설이 길었다. 이달은 진심으로 그렇게 생각했다. 그나 법륜이나 어차피 전장으로 내몰릴 운명이다. 그런 사람에게 집을 언급하고 가족을 말한다. 잔인한 일이었다.

법륜은 멀어져 가는 이달을 보며 중얼거렸다.

"지키기 위해 싸운다……."

그런 생각을 하지 못한 것은 아니다. 애초에 태영사의 존재 자체가 그것이지 않은가. 스스로 성벽이 되겠다고 말했으면서 너무 약한 생각을 하고 있었다.

"그렇군. 주저앉지 않으려면 열심히 나아가야겠어."

그가 할 일은 태영사를 둘러친 벽보다 조금 더 높고 조금 더 커지는 것뿐이다. 그것만으로 마음속에 자리한 부담감이 눈 녹듯 사라졌다. 그렇게 며칠이 지났다.

"급보입니다!"

맹회에 믿지 못할 소식이 전해졌다.

*　　　*　　　*

“어떻게 보나?”

정도맹회의 맹주 검선 현도 진인은 전령이 들고 온 소식에 흥분을 감추지 못했다. 이건 기회였다. 전쟁이 시작되고 나서 얼굴 한번 보지 못한 인물, 미지에 싸인 인물인 교주가 직접 모습을 드러냈다. 신승과 마장이 맞붙고 나서 처음 생긴 변화였다.

“아무래도 함정일 가능성이 높습니다.”

현도 진인의 옆에 앉은 구양비는 전령이 들고 온 소식에 회의적이었다. 전쟁을 치르고 있는 한 집단의 수장이 그렇게 쉽게 몸을 움직일 리 없다는 판단이다.

“허나 그것이 저쪽에서 의도한 것이라면?”

“교주라는 자가 설마요.”

검선은 구양비의 우려에 고개를 내저었다.

“충분히 가능한 일이다. 우리는 교주라는 자에 대해서 아무것도 몰라. 한 번도 모습을 드러낸 적이 없고 또 무슨 생각을 하고 있는지도 모른다.”

“하지만 조심해서 나쁠 것은 없지 않겠습니까?”

구양비가 내민 것은 정론(正論)이다. 하나 검선은 구양비가 내놓은 정론이 마음에 들지 않았다.

“이건 기회일세. 둘도 없을 기회.”

구양비는 현도 진인의 불에 탈 것만 같은 이글거리는 음성에 신음을 흘렸다.

‘너무 의도적이야. 이렇게 쉽게 모습을 드러낸다고?’

그래, 모습을 드러낼 수는 있다. 하나 호법 하나만 데리고 움직이는 것이 이상했다. 애초에 그자가 교주일 거라는 추측도, 그를 옆에서 극진하게 모시는 우호법 주명 때문이 아니었던가.

"한 가지 이야기를 해주자면… 마교의 교주라는 작자들은 무척이나 건방진 자들일세. 애초에 최고가 되지 못하면 죽는 자리이니 당연하겠지. 내가 이토록 확신하는 이유는 그 때문일세."

엄청난 자신감, 그리고 그 자신감을 가져도 될 만큼 확실한 실력. 그래서 마교주의 성정은 언제나 오만했고, 그 과오를 답습했다. 구양비가 가타부타 대답을 하지 못하자 검선은 본인의 결정에 쐐기를 박았다.

"용호단을 준비시키게. 천붕단과 정명단도. 그리고… 그 친구도 이제 그만 밥을 축내도 되겠군."

검선의 눈이 닿은 곳. 그곳은 법륜이 얼마 전부터 머물고 있는 전각이었다.

"소림 승들과 함께 떠나라고 하게. 무당도 움직이지."

*　　　*　　　*

"이곳인가?"

"그렇습니다, 교주."

백유혼은 뒷짐을 진 채 구름 속에 가려진 산을 바라봤다. 한눈에 보기에도 험한 산세를 자랑하는 산. 하나 백유혼은 즐겁다는 듯 미소를 지었다. 산이 있기에 오른다고 했던가. 그 기분을 여과 없이 느낄 수 있었다.

"헌데 의외로군. 이런 곳에 있다니 말이야."

"저도 그렇습니다. 온갖 풍파를 다 일으킬 것처럼 행동하다

사라졌으니……."

우호법 주명은 백유혼의 곁에서 시중을 들고 있었다. 오로지 둘만이 움직인 외유. 한 집단의 우두머리와 이인자가 함께 움직인 것치고는 간소했다.

"좋아, 그럼 한번 불러볼까."

백유혼은 빙긋 웃으며 구름 속에 가려진 산 정상을 올려다봤다. 주명은 고개를 숙이며 물러났다. 아무리 신교의 이인자라고는 하지만 교주의 마기를 감당할 자신이 없었기 때문이다.

"후우."

백유혼이 심호흡을 하자 기다렸다는 듯 검은 마기가 몸에서 피어올랐다. 마기치고는 음습함도, 불길한 느낌도 들지 않았다.

'역시.'

우호법 주명은 멀찍이 떨어진 채 백유혼이 끌어내는 기운을 바라보고 있었다. 볼 때마다 느끼는 것이지만, 백유혼의 무공은 불가사의였다. 천마신교의 전신은 배화교, 즉 불을 숭배하고 몸에 담고자 한 종교였다. 지금에야 그 본질이 많이 흐려지긴 했지만, 근간만큼은 확실하게 지키고 있다고 자부할 수 있었다.

'그런데… 달라. 전혀 다르다.'

백유혼의 무공은 배화교에서 파생된 무공이라기엔 간극이 너무 컸다. 배화교의 무공이 아닌 천마신교의 무공. 환란을 겪으며 유입과 유출이 반복되며 새롭게 쌓여간 역사. 그 역사가 만들어낸 무공이었다. 우호법이나 되는 이가 절대로 감당할 수 없다고 느끼는 것은 그 때문이었다.

'만마의 정점에 이른 무공.'

백유혼의 몸에서 악귀의 형상이 뻗어 나왔다. 아니, 악귀인지 괴물인지 구분이 가질 않았다. 그저 무언가가 뻗어 나와 그의 몸을 감쌌다는 사실만이 진짜였다.

"좋아, 준비는 됐고 우호법은 귀를 막는 게 좋겠군."

주명은 순순히 귀를 막았다. 일 차로 손으로 막았고, 이 차로 내력을 고막에 덧씌웠으며, 마지막으로 강기를 일으켜 단단한 벽을 세웠다. 주명이 귀를 막자마자 백유혼이 입을 벙끗거렸다. 그의 입에선 아무런 소리도 나지 않았다.

하지만,

아아아아아아아아아아아!

백유혼의 몸을 둘러싼 무언가는 달랐다. 백유혼과 혼이 연결되어 있는 듯 똑같이 입을 벙끗거리는데 터져 나오는 소리가 어마어마했다.

"좋아, 됐군."

산 위 하늘에 커다란 구멍을 뚫어버린 백유혼은 만족스러운 웃음을 지었다. 그간 쌓여온 심화가 단번에 씻겨 내려가는 것 같았다. 하나 그의 가벼운 말과는 달리 결과는 엄청났다. 고함에 하늘이 뚫린 듯 산을 가리고 있던 구름이 흩어져 사라져 있었다.

"역시 천마후(天魔吼)는 상상을 초월하는군요."

주명이 다가와 질렸다는 듯한 얼굴로 말하자 백유혼은 가볍게 웃었다. 하나 그의 가벼운 웃음과는 다르게 입에서 나온 말에는 곤혹스러움이 담겨 있었다.

"생각한 것보다 더 대단한데?"

"예?"

주명이 얼빠진 얼굴로 되묻자 백유혼이 손을 들어 산의 한 귀퉁이를 가리켰다. 구름이 전부 흩어진 줄로만 알았는데 아주 작은 점처럼 보이는 곳은 아직까지 구름이 머물고 있었다. 이변이라면 이변이었다. 주명은 그 구름을 가만히 바라봤다.

"진법이군요."

"그래."

어떤 진법인지는 몰라도 상당한 수준이다. 비록 백 장이 넘게 떨어져 있다고는 하지만 백유혼이 자랑하는 절기 중의 절기인 천마후에 버텼다는 것은 엄청난 일이었다.

"역시 교주께서는 선견지명이 있으십니다. 직접 와보기를 잘했군요. 초일상 그 친구가 왔다면 힘들었을지도 모르겠습니다."

죽은 초일상의 이야기가 나오자 백유혼의 안색이 단번에 굳었다.

"우호법, 그의 이름은 더 이상 꺼내지 마. 마지막이야."

"송구스럽습니다."

"빈말은……."

송구스럽다는 주명의 얼굴은 결코 죄송한 표정이 아니었다. 백유혼 또한 그 사실을 알았지만 지적하지는 않았다. 주명이 그의 이름을 꺼낸 이유를 잘 알기 때문이다. 초일상의 죽음 이후 백유혼의 내부에 자리한 심화를 조금이라도 건드려 없애기 위함이다.

그 사실을 알기에 백유혼은 주명의 행동을 가볍게 넘겼다. 천마신교에서 오로지 주명만이 할 수 있는 직언이다. 백유혼이 갓

난아기 시절부터 바쳐온 충성의 대가였다.

"그보다 슬슬 올라가지. 지금쯤 어떤 얼굴일지 궁금하군."

백유흔은 느릿한 걸음으로 산을 오르기 시작했다. 산에 머물고 있는 진법의 주인. 그는 과연 어떤 얼굴을 하고 있을까. 그들이 서 있는 곳은 감숙성의 평량산이었다.

*　　　　*　　　　*

한편, 법륜은 길을 내달리는 내내 복잡한 상념에 잠겨 있었다. 이달이 던진 파문이 생각보다 깊은 여운을 안겨준 탓이다.

"고민스러운 얼굴이군."

그런 법륜의 속앓이를 알아서일까. 조비영이 옆에서 그 고민을 헤집었다.

"고민이라면 고민이지."

법륜은 조비영을 상대로 굳이 속내를 감추려 하지 않았다. 이미 알아챈 상대에게 감추는 것만큼 쓸데없이 심력을 소모하는 일이 없음을 알기 때문이다. 조비영은 그런 법륜을 향해 어쭙잖은 충고 대신 경고를 건넸다.

"너무 깊이 생각하지 마라. 이제 곧 도착이다."

곧 마교의 우두머리와 조우한다. 그러니 쓸데없는 잡념은 미뤄두라는 일침이다.

"고맙군."

법륜은 조비영이 들리지 않게끔 입술을 달싹이곤 앞으로 치고 나갔다. 기마를 타고 내달리는 정명단보다도 빠른 속도였다.

'맞아, 지금은 고민 따위를 할 여유가 없다.'

지켜야 한다. 그와 함께 싸우는 모두를, 그리고 그를 기다리는 모두를 위해서. 많은 얼굴이 스쳐 지나갔다. 그리고 마지막에 남은 한 사람. 구양연이 맑은 미소로 법륜을 마주 보고 있었다.

'너무 오래 걸렸군.'

구양연의 얼굴이 떠오르자마자 드는 생각이다. 돌아갈 곳이 있다는 것이 이런 느낌이었는지. 소림을 생각할 때와는 전혀 달랐다.

"평량산이 보입니다!"

정명단의 무사 하나가 크게 외치자 질주하는 모두가 고개를 들어 위를 올려다봤다. 아무 생각 없이 올려다본 하늘은 일행에게 큰 충격을 선사했다. 무언가가 산을 꿰뚫고 지나간 모습. 법륜은 흩어졌다가 다시 모여들고 있는 구름의 움직임에 경악했다.

'일격이다.'

고작 일격. 무슨 수를 냈는지 모르겠지만 반경 삼십 장에 해당하는 공간이 단번에 밀려 나갔다. 만전의 상태인 법륜으로서도 불가능한 경지였다.

"잘못하면 다 죽겠군."

조비영 또한 무시무시한 위력을 체감했는지 침울한 어조로 중얼거렸다.

"소수 정예가 낫겠어."

법륜을 향한 말이었다. 법류 또한 그 말에 동의했다. 법륜은 달리는 와중에 주변을 돌아봤다. 지금 이 자리에 아직 합류하지 못한 용호단을 제외하고도 정명단과 소림, 무당이 함께하고 있었다. 법륜은 앞으로 치고 나가 손짓을 통해 일행을 멈춰 세웠다. 멈춰 선 이들이 법륜을 주목했다.

"보셔서 알겠지만 잘못했다간 떼죽음이오. 자격이 있는 자만 갑시다."

"자격? 네가 무엇이라고 맹회의 자격을 논하는가!"

정명단의 부단주 상관혁이 크게 소리치자 상관책이 앞으로 나서며 상관혁을 만류했다. 평소 오만하기 그지없는 그의 성정으로도 산에 남아 있는 저 흔적은 허투루 볼 수 없는 종류의 힘인 것이다.

"형님!"

"그만. 안타깝게도 저자의 말이 맞다. 개죽음이야."

상관책이 상관혁을 제치고 앞으로 나섰다.

"그래서 인원은?"

"나, 그리고 여기 이 친구, 그리고 당신. 소림에선 법오 사형이, 그리고 무당에선 무당칠자 정도만 가능하리라 보오."

"총 열한 명인가? 기준은?"

심각한 상황에서도 상관책이 흥미롭다는 얼굴로 되물었다.

"일격을 막아낼 수 있는 자."

"그렇군."

상관책은 수긍한다는 뜻으로 고개를 끄덕였다. 법륜이 마음에 들지 않기는 하지만 그의 말에는 틀린 곳이 없었다. 법륜과 조비영, 그리고 자신은 충분했다. 이례적으로 수호승을 파견한 소림 또한 자격이 있었다.

'무당칠자는 말할 것도 없겠지.'

무당칠자는 청자배 고수 일곱 명을 뜻했다. 오랜 기간 수행할수록 깊어지는 도가의 무공 특성상 일격 정도는 충분히 막아낼 것이다. 상관책은 동생인 상관혁을 조용히 불렀다.

"혁아, 대오를 갖추고 퇴각할 준비를 하고 있어라."

"그 정도로 심각합니까?"

"내가 죽으면 다음 대의 가주는 너다."

상관책은 그 한마디로 모든 대답을 대신했다. 다음 대의 가주. 그 말은 곧 상관책 본인이 죽을 수도 있다는 뜻이다. 상관혁은 형인 상관책의 말을 곱씹었다. 다음 대 가주의 자리에 대한 열망보다는 걱정스러운 마음이 먼저 솟아올랐다.

'형님이 저 정도로 긴장한 적이 있던가.'

단언컨대 단 한 번도 없었다. 그렇다면 그 기대에 부응해 주는 것이 도리였다. 상관혁이 전열을 재정비하기 시작하자 법륜이 한 걸음 다가왔다.

"용호단도 곧 도착한다고 들었소."

"전서응에 따르면 반 시진 거리라고 했으니 곧 오겠지."

상관혁이 냉랭하게 대꾸했다.

"그들이 도착하면 천중도만 올려 보내시오."

"천중도만?"

상관혁이 의문스러운 표정으로 묻자 법륜은 말없이 고개만 끄덕였다. 용호단의 단주 천중도 팽도경. 팽가의 패왕전을 차지한 젊은 고수는 분명히 도움이 될 터였다. 상관혁은 잠시 망설이는 듯하더니 고개를 끄덕였다.

“좋소, 그만 올려 보내지.”

“고맙군.”

법륜은 가볍게 포권을 취해 보이곤 돌아섰다. 잘하면 오늘 모든 것을 끝낼 수 있을지도 모른다는 생각이 들자 깊게 가라앉은 전의가 불타올랐다.

“준비는 다 됐나?”

일행이 고개를 끄덕였다.

“그럼 올라간다.”

법륜이 앞장섰다. 천마신교의 우두머리가 왜 이 외딴 평량산까지 왔는지는 모르겠지만, 분명한 것은 이런 기회는 두 번 다시 오지 않는다는 것이다. 그리고 산을 올라 커다란 기운을 맞닥뜨렸을 때 그들은 알 수 있었다.

“진짜로 오늘 뼈를 묻겠군.”

천마신교의 교주를 너무 우습게 봤다는 사실을. 그리고 백유혼이 이 자리에 올 수 있었던 것이 단순한 오만이 아니었음을. 그에겐 맹회의 사활을 건 이 결전 자체가 한낱 유희였음을.

“그래도 할 수 없네. 이미 너무 늦었어.”

무당칠자 중 하나인 청공 진인이 고개를 젓자 법륜이 앞으로 나섰다. 맞는 말이었다. 이미 도망을 치기엔 너무 늦었다. 그렇다면 자신감이라도 가져야 하지 않겠는가.

“나는 신승 법륜이다, 천마신교의 주구여. 오늘 네 목을 취하겠다.”

백유혼이 하얀 이를 드러내며 웃었다.

"뭐라는 거야, 이 친구?"

백유혼의 몸을 감싼 거인이 팔을 내려쳤다. 천지가 진동했다.

거인의 팔은 말 그대로 거인의 팔. 문자 그대로 거대하기 그지없었다. 또한 그 속도가 느리냐고 묻는다면, 글쎄. 법륜은 대지를 가르는 거대한 팔을 정면에서 마주했다. 정확히는 내려치는 팔 한가운데에 홀로 섰다.

"크윽."

무지막지한 압력이 십자로 교차한 팔을 내리눌렀다. 실체가 있는 것도 아닌데 실제와 같은 압력을 행사했다. 무에서 유를 만들어내는 것. 그것은 법륜 또한 할 수 있는 일이었다. 당장 염라주만 해도 강환으로 실체를 만들어 물리력으로 치환하니까.

'하지만 이건 해도 너무하는군.'

천마신교의 교주로 추정되는 이는 달라도 너무 달랐다. 단순하게 강환을 만들어 터뜨리는 법륜과 달리 백유혼의 몸에 머무는 거신(巨神)은 한계 따위는 존재하지 않는다는 듯 움직였다.

"막았어?"

백유혼은 난생처음 보는 자가 거신의 내려치기를 막아내자 조금은 놀랐다는 듯 눈을 치켜떴다. 그의 등 뒤에서 시립하고 있던 주명이 가볍게 입을 열었다.

"아까 저자가 스스로 신승이라 하지 않았습니까? 저자입니다. 초일상 그 친구의 목숨을 빼앗은 친구 말입니다."

"허."

백유혼은 우호법으로부터 법륜의 신상 내력을 듣자마자 법륜 본인에게 직접 들은 때와는 다른 감상을 느꼈다. 초인상은 마장에 비해 무력이 약하긴 했지만 다른 의미로 강한 사람이었다. 또 앞으로 뻗어 나갈 수 있는 존재였다. 그래서 백유혼은 방일소보다 초일상을 더 신뢰했다. 그런데 그를 죽인 자가 지금 눈앞에 있다.

"우호법의 말이 사실인가? 네가 초일상을 죽였어?"

"수라검대주를 말하는 것이라면… 맞소. 내가 죽였소."

정확히 말하자면 목숨을 끊은 것은 뒤에 서 있는 조비영이지만 법륜은 굳이 이 자리에서 변명할 생각이 없었다. 그 자리에 그가 있었다면 자신이 죽였을 것이므로. 그때 주명이 조비영을 가리키며 이상하다는 듯 중얼거렸다.

"헌데 이상하군요. 저기 저자가 들고 있는 검, 교주께서 하사하신 수라검입니다."

때로는 말리는 시누이가 더 얄밉다고 했던가. 주명의 발언이 딱 그랬다. 백유혼의 시선이 조비영의 허리춤에 매달린 검으로 향했다.

"맞군. 수라검이야."

백유혼의 눈이 매섭게 변했다. 지금까지는 그저 유희를 즐기는 눈빛이었다면 지금은 반드시 죽여야 할 대상을 보는 눈이었다. 법륜은 순식간에 섬뜩한 눈빛으로 변하는 백유혼을 보며 침을 삼켰다.

"수라검대주는 내가 아끼는 사람이었지."

백유혼의 몸에 머문 거신의 몸체가 크게 부풀었다.

"그래서 직접 만든 검도 하사했다."

거신의 두 팔이 하늘 위로 치솟았다.

"그런데 잘도 그 검을 차고 다니는구나."

지름이 삼 장이 넘는 두 팔이 땅으로 떨어졌다.

콰카카카카!

땅거죽이 뒤집어지는 정도가 아니었다. 파산(破山). 거신은 말 그대로 산을 부수고 있었다. 법륜은 조비영의 앞에서 불광벽파를 한계까지 끌어 올렸다. 다른 이들의 반응도 법륜과 다르지 않았다.

"방어는 이쪽과 소림이!"

무당칠자 중 맏이인 청도 진인이 칠성검진을 펼쳐 날아드는 파편을 모조리 막아냈다. 그 한가운데에 선 법오는 몸속에 잠든 역근세수경의 힘을 끌어냈다. 조비영은 수라검을 뽑아 포신탄을 장전했고, 상관책은 가문 비전의 창술인 섬광십자창(閃光十字槍)을 전력으로 끌어냈다.

"또 온다!"

무당칠자가 파편을 튕겨내고 검을 휘젓자 먼지가 검극을 따라 빨려들어 갔다. 순식간에 확보된 시야. 그 위로 다시 한번 거신의 팔이 떨어져 내리고 있었다. 법오는 무당칠자가 만든 틈을 비집고 무상대능력을 쏟아냈다.

콰카카!

거신의 두 팔이 잠시간 멈춰 섰다. 하지만 법오는 그것이 끝이 아님을 잘 알았다.

'밀린다!'

거신이 팔에 힘을 주기 시작하자 무상대능력으로 둘러친 방벽이 급속도로 무너져 내렸다. 법오는 다급하게 법륜을 돌아봤다.

온몸에서 불광을 쏟아내고 있는 법륜은 지금 현재 눈동자가 풀려 있었다.

"법륜, 이 다급한 순간에 대체 뭐 하는 게야!"

법오의 커다란 외침에도 법륜의 몸은 요지부동이었다. 그의 눈은 오직 백유혼의 몸에 고정되어 있는 거신을 향해 있었다.

'저건… 이길 수 없다. 절대로.'

진기의 결정체. 법륜은 지금까지 그 결정체가 강환이라고 생각했다. 그 어떤 누구도 강환을 앞에 두고 쉽게 막아내지 못했으니까. 그래서 자신과 대적할 수 있는 자를 '강환'이라는 기술을 이루었거나 혹은 막아낼 수 있는 자로 한정했다.

그런데 저자는 차원이 달랐다. 기의 결정으로 인간의 형체를 빚어낼 수 있다는 것은 상상도 해보지 못했다. 게다가 상식을 초월한 움직임과 물리력까지. 아마 저 팔 하나만 날려 폭발시켜도 어지간한 산 하나는 그대로 허물어뜨리리라.

'어찌해야 하나.'

천마신교의 교주가 홀로 동떨어져 있다면 충분히 잡을 수 있을 것이라 생각했는데, 아주 대단한 착각이었다. 물러서려면 지금 물러서야 했다.

'그러면 아주 최소한의 피해로 물러날 수 있다.'

일단 자신 하나, 그리고 방진을 맡고 있는 무당칠자 전원. 여덟의 목숨이면 셋이 살아서 나갈 수 있었다. 법륜이 막 그런 생각을 하고 있을 때 귓가에 고함이 들렸다.

"법륜!"

법륜이 기이한 감각 속에 떠다니고 있을 때, 그를 지상으로 끌어내린 것은 뒤에 서 있던 조비영이었다. 조비영의 얼굴은 처참하게 일그러져 있었다. 그는 벌써 한계에 가까운 일곱 번의 포신탄을 뿜어냈다. 몸속에 남아 있는 진기는 그저 몸을 움직일 수 있는 최소한의 진기뿐이었다.

"미안하군."

스스로가 목숨을 내놓고 잡생각에 빠져 있었다는 것을 부정할 수 없었다.

'약한 생각을 했군.'

마음이 심란했다. 자신답지 않았다. 언젠가 소림을 떠날 때 한 다짐이 빛바랜 색처럼 멀게만 느껴졌다. 주변인들이 하나둘 스러져 갈 때마다 느낀 허무한 감정에 휩싸여 제 갈 길을 잊고 있었다.

"그래도… 승산은 없어 보이지만……."

할 일은 해야지. 법륜은 그렇게 중얼거리며 힘겹게 공세를 막아내고 있는 무당칠자를 향해 나아갔다. 그저 발을 옮기는 것뿐인데도 무시무시한 압력이 느껴졌다. 법륜은 그 압력을 밀어내며 칼을 들었다. 마음속에 자리 잡은 날카롭고도 번뜩이는 칼날이었다.

"그만 사라져 줘야겠어."

법륜의 수도가 뻗어나가자 대기가 갈라졌다. 갈라진 공기의 틈을 비집고 빛살 같은 진기가 거신의 팔 하나를 갈라냈다. 금강령주에서 뿜어져 나오는 진기를 모조리 긁어모아 펼친 전력을 다한 일격.

프스스스!

거신의 팔이 몸체에서 떨어지자 새카만 연기를 뿜어내며 자취를 감췄다.
"호오?"
거신의 팔이 잘려 나가자 백유혼은 흥미롭다는 듯 눈을 크게 떴다. 지금껏 거신의 팔을 가를 수 있던 자는 열 손가락에 꼽는 것이 현실. 게다가 젊은 나이의 인물 중에서는 아예 없었다.
'그런데도 잘랐단 말이지.'
백유혼은 다시 한번 거신을 향해 진기를 공급했다. 식물이 성장하듯 잘려 나간 거신의 팔에서 새로운 팔이 돋아났다. 그런데 이번에는 다른 점이 있었다. 새롭게 돋아난 팔에 들려 있는 것, 묵빛으로 빛나는 거대한 검이다.
"막아보라. 직접 펼치는 것에 비하자면 조족지혈이지만 좋은 경험이 되겠지."
거신의 검이 법륜의 머리 위로 떨어졌다. 그저 검 하나가 들려 있을 뿐이지만 마구잡이로 팔을 내려치던 것과 비교하면 천양지차였다. 마치 섬세한 조율사가 악기를 다루듯 검이 정교한 각도로 떨어졌다.
"미쳤군."
미쳤다. 자신을 포함해 그 어떤 누가 와도 상대할 수 있을 것 같지 않은 무력이다. 하나 포기하면 남는 것은 죽음뿐. 법륜은 이 자리에서 죽어줄 생각이 없었다. 법륜이 허공에 손을 휘젓자 염라주가 떠올랐다.
"가라!"
거검의 끝에 진기의 실로 묶인 염라주가 들러붙었다. 그야말로 새 발의 피와 같은 크기. 하나 그 적은 피가 불러일으킨 파급력은 결코 가볍지 않았다.

콰아아앙!

쩌어엉!

진기로 이루어진 검 끝이 깨져 나갔다. 아직 그 전체 크기의 삼분의 일도 줄이지 못했지만 그것만으로도 일행은 충분히 힘이 났다. 도저히 상대할 수 없을 것 같은 존재를 상대하다 한번 비벼볼 만한 상대로 격하된 느낌이랄까. 그중에서 무공에 가장 목이 말라 있던 상관책이 가장 먼저 창을 뻗어냈다.

상관세가의 독문무공인 섬광십자창이 빛을 뿜었다. 말 그대로 섬광(閃光). 반짝인다 싶은 순간 검의 일부분이 깨져 나갔다.

"제법!"

그 한수에 조비영이 힘을 더했다. 법륜의 선전으로 진기를 최대한 회복한 조비영이 금검포신탄을 쏘아낸 것이다. 상관책과 조비영의 합심에 무당칠자와 법오의 손도 점차 가벼워지기 시작했다. 그 가벼워진 손이 공세에 보태지자 거신이 들고 있던 검은 어느새 반토막이 되어 있었다.

"말 그대로 제법이구먼그래."

백유혼은 손짓으로 우호법 주명을 불렀다. 정도맹에서 달려온 자들을 상대하면서 즐거움을 만끽하는 것은 이것으로 충분했다. 그가 애초에 이곳에 온 목적은 그동안 눈독 들인 자를 포섭하기 위해서니까.

"먼저 산을 오르라. 여기는… 슬슬 정리하고 올라가지."

"알겠습니다."

주명은 한 치의 의문도 품지 않고 천천히 물러났다. 교주가 그렇다고 하면 그런 것이다. 저렇게 아쉬움을 뒤로할 경우는 더더욱 그랬다. 아마 일각도 되지 않아 상황이 정리되리라 믿으며 주명은 격전지를 빙 둘러서 산으로 올랐다. 목적지는 아직 구름이 흩어지지 않은 곳. 산에 똬리를 튼 이무기의 둥지였다.

*　　　　*　　　　*

"저 미친 새끼들이……."

산 위에서 아래를 굽어보던 남자는 인상을 잔뜩 찌푸렸다. 예의가 없어도 이렇게 없을 수가 있나. 남의 집 앞에서 저런 소란이라니. 물론 조용히 찾아왔다면 남몰래 도망쳤을 것이 분명하지만 남자는 참을 수 없는 분노를 느꼈다.

"내가 여기에 자리를 잡으려고 얼마나 공을 들였는데……."

평량산 자락에 틀어박혀 한 일이라곤 무공 수련뿐이었다. 그 누구보다 스스로 지닌 약점을 잘 알았기 때문이다. 정통을 벗어난 사마외도의 길. 그 길을 걸으며 누린 장점보다도 더 크게 다가온 단점을 상쇄하기 위해 틀어박힌 곳이다.

한데 일 년이 지나고 또 몇 달이 지나자 상황이 변하기 시작했다. 어느 틈에 들여다봤는지 그가 생필품을 사러 인근의 작은 마을에 들를 때마다 알 수 없는 시선이 따라붙기 시작했다.

"그리고 오늘이 절정이구만."

오늘은 그야말로 끝장을 보기로 했는지 거침이 없었다. 처음 존재를 알 수 없는 거신이 나타나 고함을 지른 것부터가 시작이었다. 그리고 익숙한 얼굴. 처음 보는 자들도 있었지만 단 한 사람, 익숙한 그 얼굴만은 잊을 수가 없었다.

"법륜……."

손에 쥔 검이 부르르 떨려왔다. 산에 틀어박힌 존재. 그가 쥔 검의 검신에는 열화검(熱火劍)이라고 적혀 있었다.

열화검의 주인 구양선은 산 중턱에서 긴장한 표정으로 거신의 동체를 주시했다. 아무리 방법을 찾아봐도 이번만큼은 답이 보이질 않았다. 끝없이 치솟는 마기, 그리고 실제가 아님에도 뿜어지는 박력은 멀찍이 떨어진 구양선의 솜털을 곤두서게 만들 정도로 위력적이었다.

'도대체 뭐가 비슷하다는 거야?'

언젠가 천마신교의 교도 중 하나가 교로 귀의할 것을 권하며 그에게 건넨 말. 불을 다루는 방법이 비슷하다는 말이 전혀 와 닿지 않았다. 저기 있는 것은 '불' 같은 것이 아니었으니까. 마공을 익힌 구양선은 그 사실을 하늘에서 내려준 계시처럼 알 수 있었다.

"마기의 결정체? 아니지. 저건… 그냥 기(氣) 그 자체다."

누군가 이 세상에서 무신이 누구냐고 묻는다면 대번에 저 사람이라고 답할 것이다. 그 정도로 백유혼의 무공은 완성되어 있었고, 그 수준을 논할 수 없을 정도로 까마득한 경지에 올라 있었다.

"제길, 산 넘어 산이로군."

구양선은 제 손에 쥐어진 검을 바라보며 몸을 가볍게 떨었다. 그저 신승을 이길 정도만 되어도 중원 최고를 노려볼 수 있을 것이라 생각했는데 생각지도 못한 장벽을 만난 느낌이다.

"어라?"

그러던 그때 구양선의 두 눈에 휘적휘적 산을 오르는 인형이 보였다. 옷을 보니 분명 백유혼의 뒤에 시립하고 있던 노인이다.

'천마신교주의 수발을 드는 자라면…….'

무엇 하나 허투루 생각할 수 없었다. 교주씩이나 되는 이가, 무신의 경지에 오른 이가 별 볼 일 없는 이를 곁에 두지는 않았을 것이다. 그리고 구양선의 판단은 정확했다.

콰아앙!

산을 오르던 노인 주명이 폭발적인 움직임으로 삼십여 장을 뛰어넘은 것이다. 구양선이 우호법 주명을 발견하고 재빨리 진법 안으로 몸을 날리지 않았다면 단번에 어디가 부러져도 부러졌으리라.

"재빠른 것이 쥐새끼 같은 놈이로고."

주명이 가벼운 미소를 머금자 진법 안에 있던 구양선은 인상을 찌푸렸다.

"뭐가 어쩌고 어째?"

부아가 치밀었지만 구양선은 함부로 움직이지 않았다. 정확히는 그러지 못했다. 구양선이 몸을 감추자마자 주명이 노인의 손답지 않은 하얗고 고운 손을 들어 올린 까닭이다. 구양선은 노인답지 않은 그의 손이 무척 불길하다고 생각했다.

"진법이라 함은 천지만물의 기운을 비틀어 천변만화의 묘를 끌어내는 기술이라고 하지. 때문에 지맥이 강할수록, 또 대자연의 기운을 힘껏 비틀수록 깨뜨리기 힘든 것이 진법."

주명의 고운 손이 하얗게 물들었다.

"허나 그런 것은 모두 개소리다. 왜인지 아는가?"

주명은 마치 진법 안에 숨어든 구양선이 보이기라도 하는 듯 물어왔다. 구양선은 마른침을 삼키며 검을 쥔 손에 힘을 배가시켰다.

"어차피 진법은 땅이 있고 지형지물이 있어야 성립할 수 있는 것이야. 땅이 없고 기운을 담을 사물이 없으면……."

새하얗게 물든 손이 바닥에 푹 박혔다.

"이렇게 말짱 도루묵이 되지."

말이 끝나기가 무섭게 땅이 꿈틀거리며 살아 있는 것처럼 움직이기 시작했다.

드드드드!

대지가 진동하자 구양선을 가리고 있던 운무가 격하게 흔들렸다. 특정 지역에 집중적으로 모여 있던 운무가 점차 흩어지기 시작했다. 구양선은 운무가 흔들리자마자 굳게 마음먹었다.

'어차피 싸움을 피하지는 못해. 그렇다면…….'

차라리 치고 나간다. 마음이 동하자마자 구양선은 채 사라지지 않은 운무를 헤치고 달려 나갔다. 그의 검극에 맺힌 불꽃이 바람 앞의 촛불처럼 흔들렸다. 빨갛게 달궈진 검신이 터져 나갈 듯 진동했다.

"그냥 뒈져라!"

주명은 어느새 땅에 박아 넣은 손을 뽑아내 멋들어지게 수염을 훑었다. 그의 눈은 구양선이 아닌, 구양선이 손에 든 불꽃을 머금은 검에 있었다.

"오너라. 내가 천마신교의 우호법 주명이니라."

흡족한 미소와 함께 주명의 장포가 펄럭이기 시작했다.

*　　　*　　　*

'도무지 답이 보이질 않는군.'

거신의 검을 깨뜨리고 일각. 법륜을 비롯한 일행은 숨을 헐떡이며 다시 한번 검을 만들어내는 거신을, 정확히는 백유혼을 조용히 노려봤다. 다람쥐 쳇바퀴 돈다는 말이 실감이 났다.

"이대로는 답이 없다."

법오는 법륜의 등 뒤에서 끊어질 듯 이어지는 진기를 회복하기 위해 힘썼다. 상관책과 조비영 또한 그의 의견에 동조하는지 눈빛을 주고받았다. 서로 으르렁거리기에 바쁘던 두 사람은 어느새 비슷한 눈을 하고 있었다.

명백하게 타오르는 전의(戰意)와 도저히 이겨낼 수 없는 상대에 대한 두려움이 공존하고 있었다. 그때, 법오가 한 걸음 앞으로 몸을 내밀었다.

"내가 막겠다. 무당칠자 선배님들이 좀 도와주시오."

언제나 소림만이 최고라고 생각하는 법오에게 작금의 상황은 꽤나 자존심이 상하는 일이었다. 하지만 어쩌겠는가. 소림의 수호승을 발아래로 내려다보는 법륜조차 지금의 상황을 타개할 계책이 없는 것을.

'그 말은 결국 누군가 희생해야 한다는 뜻이겠지.'

법오는 단지 운이 없게도 그것이 자신일 뿐이라 다독이며 무당칠자에게 눈빛을 보냈다. 무당칠자 또한 법오의 강렬한 눈빛에 매료된 듯 고개를 끄덕였다. 상대를 보아하니 어차피 살아 돌아가기엔 힘들 것 같았다. 허무하게 목숨을 버리느니 차라리 한판의 도박을 해보자는 얼굴이다.

"내가 앞장서겠소."

여덟 명이 죽음을 각오하고 전방으로 나서자 거신을 움직이는 백유혼의 눈빛 또한 달라졌다.

'죽겠다는 뜻이군.'

아마 저 여덟 명이 거신을 묶어두고 남은 세 사람이 공세에 나서려는 것처럼 보였다. 백유혼은 깨진 동경에 얼굴을 비춘 것처럼 표정을 일그러뜨렸다. 별다른 이유가 있어서는 아니었다.

그저…….

'자존심이 상하는군.'

거신을 묶어두면 충분히 상대할 만하다고 여긴 것일까? 그렇다면 확실하게 말해줄 자신이 있었다.

"버러지들이……!"

백유혼은 몸에서 뻗어나간 거신의 형체를 단번에 소멸시켰다. 정확히는 다시 진기로 치환해 몸으로 받아들였다. 백유혼의 몸에서 무지막지한 마기의 덩어리가 들끓었다. 갑작스레 거신의 형체가 사라지자 법오를 비롯해 죽음을 각오한 무당칠자의 얼굴에 금이 갔다.

'무슨 속셈이지?'

법륜은 거신을 꺼뜨린 백유혼을 복잡한 심경으로 지켜봤다. 무슨 생각을 하는지, 그 밑바닥이 어디인지 하나도 알 수가 없었다. 그야말로 일생일대 최대의 난적.

"한때의 즐거움에 잠시 어울려 줬더니 끝을 모르고 기어오르는구나. 어디 한번 막아보라."

"잠깐."

백유혼의 몸에서 들끓던 진기가 일순간 뚝 끊어졌다. 그런 것처럼 보였다. 하지만 법륜은 백유혼의 체내에 고도로 압축되는 것을 느낄 수 있었다. 만약 법륜이 먼저 말을 꺼내지 않았다면 대번에 찢겨 나갔을 것이다.

중요한 순간을 방해받았다고 여기는 것일까. 백유혼의 매서운 눈이 법륜을 흘겼다.

"남길 유언이라도 있나?"

"그런 것은 없다. 다만 한 가지 궁금한 것이 있다."

"내가 네놈의 궁금증을 풀어줘야 할 의무는 없다. 남길 말이 없다면 그것으로 그만이지. 이제 죽어라."

뚝!

푸스스스!

촤아아아아악!

열한 명 중 어느 누구 하나도 백유혼이 언제 움직였는지 알 수 없었다. 반응조차 하지 못했다. 하나 그 결과는 처참했다. 무당칠자 중 한 명의 몸통이 세로로 잘려 나갔다.

'검을 뽑지도 않았는데.'

'도대체 무슨 수법이지?'

백유혼은 경악으로 물든 얼굴들을 돌아보며 악마 같은 미소를 지었다. 이것이었다. 압도적인 힘에 대한 공포와 복종. 오로지 그것만을 위해 살아온 인생에서 정파의 무인들이 내비치는 나약함은 군림에 대한 희열을 느끼게 만들었다.

"못 봤나? 그럼……."

좌아아악!

써걱!

써거걱!

"다시 한번 보여주지."

이번엔 두 명이다. 핏방울이 폭포수처럼 떨어졌다. 이번에도 어느 누구 하나 반응하지 못했다. 법륜은 너무도 쉽게 목이 떨어져 나간 무당칠자를 보며 새어 나오는 침음을 삼켰다.

'보지 못했어.'

기운이 유동했다면 분명 느낄 수 있었을 것이다. 몸이 반응하지 못할 정도로 빠른 속도여도 느낄 수는 있을 테니까. 한데 느낄 수 있는 것이 전혀 없었다.

'갑자기 튀어나온 재앙 같은 느낌이군.'

말 그대로였다. 전설 속에서나 전해지는 재앙을 마주한 느낌이다. 죽음을 각오한 법오와 무당칠자의 결의로 피어난 전의 또한 급격하게 사그라졌다. 그때 조비영이 나지막한 목소리로 말했다.

"이상하다."

"이상하다?"

상관책의 물음에 조비영이 고개를 끄덕였다.

"징후가 전혀 없어. 아무것도 느끼지 못했다. 몸에서 뻗어 나온 것이 아니야. 저자는 심지어… 움직이지도 않았다."

조비영의 감상에 법륜은 뒤통수를 한 대 얻어맞은 느낌이 들었다. 자신이 느끼지 못한 것이 아니었다. 느낄 것이 없었기 때문에 아무것도 느낄 수 없었던 것이다.

"그렇군. 그랬어."

법륜이 이제야 조금은 알겠다는 얼굴로 고개를 흔들자 백유혼의 눈썹이 꿈틀거렸다. 공간검(空間劍)이라 이름 붙인 이 기술이 완벽을 자랑하는 신기(神技)는 아니지만 그렇게 쉽게 알아챌 수 있는 것 또한 아닌 탓이다.

"그랬다고? 그렇다면 또 한 번 막아보라."

이번에도 백유혼이 노린 사람은 두 명이었다. 이제 네 명밖에 남지 않은 무당칠자 중 하나와 소림의 법오.

써거걱!

카앙!

무당칠자는 이제 무당삼자가 되었다. 몸이 사선으로 갈라져 내장이 흘러내렸다. 본인이 죽는 순간까지도 어떻게 죽었는지 모르겠다는 표정이었다. 하나 법오는 살았다. 법오는 잔뜩 긴장한 목을 길게 빼냈다. 그의 앞에는 불광벽파를 두른 법륜이 서 있었다.

"이건… 상상도 못 한 방법이군."

법륜은 심각한 얼굴로 조비영과 상관책에게 말했다.

"강환과 비슷하다. 방법은 약간 다르겠지만."

"강환과 비슷하다고?"

법륜이 고개를 끄덕였다.

"말 그대로다. 강환을 환(丸)이 아니라 검으로 빚어냈을 뿐이다. 그것도 본인의 몸과 아주 멀리 떨어진 곳에서 누구도 눈치채지 못할 만큼 빠르게. 이렇게 말도 안 되는 무공이 존재할 줄은 몰랐군."

"그래서… 방법은……?"

상관책이 조금은 밝아진 얼굴로 법륜에게 묻자 법륜은 고개를 내저었다. 방법이 없었다. 아니, 막을 수 있는 방법은 단 하나뿐이다. 온몸을 물샐틈없이 호신강기로 방비하는 것, 그것 하나뿐이었다. 호신강기를 일으켜 방어하는 것은 여기에 모인 모든 이가 가능한 일이었다.

'하지만… 언제까지 막을 수 있을까.'

자신과 조비영, 그리고 상관책은 어느 정도 버틸 수 있으리라. 하나 법오와 무당칠자는 그 명줄이 길지 않을 것이 분명했다. 그리고 이어질 소모전.

'그것은 차라리 안 하는 것이 낫지.'

"정말 방법이 없나?"

상관책이 재차 묻자 법륜은 복잡한 얼굴로 입을 열었다.

"승산이 그리 높지는 않지만… 딱 하나 방법이 있다."

정도맹은 바쁘게 돌아가고 있었다. 정확히는 갑론을박이 활발하게 이루어지고 있었다. 맹회의 지도자 검선은 눈앞에서 펼쳐지는 탁상공론에 골머리를 앓고 있었다.

"지금이 기회요! 대체 언제 또 이런 기회가 온단 말이오! 교주만 사로잡으면 모든 일이 끝나는데 어찌 그리 겁쟁이처럼 군단 말인가!"

"어허, 그게 아니라니까. 움직인 것은 교주 하나요. 다른 곳의 전력은 움직인 바가 없소. 그런 상황에서 주력 타격대가 두 개나 빠져나간 지금 역전의 발판을 마련할 수 있겠소?"

문제는 양측이 내세우는 주장이 전혀 근거가 없는 이야기가 아니라는 점이다.

'머리가 아프군.'

검선이 가만히 눈가를 주무르자 옆에서 갑론을박을 듣고 있던 구양비가 조용히 손을 들었다.

"지금은 우리끼리 싸울 때가 아닙니다. 어느 쪽이든 움직여야 합니다."

"군사, 내 말이 그 말이오!"

처음 기회라고 주장하던 이가 다시 목소리를 높이자 반대 측에서 다시 한번 큰 소리를 냈다. 구양비는 점점 커져만 가는 언쟁을 뒤로한 채 검선에게 고개를 돌렸다.

"맹주, 어떤 쪽이든 결정을 내려야 합니다."

"끄응……."

그 또한 몰라서 그런 것이 아니다. 양측의 의견을 적절하게 조율해야 하는 그로서는 지금의 상황이 불편하기만 했다. 양자택일의 문제. 중요한 것은 단 한 번의 결정으로 맹회의 존속이 결정된다는 점이다.

검선은 관자놀이를 문지르며 구양비에게 물었다.

"그 아이들은?"

"아직 소식은 없습니다만… 지금쯤 시작했을 겁니다."

신승이 움직인 것은 여기에 있는 모두가 알고 있는 사실이다.

하지만 결과가 불투명하다 보니 검선 또한 쉽사리 결정을 내리지 못하고 있었다.

"그런가."

"결단을 내리셔야 합니다."

검선은 구양비의 채근에 결국 결정을 내렸다. 지금은 믿는 수밖에 없었다.

"우선 각 성에 대기하고 있는 전 병력에게 일러라. 신호하면 전군이 치고 나간다."

맹주의 결단이 내려졌다. 이제는 되돌릴 수 없는 진군만이 남았다.

* * *

"정지!"

용호단주 팽도경은 저 멀리 정렬해 있는 기마 부대를 바라보며 뒤따르는 수하들의 걸음을 제지했다. 기마 부대의 중간에 꼿꼿하게 서 있는 깃발에는 '정명'이라는 두 글자가 적혀 있었다.

"정명단이로군요. 이번 임무에 차출되었다는 이야기는 들었습니다만."

수하 하나가 중얼거리자 팽도경은 말없이 고개를 끄덕였다. 그 또한 전서로 전해 들은 바가 있었다.

"헌데 왜 여기에 있지?"

"그거야… 어? 다가옵니다."

기마 부대도 어느새 용호단을 발견했는지 한 사람이 천천히 기마를 이끌고 앞으로 나서고 있었다. 팽도경은 수하들을 제지한 채 앞으로 걸어 나왔다.

"용호단주이십니까?"

"그렇다만."

팽도경이 가볍게 대꾸하자 기마에 올라탄 무인 또한 포권을 취하며 입을 열었다.

"정명단 부단주 상관혁입니다. 기다리고 있었습니다."

기다리고 있었다는 말에 팽도경의 얼굴에 이채가 서렸다. 작금의 상황은 시각을 다투고 있다. 그런데도 맹의 주력인 정명단이 산 밑에서 대기하고 있다는 것이 그에게는 매우 이질적으로 다가왔다. 그러던 팽도경의 눈에 그들의 단주인 상관책의 부재가 들어왔다.

"상관혁, 본 적이 있는 얼굴이군. 단주는 어디에 있지?"

"단주께선……."

상관혁이 고개를 돌려 평량산을 바라봤다. 그는 아직까지 자신이 본 것이 진실인지, 그저 환영인지 알지 못했다. 난데없이 나타난 거인, 그리고 천지를 진동시키는 위력. 하나, 단 하나 분명한 것은 저 산이 무척 위험하다는 것이다. 무인으로서 단련된 본능이 지금도 저 산에 다가가선 안 된다고 경고하고 있었다.

"그런가."

상관혁의 시선을 느꼈는지 팽도경은 더 이상 상관책의 행방에 관해 묻지 않았다. 아마도 저 산에 올랐으리라. 그리고 정명단이 이곳에 대기하고 있다는 것이 한 가지 사실을 주지시키고 있었다.

'상황이 그리 좋지는 않은 모양이군.'

어찌 보면 당연한 일이다. 천마신교의 교주. 약육강식의 세계에서 정점에 오른 인물. 그런 자가 왔는데 상황이 좋게 흘러간다면 애초에 정도맹이 이렇게까지 몰리진 않았으리라.

"홀로 오르셔야 할 것 같습니다. 단주께서 당부하신 일인지라……."

"음……."

팽도경은 산 아래에서 위쪽을 올려다봤다. 저릿저릿한 기파가 지금도 쉴 새 없이 그의 몸을 두드리고 있었다.

'확실히… 위험하군.'

그 어떤 때보다도 날카롭게 다져진 그의 감각이 위험을 경고하고 있었다. 상관책이 정명단을 이곳에 대기시킨 이유도 충분히 이해가 됐다.

"단주와 누가 올라갔지?"

"소림의 수호승과 무당칠자, 그리고 신승과 그 일행이 올라갔습니다."

"신승이라……."

팽도경은 얼마 전 본 신승이 산에 올랐다는 말에 묘한 안도감을 느꼈다. 세상 무서운 줄 모르고 살던 그에게 무공이라는 이름의 높은 벽을 보여준 신승. 그가 올라갔다면 지금의 상황이 그렇게 위험하지만은 않으리라.

"용호단, 여기에서 정명단과 함께 대기한다."

"예."

용호단의 무사들이 이구동성으로 답하자 팽도경은 등에 걸린 도를 손에 든 채 산을 오르기 시작했다. 하지만 그가 느낀 묘한 안도감과는 달리 상황은 그리 좋게 흘러가고 있지 않았다.

산 중턱.

상관책은 방법이 있다는 법륜의 말에 눈을 치켜떴다. 감정의 변화가 드문 그로서는 놀라운 반응이었다. 그의 눈동자엔 자신은 알 수 없던 것에 대한 호기심과 법륜을 향한 경계가 함께 담겨 있었다.

'내가 하지 못하는 것을 이 친구는 할 수 있다는 말인가.'

무인으로서 느낄 수 있는 호승심이었지만 지금은 호승심을 느끼기엔 상황이 그리 좋지 않았다. 속절없이 넷이나 당했다. 그것도 실력과 인품으로 무인들의 존경을 받는 무당칠자 중 넷이나.

"그게 뭐지?"

상관책은 내키지 않는 얼굴로 대답을 망설이는 법륜을 채근했다. 계속해서 답을 망설이던 법륜도 자신을 바라보는 여러 눈빛에 결국 입을 열었다.

"저자의 공격은 예측이 불가능하다. 허공에서 그냥 튀어나오지. 그 말은 곧 진기의 수발이 우리의 예상을 뛰어넘을 정도로 빠르다는 것이다."

"그래서?"

"답은 간단하다. 예측이 가능하게 만들면 된다."

"말은 쉽군."

상관책이 이글거리는 눈으로 법륜을 노려봤다. 지금 그것을 몰라서 묻는 것이 아니질 않는가. 하지만 법륜의 표정은 충분히 가능하다는 듯 담담하기만 했다. 예측할 수 없다면 예측이 가능하게 만들면 된다. 분명 그의 눈은 거짓을 말하고 있지 않았다.

"…방법은?"

"간단하다. 내가 막는다. 비영, 그리고 정명단주 둘이 공격을 맡는다. 내가 공격을 막아낼 동안… 둘이 아주 바쁘게 움직여야 할 거다."

"가능하겠나?"

조비영이 걱정스러운 얼굴로 묻자 법륜은 고개를 끄덕였다. 법륜이 백유혼을 바라보며 진기를 끌어 올렸다. 그의 얼굴은 굉장히 복잡했다. 분명 방법은 있었다. 문제는 그 방법이 법륜의 희생을 요구한다는 것에 있었다.

'쉽게 막을 수는 없겠지.'

타심통을 사용할 수 있다면 좋겠지만 백유혼에겐 그것마저 불가능했다. 구양철의 심중도 꿰뚫던 타심통이 백유혼의 것을 뚫지 못했다? 그 말은 곧 백유혼의 상단전이 완벽한 방비를 이루고 있음을 의미했다.

'어떤 방향으로 움직일지 전혀 읽히지 않아.'

게다가 예지의 능도 마찬가지였다. 계속해서 상단전을 두드려도 보이는 것이라곤 뿌옇게 휩싸인 안개뿐이었다. 그렇다면 가능한 수는 확실하게 제한된다. 그중에 하나, 법륜이 승부를 걸어볼 수 있는 것은 속도였다. 방어를 도외시한 채 몸으로 때우는 방법뿐이었다.

'팔 하나, 다리 하나쯤 내줄 생각으로 임해야 해. 저자는 근본부터가 달라.'

구양철 때도 이 정도는 아니었다. 구양철을 상대하는 것이 나룻배로 거센 강물을 헤쳐 나갔던 느낌이라면 이자는 망망대해에 홀로 동떨어진 느낌이다. 길이 보이지 않는 항로, 그 위에 있는 것 같았다. 그럼에도 법륜은 힘차게 입을 열었다.

"준비하라."

법륜이 기파를 끌어 올림과 동시에 조비영과 상관책 또한 손에 든 무기를 고쳐 쥐고 마주 기세를 달궜다. 전의를 다지는 세 사람을 보며 백유혼은 알 수 없는 감정을 느끼고 있었다.

'뭐지, 이 기분은? 불쾌하면서도…….'

재밌었다. 그에게 무공은 생존의 수단이었다. 배화교와 천마신교가 노선을 달리하면서, 그리고 천마신교의 교주 일가인 백씨의 핏줄을 이어받으면서 그는 언제나 투쟁의 삶을 살아왔다.

무공을 익혀라. 누군가를 죽여라. 그것이 그의 삶의 전부였다. 그렇게 시간이 흘렀고, 교주의 자리에 오르자 많은 것이 달라졌다. 마음 내키는 방향으로 행동해도 어느 누구 하나 그를 제지하지 못했다. 무감각해질 대로 무감각해진 그에게 이런 감정은 전에 느껴보지 못해 생소한 기분이 들게 만들었다.

백유혼은 뒷짐을 진 채 거만한 표정으로 법륜을 향해 말했다.

"오너라."

쩌저저정!

백유혼이 한 걸음을 옮기자마자 땅이 갈라지며 땅이 치솟았다. 종전과는 확연하게 다른 움직임. 미동도 하지 않던 그가 움직이자 그저 보이지 않는 검을 날릴 때와 다르게 폭풍이 몰아치는 것 같았다.

"완전히 다른데?"

"상관없다. 그저 앞만 보고 달려라."

법륜은 뒤에서 크게 소리치는 조비영을 향해 한마디를 남기고 떠오르는 돌조각 사이로 몸을 밀어 넣었다. 불광벽파가 폭풍처럼 비산하는 돌조각들을 밀어냈다. 그때, 소리 없이 허공에서 튀어나온 칼날 하나가 두부를 가르듯 법륜의 몸속으로 밀고 들어왔다.

"크."

법륜은 어깨의 피부가 갈라지는 상황에서도 전진을 멈추지 않았다. 그의 머릿속엔 단 한 가지 생각밖에 없었다.

'접근해야 해.'

단 한 번의 기회. 그 기회는 저절로 찾아오지 않는다. 직접 만들어야 했다. 비산하는 돌조각 사이로 백유혼의 시야가 가려졌다.

'지금!'

법륜의 몸이 쏜살같이 앞으로 튀쳐나갔다. 그사이 법륜의 몸엔 두세 개의 상처가 더 생겨 있었다. 백유혼의 공간검이 가르고 지나간 흔적이다. 하지만 그 상처의 대가로 법륜이 얻어낸 것은 분명 값진 것이었다.

퍼어어엉!

사람 얼굴만 한 돌덩이를 뚫고 법륜의 천공고가 백유혼에게 틀어박혔다. 그리고 법륜은 알 수 있었다. 자신이 아주 큰 실수를 했음을.

콰아아앙!

마주 뻗어온 백유혼의 어깨에 법륜의 몸이 속절없이 뒤로 튕겨져 나갔다. 뒤를 이어 검과 창을 들어 찔러 들어가던 조비영과 상관책의 몸도 땅바닥을 굴렀다. 세 사람의 합공에도 백유혼은 멀쩡했다. 아니, 옷자락에 상처 하나 내지 못했다.

"내가 만만해 보였나 봐?"

백유혼이 웃었다. 그것은 명백한 비웃음이었다.

제사십사장(第四十四章)

성패(成敗)

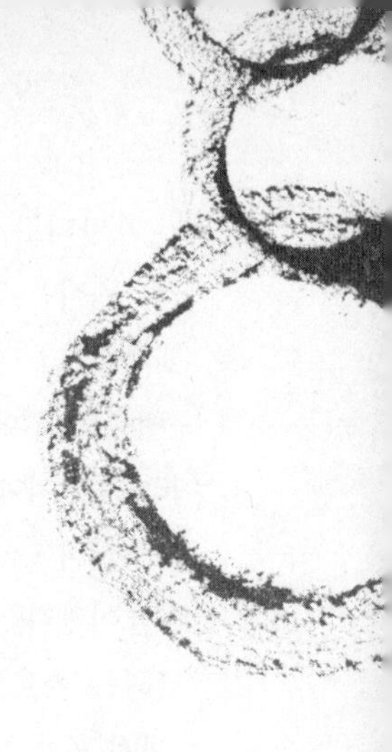

법륜은 백유혼이 구사한 정체를 알 수 없는 고법에 적중당해 땅바닥을 뒹굴었다. 법륜은 고법을 제대로 구사할 줄 아는 무인 중 하나였다. 하나의 무공을 제대로 구사한다는 것은 그만큼 그 무공에 대해 정통하다는 뜻이다. 이렇게 쉽게 고법으로 반격을 당할 여지가 적다는 뜻이기도 하다.

'그런데…….'

너무 쉽게 천공고가 파훼됐다. 다른 이들 눈에는 어떻게 비쳤을지 모르겠지만, 법륜은 똑똑히 봤다. 천공고가 틀어박히는 순간 백유혼의 몸이 슬며시 뒤로 빠지며 마주 어깨를 들이민 것을.

'그리고… 웃고 있었어.'

무척 재미있다는 표정으로 그의 눈을 바라보며 웃기까지 했다. 한마디로 요약하자면 허공에 떠오른 돌덩어리들 사이로 자신의 움직임을 꿰뚫고 가소롭다는 듯 법륜을 밀어낸 것이다.

"제길."

법륜의 입에서 저도 모르게 욕지거리가 치밀어 올랐다. 빈틈이라도 보여야 이 난관을 뚫고 활로를 찾을 텐데 그마저도 보이질 않았다. 조각나 허공으로 떠오른 땅이 가라앉자 정경이 한눈에 들어왔다. 백유혼은 여전히 그 자리에 우두커니 서 있었다.

"허를 찌르는 방식이라··· 그것도 나름 재미있다만······."

백유혼이 한 걸음 옮기기 무섭게 적막이 내려앉았다.

"네 방식은 아닌 것 같구나."

백유혼이 슬그머니 손을 들자 법륜의 몸이 움찔 떨었다. 지금 공간검이 다시 터지면 막을 수 없다는 계산이 선 것이다. 법륜은 끊어질 듯 흐르는 진기를 부여잡았다. 하나 백유혼의 시선은 법륜에게 가 있지 않았다.

"내 기대를 무너뜨렸으니 너도 한번 당해봐야지."

써거걱!

써걱!

언제 움직였을까. 여전히 기의 유동조차 느끼지 못한 상황에서 남은 무당칠자의 머리가 허공으로 솟았다. 법오 또한 가슴이 갈라져 비척거리며 뒤로 물러났다. 법륜이 고개를 돌리자 참상이 펼쳐져 있었다.

"무슨 짓이냐!"

"무슨 짓이긴, 네놈이 한 짓에 대한 보답일 뿐이다. 되도 않는 기습으로 내 흥을 깨뜨렸으니 합당한 대가를 치른 것일 뿐."

"빌어먹을!"

법륜이 다시 한번 힘차게 지면을 밀어냈다. 이제 남은 숫자는 넷. 그중 하나는 가슴이 갈라져 인사불성이다. 게다가 남은 셋도 그리 상태가 좋지 않았다.

'최대한 타격을 줘야 해.'

승산이 없다는 것은 진즉에 느끼고 있었다. 처음 평량산에 도착해 꿰뚫린 하늘을 봤을 때부터. 그렇다면 시간이라도 벌어야 했다. 법륜은 남은 셋을 살리기로 작정했다.

[비영, 뒤로 물러나라.]

[뭐라고?]

법륜은 조비영의 전음을 애써 무시했다. 뒤에서 악을 쓰는 조비영을 뒤로한 채 법륜은 백유혼의 전면으로 치달았다. 백유혼은 법륜의 얼굴에 서린 각오를 단숨에 읽어냈다.

'역시.'

재미있었다. 사람을 잘못 보지 않았다는 생각이 들었다. 신교의 어느 누구도 생각하지 않는 것. 그것은 자신과 목숨을 건 쟁투였다.

'살려주고 싶지만.'

불가능한 일이다. 교의 어느 누구도 자신과 대적하고 목숨을 부지할 수 없었다. 그것은 천마신교에 유일하게 남은 율법이며 초대 교주인 천마에 대한 경외였다.

"아깝군."

백유혼이 처음으로 손을 움직였다. 아무것도 없던 손에 새빨간 빛의 검이 두둥실 떠올랐다. 강기로 만들어낸 검. 빨간 빛깔의 검에선 요사(妖邪)한 빛이 났다. 백유혼이 지닌 기질과는 조금 다른 느낌. 하지만 법륜은 그것만으로도 충분히 위험하다고 판단했다.

"죽어라."

빨갛게 빛나는 검이 법륜의 목 위로 날아들었다. 법륜은 느려지는 시공 속에서 간신히 고개를 틀어 검날을 비켜냈다. 하지만 거기서 끝이 아니었다. 백유혼의 검은 마치 살아 있기라도 한 것처럼 자유자재로 그 모습을 바꿨다. 검 자체의 모양이 바뀌어 버린 것이다.

평범한 직선의 검에서 뱀이 움직이는 모양새인 사검(蛇劍)으로. 그리고 다시 한번 완만하게 휘어진 곡검(曲劍)으로. 눈으로 보지 못했다면 믿지 못했을 정도의 진기 운용이다.

'저렇게 간단하게……'

스으윽!

서걱!

한눈을 판 것도 아닌데 백유혼의 검이 너무도 간단하게 법륜의 살을 가르고 지나갔다. 법륜은 오랜만에 느껴보는 격통에 눈을 찌푸렸지만 신음 한 조각 흘리지 않았다. 그저 집중할 뿐이다.

'왼쪽!'

요요하게 빛나는 검이 다시 왼쪽을 노리고 날아들었다. 법륜은 검이 눈에 보이자 생각보다 수월하게 피할 수 있었다. 그런데 그때, 허공에서 툭 튀어나온 칼날이 법륜의 등을 찌르고 들어왔다.

“커억!”

백유혼의 공간검이 부지불식간에 터져 나온 것이다.

“뒤를 잘 봤어야지.”

백유혼은 마치 놀리기라도 하듯 법륜을 보며 비아냥거렸다. 법륜의 접전을 멀찍이서 지켜보던 상관책과 조비영은 법륜의 분전에 움켜쥔 손아귀에 힘을 더했다.

“움직인다.”

조비영은 상관책의 대답을 기다리지도 않고 앞으로 뛰쳐나갔다. 체력이 부족했다. 진기도 떨어져 간다. 그럼에도 조비영은 앞으로 달렸다. 법륜을 홀로 둘 수 없었기 때문이 아니다.

‘도망치고 싶지 않다.’

생사를 가늠할 수 없는 적을 만났다. 무인으로서 검을 휘두르다 죽는 것이 얼마나 영광된 일인가. 조비영은 계속해서 수세에 몰리는 법륜의 등 뒤로 불쑥 뛰어들었다.

“뒤는 내가 막는다. 앞만 주시하라.”

“비영!”

법륜은 등 뒤로 느껴지는 든든함에 목숨이 경각에 달린 심각한 상황임에도 저도 모르게 웃음을 지었다.

“이쪽도 있다.”

상관책이 법륜의 좌측으로 돌았다. 백유혼을 향해 장창을 겨눈 채 섬광을 쏘아낼 준비를 하고 있다. 상관책이 막 좌측에 섰을 때, 하나의 인형이 백유혼이 있는 곳을 향해 쾌속으로 뛰어왔다. 그리고 내려치는 도격(刀擊). 흑색의 도, 그 중간엔 천중(天重)이라고 적혀 있었다.

"많이 늦었군."

천중도의 주인 팽도경이 법륜의 우측에서 주변을 둘러봤다. 목이 잘리고 몸이 갈라져 죽은 무당칠자, 그리고 소림의 수호승까지. 팽도경은 심각한 얼굴로 백유혼을 향해 무기를 겨누고 있는 세 사람을 둘러봤다.

"다들 버틸 수 있겠소?"

"물론."

법륜을 필두로 조비영과 상관책이 연거푸 고개를 끄덕였다. 팽도경 또한 도를 고쳐 쥔 채로 백유혼을 노려봤다.

"네 명인가?"

백유혼은 기세가 등등해 자신을 노리는 이들을 가소롭다는 듯 바라봤다. 열한 명이 있어도 어쩌지 못했는데 고작 네 명이서 무엇을 하겠다는 것인지. 백유혼은 피식 웃음을 흘리며 산등성이를 올려다봤다. 우호법이 일만 끝내면 바로 돌아갈 심산이다.

"고작 넷이라……. 우호법이 생각보다 시간이 좀 걸리는 모양이니 그때까지만 놀아볼까."

법륜 등의 얼굴이 절로 굳어졌다.

"저 자식이 지금 뭐라고 하는 거요?"

뒤늦게 합류한 팽도경만이 도대체 무슨 소리냐는 듯 눈알을 부라렸다. 법륜은 생각보다 쉽게 흥분하는 팽도경의 어깨를 지그시 눌렀다. 팽도경은 법륜의 손이 닿자 어깨를 움찔거렸다.

'아니군. 흥분한 것이 아니야.'

팽도경은 떨고 있었다. 겪어보지 않아도 알 수 있는 종류의 것. 압도적인 무력 앞에서 짓눌리기보단 거칠게 나가는 것을 선

택한 것이다.

"쉽지 않을 거요. 방어에만 치중하시오. 목숨을 부지하는 것이 최선이니."

법륜은 가볍게 중얼거리며 등 뒤의 세 사람을 두고 앞으로 나섰다. 이 차전이다.

*　　　　*　　　　*

"아오, 진짜!"

구양선은 열화검을 거칠게 떨쳐내며 뒤로 물러섰다. 자신을 천마신교의 우호법이라 칭한 노인 주명은 확실히 지금까지 겪어본 어떤 상대보다 강력했다. 과거의 기준에 맞춰져 있다지만 법륜보다도 더 강력한 것 같았다.

'그놈 이상이잖아, 이건?'

"어찌 그리 망설이느냐? 이 노구와 함께 가기로 마음을 먹은 게냐?"

주명은 입가에 미소를 띤 채 구양선을 향해 보법을 밟아나갔다. 우호법인 그가 계승한 무공은 극마신투(極魔神鬪). 좌호법 철부용이 익힌 철화정련과는 정반대에 있는 무공이다. 철화정련이 내공의 단련에 극의를 두었다면, 극마신투는 외공의 한계에 초점을 두었다.

주명은 평상시엔 구부정한 노인의 행색을 하고 있었지만, 극마신투를 전개하는 순간만큼은 건장한 청년, 아니, 그 이상의 몸집을 자랑했다. 순식간에 근육이 부풀어 오르며 거한의 체격으로 만들어 버린 것이다.

"노구? 장난하나, 지금?"

구양선은 자신보다 두 배는 커져 버린 주명을 보며 인상을 썼다. 완전히 미쳤다. 그가 겪어본 천마신교의 무공은 제대로 된 것이 하나도 없었다.

'그때 그 인형술 같은 것부터 시작해서 말이지.'

그런데도 불을 다루는 방식이 비슷하다고 말했다. 구양선은 그 말에 동의할 수 없었다. 그의 무공은 온전히 그만의 것. 구양세가의 남환신공을 모태로 만든 그만의 마공이다. 세상의 모든 것을 태워 버리는 업화의 불길. 근본부터가 다른 무공이다.

"그게 내 무공이야, 이 새끼야!"

구양선의 몸에서 검은 불꽃이 치솟았다. 검은 불꽃이 열화검을 따라 타고 올라왔다. 거칠게 이어지는 참격(斬格). 구양선은 이 일격이 지금의 상황이 재미있다는 듯 웃음을 실실 흘리고 있는 노인에게 한 방 먹여줄 수 있는 한수라고 생각했다.

카앙!

하나 주명은 구양선의 일격을 피하지도, 그렇다고 손을 들어 막지도 않았다. 열화검의 검날이 어깨에 닿았는데도 그는 그 자리에 그대로 서 있었다.

"간지럽군."

주명의 손이 구양선의 오른손으로 향했다. 검을 쥔 손을 붙잡아 더는 잔재주를 피우지 못하게 할 생각이다.

"흡!"

주명의 우악스러운 손에 어깨가 붙잡히자 구양선은 이를 악물고 고통을 참아냈다. 어깨를 붙잡혔지만 아직 그는 포기하지 않았다. 검은 불덩어리들이 구양선의 뒤통수에 생겨나기 시작했다. 주명은 구양선의 머리 뒤로 생겨난 불덩어리들을 보지 못한 상태였다.

"이제 따라갈 마음이 좀 생기느냐?"

"흐흐, 그래. 그전에……."

"음……?"

"이거나 먹어라!"

구양선이 있는 힘껏 힘을 줘 고개를 뒤로 젖히자마자 검은 불덩어리들이 주명의 얼굴로 날아가 틀어박혔다. 구양산수의 화운비탄 초식을 그만의 한수로 바꿔 날린 것이다. 구양선의 노림수가 제대로 들어갔는지 주명은 얼굴에 붙은 불을 꺼뜨리는 데 여념이 없었다.

"네놈……."

육신에 큰 피해를 입은 것은 아니었다. 극마신투는 외공의 정점에 있다고 해도 좋을 만큼 뛰어난 무공이니까. 하지만 홀랑 타버린 수염과 머리칼은 주명의 자존심에 엄청난 상처를 냈다.

"교주께서 살려서 오라고 하지 않았다면 머리통이 터져서 죽었을 거다. 하지만……."

우드득!

주명의 손에 잡힌 어깨에서 뼈가 부러지는 듯한 소리가 들렸다. 그와 동시에 손에 쥔 검이 땅바닥으로 떨어졌다.

"크아악!"

"팔다리 하나 정도 자르는 것은 뭐라고 하지 못하시겠지."

으드득!

주명의 손에 붙잡힌 구양선은 필사적으로 몸을 틀었다. 단단한 손아귀는 좀처럼 풀릴 줄 몰랐다. 엄청난 악력이다. 게다가 주명의 위협처럼 팔다리 하나씩은 자르고 갈 모양인지 어깨에 파고드는 손길이 생각을 상회하는 힘으로 찍어 누른다.

'무슨 노인네가……!'

힘이 장사라는 수준이 아니었다. 강했다. 중원 전체를 통틀어도 저만한 역사(力士)는 쉽게 찾지 못할 것이다. 단순히 손에 힘을 주는 것만으로 손가락이 어깨를 파고들고 있었다.

'방법이 있을 거야.'

아니, 있어야 했다. 안 그러면 이대로 천마신교로 끌려갈 테니까. 팔다리가 하나씩 잘린 채로 말이다. 구양선은 몸을 비트는 와중에도 생각을 멈추지 않았다. 그가 기대할 수 있는 것은 단 하나, 무공의 의외성에 있었다.

'그렇다면.'

천마신교의 우호법이라도 겪어보지 못했을 무공. 구양선은 그런 무공을 딱 하나 알고 있었다. 구양선은 고통에 물든 얼굴로 주명의 손 위에 자신의 손을 얹었다. 법륜마저도 곤란하게 만든 마공 흡정마공이 구양선의 손에서 펼쳐졌다.

손등을 타고 흐르는 진기에 구양선의 안색이 창백하게 변하기 시작했다. 검푸른 핏줄이 돌기처럼 튀어나왔다.

'이거… 생각보다… 너무…….'

하나 예상한 것과는 달리 주명의 진기는 강력했다. 단순하게 내력을 훔쳐낸다고 될 일이 아니었다. 지금껏 먹어치운 어떤 상대보다도 강력한 진기의 흐름이 느껴졌다. 하나 구양선이 고통을 느끼는 만큼 주명 또한 당황하기는 매한가지였다.

"이놈! 무슨 짓이냐!"

큰 위험에는 큰 보상이 따른다고 했던가. 구양선이 내민 회심의 한수는 상황을 반전시키기에 충분한 위력을 지니고 있었다.

우득!

우드득!

주명의 손이 점차 쪼그라들고 있었다. 막대한 진기를 외력(外力)으로 사용하는 주명의 경우 흡정마공이 기존과는 다른 방식으로 영향을 미치기 시작한 것이다. 외공의 달인이라고 해도 단순히 외공의 힘만으로 절대지경에 오를 수는 없는 법.

외공을 유지하는 내력이 빨려들어 가자 주명의 근육질로 부푼 팔이 다시 노인의 그것으로 변화하기 시작했다.

'지금.'

구양선은 창백하게 질린 얼굴로 열화검을 어깨에 가져다 댔다. 목표는 주명의 손. 잔뜩 일그러진 얼굴을 보자 저 팔을 잘라내고 싶다는 생각이 머릿속에 가득했다.

서걱!

구양선의 피나는 노력은 주명의 손끝을 스치는 것에 그쳤다. 위기감을 느낀 주명이 재빨리 어깨에서 손을 뗀 까닭이다. 하지만 그것으로 충분했다. 구양선은 자유로워진 어깨를 빙빙 돌리며 주명에게서 멀어졌다. 그사이 주명은 쪼그라든 팔에 다시 내력을 공급하며 본래의 신체를 회복하기 시작했다.

"엄청난 내력이군. 과연 천마신교의 우호법이라 이건가."

창졸간에 빨아들인 내력 정도는 새 발의 피라는 듯 그의 몸에서 뿜어져 나오는 기세는 이전과 다를 바가 없었다.

"네놈, 방금 것은 진정으로 위험했다. 사정을 봐주고 말고 할 계제가 아니로다. 네놈은 죽기 직전까지는 맞아야겠다."

주명의 몸이 안개가 사라지듯 희끗해지더니 순식간에 구양선의 면전에 도달했다. 구양선은 주명에게서 흡수한 극마신투의 진기와 남환신마공의 진기를 끌어냈다.

'단번에 쏟아내고…….'

열화검의 끝에서 다시 한번 불길이 치솟았다.

'튀자!'

열화검의 주변이 단번에 폭발했다. 자욱해진 흙먼지 속에서 구양선은 주명에게 달려드는 대신 산등성이를 향해 달리기 시작했다.

*　　　　*　　　　*

한편, 이 차전을 시작한 법륜은 전보다 더 곤란한 상황에 처해 있었다. 이제는 진짜 죽일 마음으로 휘두르는 백유혼의 검은 생각한 것보다 훨씬 더 위험했다. 그 사실을 가장 크게 느끼는 것은 마지막에 합류한 팽도경이었다.

'이런 미친……!'

콰아아앙!

도로 검을 막았는데 힘에서 밀렸다. 천중도는 팽가에서도 잃어버린 절기, 아니, 잊힌 절기였다. 그것을 복원해 낸 것이 팽도경이다. 천생 신력을 자랑하는 팽가에서도 작은 체구를 타고난 팽도경. 그는 신체의 한계를 극복하기 위해 각고의 노력을 아끼지 않았다. 그 결과로 그는 그간의 노력을 충분히 증명해 냈다. 역대로 팽가의 소가주가 전주를 역임하는 패왕전을 차지했으니까.

'그런데… 이놈은 미쳤다.'

힘이면 힘, 기교면 기교 무엇 하나 부족한 것이 없었다. 내력은 말할 것도 없었다. 저 작은 체구에서 어찌 저런 힘을 쏟아내는지 팽도경이 겪어본 기존의 무인들과는 궤를 달리했다. 팽도경은 주변에서 함께 싸우고 있는 이들의 얼굴을 힐끗 훔쳐봤다.

아직까지 어떻게 버티고는 있지만 그들의 얼굴에는 승리를 위한 전의보다 패배감과 무력감이 짙게 깔려 있었다.

콰아앙!

다시 한번 쏟아지는 검격에 몸이 격하게 흔들렸다. 정신을 차리기가 쉽지 않았다.

'이대로는 다 죽겠다.'

무려 사 대 일이다. 보통 무인도 아니고 천하를 풍미한다는 고수 넷이 상대하는데 빈틈 하나 보이지 않았다. 괴물도 이런 괴물이 없었다. 무언가 방도를 내야 했다.

'제길, 쓰고 싶지 않았는데.'

팽도경은 간신히 검격을 막아내면서 비척비척 뒤로 물러났다. 이 난관을 타계할 수 있을지 없을지는 모르지만 지금 이 상황에 생각나는 것이 단 하나 있었다.

'가문의 문책이 있겠지만…….'

어쩔 수 없었다. 개똥밭에 굴러도 이승이 좋다고 하지 않던가. 살아서 겪을 치욕은 얼마든지 감수할 수 있었다. 팽도경은 뒤로 물러난 상태에서 세 사람에게 전음을 보냈다.

[신승, 내가 전방이오. 당신은 중앙.]

[정명단주는 좌측.]

[거기 칼잡이는 우측으로.]

팽도경의 입이 바쁘게 움직였다. 세 사람은 격하게 움직이는 와중에도 팽도경의 말을 허투루 듣지 않았다. 자신들과 비교해도 꿀리지 않을 무인이 무언가 해보려 한다는 것에 옅은 기대를 품었다.

[이제부터 내가 이끄는 대로 진기의 흐름을 맡기시오.]

세 사람은 팽도경의 지시에 재빨리 방위를 바꾸며 움직였다. 팽도경이 전면으로 나서며 천중도를 곧게 세웠다.

"이 진의 이름은 패왕진(霸王陣)이오. 본래 다섯이서 펼쳐야 하지만 숫자가 부족하니 어쩔 수 없지. 그럼 부탁하오."

그 말을 끝으로 팽도경의 주변으로 묘한 기류가 흐르기 시작했다. 법륜은 자신을 중심으로 도도하게 흐르는 진기를 온몸으로 느끼고 있었다. 상관책과 조비영 또한 마찬가지. 대기에 흐르던 진기가 이리저리 구부러지며 네 사람을 중심으로 휘몰아쳤다.

'패왕진이라…….'

상관책은 패왕진을 아주 잘 알고 있었다. 팔대세가인 팽가 최고의 합격진. 본래는 소수로 다수의 적을 맞설 때 사용하는 진이지만 지금 상황에선 이마저도 감지덕지다.

'그렇다면…….'

그는 자신의 방위를 찾아가며 해야 할 일을 떠올렸다. 장병을 사용하는 그는 법륜이나 조비영보다 할 수 있는 일이 많았다. 패왕진으로 압박하고 틈을 만든다. 아마 그 틈을 만드는 것이 자신의 역할일 것이다.

동시에 의심이 물밀듯 치솟았다. 패왕진을 처음 겪어본다고 해도 상대는 천마신교의 교주이다. 십만이 넘는 교도를 이끄는 자들 중 최고라는 말이다.

"쉽지 않겠군."

상관책의 마음을 읽었는지 팽도경의 입에서도 부정적인 말이 나왔다. 패왕진을 제안하기는 했지만 어디까지나 조금이라도 더 버텨보자는 생각이었다. 전면의 방위에 선 팽도경은 다른 이들보다 더 심한 압박감을 느끼고 있었다.

"괜찮소. 무엇이든지 해봐야지."

팽도경의 뒤에 법륜이 단단하게 버티고 섰다.

'그래, 일단 해보자. 살아야 하지 않겠나.'

팽도경이 도를 고쳐 쥐자 기세가 급변했다. 그리고 그때, 산등성이에서 희뿌연 먼지를 일으키며 달려오는 자가 있었다.

"으아아아아!"

갑작스레 들려오는 괴성에 백유혼이 흥미롭다는 듯 고개를 갸웃거렸다. 분명 주명이 올라갔는데 찾아간 이는 오지 않고 산에 머물던 자가 내려온다. 그로서는 쉽게 이해가 가지 않는 일이었다.

"호오, 그 정도였단 말인가?"

기실 백유흔은 구양선이라는 존재에 대해서 그리 큰 기대를 하지 않았다. 급격하게 쌓아 올린 마공. 게다가 그 뿌리는 정도에서도 신공이라 칭송받는 무공이었다. 백유흔이 구양선에게 관심을 가진 이유는 단순히 성화령(聖火靈)과 비슷한 모양의 불꽃을 사용한다고 해서였다.

그런데 우호법 주명을 뿌리치고 도주를 감행한다? 쉽게 있을 수 없는 일이었다. 백유흔이 우호법 주명과 좌호법 철부용에게 그만한 믿음과 권한을 준 것은 그들에게 그럴 만한 자격이 있었기 때문이다. 작은 일에도 열과 성을 다하는 이들. 그 둘이 있었기에 지금껏 천마신교가 번듯하게 유지될 수 있었던 것이다. 그럴 리는 없겠지만 주명에게 문제가 생겼다면 백유흔은 단숨에 중원을 쓸어버릴 용의가 있었다.

"거기 서라!"

백유흔이 빙긋 웃음을 지었다. 짙게 들려오는 비명 뒤로 분노에 찬 고함. 분명히 우호법 주명의 목소리였다.

'물론 그것도 우호법에게 문제가 생겼다면 말이지만…….'

주명은 극마신투를 최대한으로 전개한 상태였다. 허벅지가 말근육처럼 부풀어 있었다. 잡힐 듯 잡히지 않는 구양선을 향해 계속해서 손을 내뻗고 있었다. 백유흔은 구양선의 몸에서 일어나는 불길에 한 차례 눈길을 준 뒤 가볍게 말했다.

"우호법, 그냥 죽여라."

그러자 주명의 기세가 급변했다. 어떻게든 생포하려던 움직임이 더 간결해지고 빨라졌다. 교주의 명이 떨어진 이상 이대로 맞아 죽어도 무방하다는 움직임이다.

"미친 노인네가!"

한편, 두 사람의 드잡이를 보던 법륜은 이마를 탁 때릴 수밖에 없었다. 구양선을 알아봤기 때문이다. 그제야 천마신교의 교주가 한 사람만을 대동한 채 움직인 연유를 알았다.

'교도가 될 것을 제안했다더니.'

세상이 참 좁다고 느껴졌다. 한편으론 구양선의 무력이 천마신교에서 탐낼 정도로 뛰어난가에 대한 의문도 들었다. 법륜이 막 그렇게 생각하고 있을 때, 입을 꾹 다물고 있던 조비영이 가볍게 혀를 놀렸다.

"이제 다섯이군."

"……?"

"적의 적은 친구가 아니던가?"

그 말에 세 사람이 나지막한 탄성을 내뱉었다. 다섯이면 패왕진을 구성하는 주축을 완성할 수 있다. 처음 해보는 일이니 합이야 잘 안 맞겠지만 지금보다 확실한 압박을 가할 수 있다. 그 사실을 깨달은 법륜이 재빨리 진에서 이탈해 주명을 향해 몸을 날렸다. 아까 본 노인이 맞는지 의심이 들 정도였다.

'그런 것은 아무래도 상관없지.'

콰아아앙!

법륜의 어깨에서 천공고가 폭발했다. 주명은 팔을 십자로 교차해 내는 것만으로 법륜의 공세를 막아냈다. 하나 법륜이 노린 바는 주명의 패퇴가 아니었다. 주명이 밀어낸 공간 사이로 법륜의 오른발이 아래에서 위로 일직선을 그렸다.

좌아아악!

무형사멸각. 보검난파의 초식이 그 틈을 더 벌려놓았다. 주명은 갑자기 뻗어 나온 날카로운 경기에 슬며시 몸을 뒤로 뺐다. 그리고 그것으로 충분했다. 그사이 법륜이 구양선의 옷깃을 잡아채 패왕진으로 복귀했다. 절묘하고 재빠른 한수였다.

"구양선."

"법륜……!"

"살고 싶으면 협력해라. 네 방위는 후방이다. 지휘는 전방에 선 자가 한다."

"……."

법륜의 단호한 어조에는 일체의 반박이나 반항을 거부한다는 의지가 담겨 있었다. 그제야 세 사람이 대치하고 있는 자가 눈에 들어왔다. 젊은 나이, 그리고 굳이 기감을 끌어 올리지 않아도 느껴지는 저릿저릿한 기파. 법륜보다 더한 괴물이 거기에 있었다.

'살고 싶으면…….'

생각지도 못한 발언에 구양선은 묵묵히 진의 후방에 자리를 잡는 순간에도 낯선 감정을 지울 수 없었다.

자신이 알던 법륜은 무적은 아니더라도 절대 포기 같은 것은 모르는 인간이었다. 그런 그가 살고 싶으면이라는 말을 꺼낸 것 자체가 지금의 상황이 얼마나 어려운지 단적으로 알려주고 있었다.

'언제는 죽음을 각오하지 않았던가.'

구양선은 희미하게 웃으며 열화검을 고쳐 쥐었다. 어차피 도망도 못 친다. 도망을 쳐도 문제다. 이들이 죽으면 중원은 천마신교의 수중에 떨어질 테니까. 그렇다면 천하에 발붙일 곳이 없다.

"신승, 그대가 중심이오. 가장 강력한 일격을 준비하시오. 그리고… 통하지 않을 것 같으면 나는 내버려 두고 뒤돌아보지 말고 도망치시오."

팽도경이 주변의 네 사람에게만 들릴 정도의 작은 목소리로 내뱉자 모두가 고개를 끄덕였다. 이번이 마지막 기회임을 모두가 직감한 것이다.

"그럼 무운을."

선공은 팽도경이 했다. 팽도경의 천중도가 느릿하게 움직였다. 과연 백유혼에게 통할까 의문인 일격이었지만 그는 자신 있었다. 지금의 전투는 혼자 하는 것이 아니기 때문이다.

'패왕진이 지닌 가장 큰 이점을 살려야 해.'

패왕진은 하북팽가 최후의 보루라고 불릴 정도로 오묘하고 심도 깊은 진법이었다. 같은 내력을 익히고 손발을 맞춰온 것은 아니지만 팽도경은 충분히 치명적인 일격을 먹일 수 있을 것이라 생각했다.

[우측, 삼 척(尺) 이상 벌어지지 마시오.]

[좌측, 조금 더 안쪽으로. 진기의 흐름은 중앙을 향해서.]

[후방, 틈을 노린 공격보다 방어에 집중하시오. 진기를 넓게 퍼뜨려.]

팽도경의 지휘 아래 어긋나 있던 톱니바퀴가 차근차근 맞물려 갔다. 백유혼은 처음부터 삐거덕거리던 진법의 움직임에 코

웃음을 쳤지만 뒤에 서서 물끄러미 진법을 노려보고 있던 주명의 눈에는 강력한 위기감이 자리하고 있었다.

'점점 합이 맞아간다.'

법륜에게 일격을 허용하고 구양선을 놓쳤지만 그는 아직 충분한 여력이 있었다.

단번에 뒤를 쳐 진세를 헤집어놓을 수도 있었지만 그러지 않은 이유는 주군인 백유혼 때문이었다. 단 한 번도 보여주지 않은 즐거워 보이는 얼굴. 그 얼굴 때문에 주명은 쉽게 나서지 못했다.

'위험해.'

불길한 감각이 뒤통수를 어루만지는 것 같았다.

"확실히… 지금까지와는 다르군."

백유혼은 가벼운 어조로 손에 들린 검을 허공에 털어냈다. 강기로 빚어낸 검이 빛이 명멸하듯 사라졌다. 그저 웃는 얼굴이던 백유혼의 얼굴은 좀 전과는 다른 희미한 긴장감이 어려 있었다.

'귀찮아지겠군.'

합이 맞물리기 시작하면서 가장 달라진 점은 압박감이었다. 한 사람이 내뿜던 압박감과는 차원이 다른 위력. 세상 어디에 내놓아도 손에 꼽힐 실력을 지닌 이들이다. 그런 이들의 압박은 백유혼으로서도 난생처음 경험하는 일이었다.

"지금!"

팽도경이 거칠게 도를 휘두르며 몸을 뒤틀자 그 공간으로 법륜의 손이 턱 치고 들어왔다. 법륜의 손에 머문 진기는 붉은색을 띠고 있었다. 강환을 제외하곤 극강의 파괴력을 자랑하는 절기 적로제마장 적옥이 펼쳐진 것이다.

파아앙!

백유혼은 법륜의 적옥을 정면에서 받아냈다. 그리고 그것이 그의 패착이었다. 법륜이 준비한 한수는 단순히 제마장 하나가 아니었던 것이다. 백유혼이 적옥의 경력을 상쇄하는 순간 그의 몸 주변으로 무수히 많은 강환이 떠올랐다.

"터져라!"

법륜이 펼쳐진 손바닥을 세차게 쥐는 순간 강환이 동시다발적으로 터져 나갔다.

콰아앙!

콰아아앙!

흙먼지가 시야를 가리자 법륜은 다시금 팽도경의 등 뒤로 물러났다. 자신은 진법의 중추. 상대가 어떤 피해를 입었는지 모르는 상황에서 선부른 공격은 금물이다. 하지만 좌측과 우측의 상황은 달랐다. 상관책과 조비영은 진의 좌우측 방위를 맡으면서 상대적으로 여유가 있었다.

두 사람의 시선이 교차했다.

'강력한 것 한 방.'

'보조한다.'

두 사람이 동시에 고개를 끄덕였다. 상관책의 장창이 불을 뿜었다. 피어오른 흙먼지 한가운데 동그란 구멍이 뚫렸다. 섬광십자창이 뚫어낸 길 한복판으로 조비영의 수라검이 번쩍이며 불을 뿜었다. 모으고 또 모은 진기로 펼쳐낸 금검포신탄이었다.

카아아아!

포신탄이 흙먼지를 빨아들였다. 흙먼지가 수라검을 중심으로 회전하자 가려진 시야가 적나라하게 드러났다. 백유혼은 담담한 표정으로 패왕진을 구성하는 다섯 무인을 노려보고 있었다. 거듭되는 공격에도 그의 옷에는 먼지 하나 묻어 있지 않았다.

파아아아아!

이윽고 포신탄이 폭발하자 백유혼의 눈가가 미미하게 찌푸려졌다.

"귀찮군. 진심으로."

백유혼이 주먹을 땅에 내려치자 토벽이 솟아나며 포신탄의 진로를 막아냈다. 단순히 흙벽을 일으킨 것이 아니라 진기를 가득 담아 만들어낸 방벽. 포신탄은 부지불식간에 일어난 토벽을 뚫지 못하고 스러졌다. 겉으로 보기에 완벽에 가까운 방어. 하지만 백유혼이 전혀 타격을 입지 않은 것은 아니었다.

그 증거일까. 백유혼의 이마로 땀방울 하나가 또르르 떨어졌다. 무지막지한 진기를 지닌 백유혼도 점차 지쳐가고 있는 것이다. 그 여파로 방금 전 공격을 막아낸 팔이 미미하게 떨려오고 있었다.

'이제 끊어야겠군.'

더 이상의 위험부담은 사양이다. 가볍게 시작한 유흥이었지만 그 결과가 어떻게 될지 예상할 수 없게 된 지금, 한 집단의 수장으로서 적당히 끊고 물러나는 것이 맞았다. 그렇다면 선물 하나를 줘볼까. 백유혼은 그렇게 생각하며 입을 열었다.

"훌륭하다. 하지만… 아직 부족해. 다음에 날 만나서 목숨을 부지하려면 적어도 지금보다는 강해져야겠지."

백유혼의 손에 다시 한번 검이 들렸다. 이번엔 붉은 빛깔의 검이 아닌, 칠흑처럼 어두운 색깔의 검이었다. 법륜을 비롯한 네 사람은 그 검을 보자마자 동시에 같은 생각을 하고 말았다.

'못 막는다.'

가장 먼저 정신을 차린 것은 진의 선두에 서 있는 팽도경이었다.

"절초로!"

가장 먼저 인지한 만큼 팽도경의 도격이 가장 먼저 터져 나왔다. 백유혼의 검이 미처 움직이기도 전이다. 본능에 따른 움직임. 팽도경의 천중도가 깔끔하게 일직선을 그렸다. 위에서 아래로 내려치는 도격. 가장 단순하고 위력적인 도격이 펼쳐졌다.

쩌어어어엉!

하나 누가 보아도 인정할 만한 팽도경의 일격은 백유혼이 검을 들어 올리는 순간 산산이 부서졌다. 검면도 아닌 검극으로 팽도경의 도신을 막아낸 백유혼. 팽도경의 두 눈이 경악으로 물들었다. 백유혼은 연어가 물을 거슬러 오르듯 부드럽게 검을 움직였다.

쩌어억!

팽도경이 담당하는 전면이 금세 수세에 몰렸다. 천중도를 상단으로 든 채 가슴이 갈라져 피 분수가 뿜어져 나왔다. 팽도경은 이를 악물고 상단으로 올린 도를 끌어내렸다. 우선은 방어. 팽도경의 머릿속에 들어찬 생각이다.

백유혼의 검이 이번에는 목을 노리고 날아들었다.

"어딜!"

팽도경이 놓친 틈 사이로 상관책이 용케 비집고 들어왔다. 기다란 장창의 창신이 백유혼의 검을 향했다. 기다란 장창으로 순식간에 연타를 두드렸다. 기마에 특화된 장창이라고는 생각할 수 없을 정도로 빠른 속도였다.

쩌정!

쩌어엉!

그사이 팽도경이 정신을 차리고 공격에 힘을 보탰다. 가슴에 상처를 입었다는 것이 믿기지 않을 정도로 깔끔하게 직선을 그렸다. 천중도가 백유혼의 검을 타고 떨어졌다. 백유혼은 단순하게 검을 몸 쪽으로 당겨 날아오는 도와 장창을 동시에 막아섰다. 두 명의 전력이 담긴 힘을 밀어내면서도 전혀 부담이 없는 얼굴이다.

'제법.'

손에 쥔 검을 힘껏 밀어내자 도와 장창이 속절없이 밀려났다. 이제는 끝내야 한다. 백유혼의 검이 눈에 보이지 않을 속도로 상관책의 창을 스치고 지나갔다.

서걱!

진기와 금속이 부딪혔는데 나무토막 잘리는 소리가 났다. 상관책이 든 장창의 창두 부분이 썩은 나무토막처럼 떨어졌다. 상관책이 잘려 나간 창을 봉으로 활용해 둔기를 휘두르듯 머리를 내려쳤다.

백유혼이 처음으로 양손을 이용해 검을 쥐고 아래에서 위로 올려 쳤다. 철봉으로 변한 장창이 조각나며 허공에 흩날렸다. 그뿐만이 아니었다.

쩌억!

상관책의 양팔에서 핏물이 터져 나왔다. 잘려 나가진 않았지만 앞으로 창을 들기 위해 얼마나 오랜 시간이 걸릴지 알 수 없는 부상이었다.

"다음."

그 말에 조비영과 법륜이 반사적으로 함께 움직였다. 조비영이 수비, 법륜이 공격이다. 여기에 팽도경이 합류했다. 역시 선공은 가장 가까이 다가서 있던 팽도경이 했다. 팽도경의 천중도는 아까와는 달리 힘이 잔뜩 빠져 있었다.

'무겁다.'

도가 무겁게 느껴졌다. 가로로 길게 가로지르는 가슴의 검상이 발목을 잡고 있는 탓이다. 법륜은 팽도경을 지나치며 그의 귀에 흘리듯 말을 내뱉었다.

"무리하지 마시오. 그리고… 뒤를 부탁하오."

조비영의 방어에 앞서 법륜이 먼저 치고 나왔다. 그야말로 전력을 다한 공격. 법륜의 몸에서 불광이 치솟았다. 법륜을 대표할 수 있는 무공 불광벽파가 뿜어져 나온 것이다.

'부딪친다.'

이어지는 일격은 천공고. 조금 전 무참하게 깨진 천공고와는 질적으로 다른 공격이었다. 금강령주가 공급하는 진기를 모조리 끌어모은 일격. 거기에 오른쪽 어깨 위에 강환을 띄워 올렸다. 백유혼은 법륜의 기세가 실린 일격을 정면에서 맞받았다.

지이잉!

법륜의 전진은 백유혼의 검면에 막혀 앞으로 나아가지 못하고 있었다. 백유혼의 얼굴엔 아직 여유가 있었지만, 그의 속내는 복잡하게 돌아가고 있었다. 너무 시간을 오래 끈 탓이다.

'그 능구렁이가 무슨 짓을 할지도 모르는 일이니.'

그는 일파의 수장. 무공이라면 모르되 집단을 움직이는 능력은 오랜 세월을 살아온 검선이 더 유연하고 뛰어났다.

백유혼의 검이 허공으로 치솟았다.

"이것으로 오늘은 이만 물러가지. 한번 막아보라. 수준 차이를 느끼게 될 테니."

아까 보여준 거신처럼 거대한 검도 아니었는데 백유혼이 든 검은 태산보다도 더 거대해 보였다. 떨어지는 일격. 천마신교에서도 최고라는 데 이견이 없는 검공 천마검공(天魔劍功)의 일초 천마붕천(天魔崩天)이 떨어졌다.

백유혼의 예감처럼 정도맹회는 바쁘게 움직이고 있었다. 청해와 감숙, 사천, 섬서에 이르기까지 전란에 휩싸인 지역을 수복하기 위해 안간힘을 쓰고 있었다. 비록 주력 타격대가 대거 빠져나갔지만 그래도 맹회에 남은 전력은 저력이라고 부를 만큼 강력했다.

좌호법 백화마인 철부용이 전선은 이끌고 있긴 하지만 맹의 심장이나 다름없는 검선이 직접 모습을 드러내고 구파의 원로들이 속속 모습을 보이자 극심한 혼란에 빠졌다. 게다가 모습을 드러내지 않던 은거 기인들이 곳곳에서 튀어나왔다.

"개판이구먼."

사천성 황룡산에 은거한 금철규 또한 그런 이들 중의 하나였다. 그는 두 자루의 쌍부를 자유자재로 다루는 무인으로 황룡산에서 은거한 지 십 년이 넘는 고수였다. 그런 그도 이번 전란은 피해갈 수 없었다. 아니, 그뿐만이 아니라 사천성에 은거한 이들 대부분이 그랬다.

"퉤, 지미. 이것들은 끊임없이 몰려오는군."

금철규가 두 손에 침을 탁 뱉고는 쌍부를 강하게 쥐었다. 나타나기만 하면 그대로 목을 댕강 잘라 버릴 심산이다. 금철규가 마음을 먹자마자 수풀이 흔들리며 인형 하나가 뛰쳐나왔다.

"왔구먼."

동시에 휘둘러지는 쌍부. 하나 몸통을 반으로 가를 생각으로 내지른 쌍부는 상대방의 복장을 확인하는 순간 급격하게 멈출 수밖에 없었다.

"워메?"

수풀을 헤치고 나타난 인형, 그는 도복을 입고 있었다. 소매에 태극 문양. 황룡산에 은거하기 전에 강호를 주유한 경험이 있는 금철규는 단숨에 그 문양이 무당파를 상징하는 태극임을 확신했다. 그것도 하나둘이 아니었다. 무당 전체가 움직이기라도 한 듯 수십 명이 넘는 도사들이 비장한 표정으로 움직이고 있었다.

"아니, 무당의 도사가 여긴 어쩐 일이래유?"

무당파의 도사들 소매에 그려진 태극이 흔들렸다. 그의 호흡은 조금 지친 듯 거칠었지만 깊이가 있었고, 지면을 굳게 디딘 발은 흔들림이 없었다. 선두의 태극 도복을 입은 도사의 입이 열렸다.

"빈도는 무당의 청수라고 합니다만… 누구신지……?"

청수 진인은 긴장한 표정으로 금철규를 바라보았다. 맹회의 이름으로 사천에서 벌어진 전란을 수습하기 위해 온 무당의 움직임은 맹에서도 아무나 알지 못하는 극비 중의 극비였다.

"에… 그게 지는… 철규라고 하는디요?"

금철규가 얼빠진 소리를 하자 청수의 얼굴이 일그러졌다. 지금 이름을 묻고자 하는 것이 아니질 않는가. 청수가 이끌고 온 무당의 도사들 얼굴에도 잔뜩 짜증이 어렸다. 그들은 먼 길을 달려왔다.

비록 호북에서부터 달려온 것은 아니지만 전선이 형성된 섬서와 사천의 경계에서 전력으로 달려오지 않았는가. 일행의 짜증을 읽어낸 청수가 앞으로 한 걸음 나섰다.

"그걸 묻는 것이 아닙니다. 우리는 모두 천마신교와의 싸움을 위해 경계를 넘어온 이들입니다. 갑자기 처음 보는 이가 불쑥 나타나 도끼를 휘두른다면 경계하는 것이 당연하지 않겠습니까?"

그제야 금철규는 고개를 끄덕이며 손에 들린 쌍부를 회수했다. 비록 강호에 뜻이 없어 나무를 해 생계를 유지하는 입장이지만 그 역시 무인. 자신의 영역을 계속해서 침범하는 천마신교가 마음에 들지 않긴 매한가지였다.

"그렇구만요. 천마신교 그 잡배 놈들이 자꾸 귀찮게 해서 지도 모르게 날카로웠구먼유."

금철규의 말에 청수 진인의 얼굴에 놀라움이 떠올랐다. 나무꾼처럼 보이는 이가 천마신교의 무인을 상대했다니.

'그러고 보니…….'

방금 전에도 그랬다. 도끼를 전력으로 휘두르다 멈출 수 있다는 것은 그만큼 병기에 대한 이해가 출중하고 내력의 수발과 통제가 자유롭다는 뜻이다. 청수 진인의 눈동자가 눈만 끔벅거리고 있는 금철규를 향했다.

'제법 도움이 되겠군.'

직접 무공을 펼치는 것을 본 적은 없지만 도움은 될 것 같았다. 청수 진인의 목록에 금철규의 무위는 빠르게 영입해야 할 인물로 올랐다.

"함께 가시지요. 천마신교 잡배 놈들을 때려잡으러."

"좋구먼유!"

너무 순순한 승낙에 청수 진인의 입가가 미미하게 올라갔다. 이런 식으로 전력을 불려 나간다면 분명 도움이 될 터였다.

"성도로 가는 길인데 혹여 길을 아십니까?"

금철규가 당연하다는 듯 고개를 끄덕였다.

"가시지유. 이곳 토박이라 길은 잘 압니다요."

금철규가 앞장서자 청수 진인을 위시한 도인들이 줄줄이 따라나섰다. 비단 금철규뿐만이 아니다. 사천을 비롯해 전란이 일고 있는 곳이라면 어디에서나 이루어지고 있는 일이었다. 그리고 은거한 무인들의 참전은 일방적으로 밀리기만 하던 맹회에 커다란 반전이 되기 시작했다.

검선이 노린 한수가 정확하게 먹혀든 것이다.

*　　　*　　　*

“상황은?”

그 시각 검선은 맹회의 집무전에서 보고를 받고 있었다. 보고자는 이제 맹회에 없어서는 안 될 인물로 맹회의 보물이라 칭송받고 있는 구양비였다.

“아직 이렇다 할 기별은 없습니다. 하지만… 아무래도 마음에 걸리는 것이…….”

검선은 그럴 수 있겠다는 듯 고개를 끄덕였다. 그 또한 맹회의 주력을 밖으로 돌리면서 생기는 문제에 대해 한참 고민하던 참이니까.

“하지만 이미 되돌리기엔 너무 늦었네. 어쩔 수 없네. 그 친구들이 잘해주기를 바라야겠지.”

검선은 조용히 찻잔을 들어 입가를 적시며 축객령을 내렸다. 평소에 마시던 그 맛인데 오늘은 왠지 차 맛이 쓰게만 느껴졌다.

‘어쩔 수 없다니, 나도 참 속물이군.’

검선은 충분히 선택할 수 있는 여유와 결정권이 있었다. 그럼에도 대승적인 차원이라는 거짓말로 자신을 속이고 맹회를 속였다. 오랜 세월을 살아왔고 그만큼 많은 전란을 겪어왔다. 게다가 천마신교와의 일전은 이번이 처음이 아니다. 또한 천마신교의 교주가 홀로 움직인 것도 처음이 아니었다.

‘과거에도 그랬지.’

과거에도 지금과 같은 상황이 있었다. 하지만 검선은 이에 대해 거짓말을 한 적이 없었다. 그가 한 거짓말은 단 하나였다.

천마신교의 교주는 술수를 쓰지 않는다.

진실이다.

천마신교의 교주를 잡을 수 있다.

거짓이다.

천마신교의 교주라는 자리는 인간이 아닌 괴물만이 앉을 수 있는 자리였다. 고작 타격대 몇 개로 잡을 수 있었다면 이런 난관 따위는 겪지도 않았을 게다.

'아예 기대를 안 한 것은 아니지만…….'

검선은 조용히 눈을 감았다. 신승 법륜, 그리고 그와 함께 간 면면들. 충분히 일을 도모해 볼 수 있는 전력이었다. 그렇기에 과감하게 밀어붙였다. 비록 무당칠자는 돌아올 수 없는 고혼이 되었겠지만 괜찮다. 그들은 무당의 명예를 위해 희생했으니. 이제 그가 할 수 있는 일은 기다리는 것뿐이었다.

'피곤하구나.'

어깨 위로 돌덩이가 얹힌 것처럼 무거웠다.

* * *

백유혼이 던진 공격은 강력했다. 아니, 강력하다는 말 하나로 표현하기엔 무리가 있었다. 모양새는 삼재검법에 실린 태산압정의 초식과 비슷했다. 하지만 결과는 천지 차이였다. 천마붕천. 천마가 산을 부순다. 그 위력은 말 그대로 일검에 산을 부술 것 같은 거력이 담겨 있었다.

"전면은 내가 맡겠소."

법륜은 그 와중에도 앞으로 나섰다. 딱히 책임감이라거나 이들보다 뛰어나다는 생각이 있어서가 아니었다. 그저 그가 할 수 있는 일을 하고자 할 뿐이었다. 법륜이 떨어지는 일검을 지그시 바라봤다.

금강령주가 공급하던 진기는 이미 고갈된 지 오래였다. 천지교태를 이룬 이후 내력이 모자란 적은 한 번도 없었는데 오늘은 그마저도 아쉬웠다.

'그래도 막아야만 해.'

그래야 살 수 있었다. 그래야 돌아갈 수 있었다. 법륜의 머릿속에는 오직 그 생각뿐이었다. 법륜의 꺾이지 않는 의지를 읽었는지 금강령주가 삐걱거리며 진기를 공급했다.

'불광벽파로는 안 돼.'

불광벽파는 두부 갈리듯 갈라질 것이 분명했다. 그렇다면 다른 수를 내야 했다. 법륜의 머리가 빠르게 회전할 때, 백유혼의 검은 이미 지척에 도달해 있었다.

'생각하면 늦어.'

법륜은 지금까지 정교한 초식을 운영하던 것과는 별개로 마구잡이로 내력을 쏟아냈다. 단전에 진기가 고이기 무섭게 뱉어낸 것이다. 일견 보기엔 무식하게 쏟아내는 진기. 하지만 법륜은 그 무질서한 흐름 속에서 나름대로의 질서를 잡아가고 있었다.

'여기는 이렇게. 아, 저쪽이 비는구나.'

법륜의 머리가 고속으로 회전할 때마다 그 생각을 반영하기라도 하듯 진기가 움직였다. 마치 의지를 가진 생물을 보는 것 같았다. 법륜의 정신이 몽롱해지기 시작했다.

'지금.'

법륜의 몸에서 다시 한번 불광이 치솟았다. 하지만 기존의 것과는 사뭇 다른 모습이었다. 기존의 불광벽파가 온몸을 둘러싼 안개 같은 모습이었다면 지금의 모습은 전면을 보호하는 단단한 철벽처럼 보였다. 그런 방패 위로 백유혼의 검이 떨어졌다.

지이이잉!

콰카아아아앙!

백유혼이 만들어낸 칠흑의 검이 불광 위로 떨어지자 불꽃이 튀었다. 진짜 쇠로 만든 검과 방패가 부딪히는 것 같았다.

'밀린다.'

법륜은 몽롱한 정신으로도 백유혼의 검이 자신이 만든 진기의 벽을 밀고 들어온다는 사실을 알았다. 지근거리에서 검을 내리누르는 백유혼 또한 그 사실을 알았다. 백유혼의 입매가 비틀리듯 올라갔다. 기대 이상의 분전을 보여준 법륜에 대한 호감이다. 법륜은 몽롱한 와중에도 웃고 있는 입매를 정확하게 봤다.

'웃어?'

이해는 한다. 이 정도의 무력, 손 하나 까닥이지 않아도 모든 것을 해결할 수 있는 신분. 지금의 상황이 재미있지 않다면 그건 죽은 사람이다. 하지만 결코 그것이 자신을 상대할 때에 보여야 할 모습은 아니었다. 법륜은 목숨을 걸었기 때문이다.

'한 방 먹여주마.'

법륜은 진기의 방패를 받쳐 든 손을 뒤로 뺐다. 손을 빼자 진기의 방패가 순식간에 우그러들며 깨져 버렸다. 백유혼의 검이 다시 한번 힘을 냈다. 이제는 막아낼 방패도 없었다. 법륜은 뒤로 뺀 몸을 한 바퀴 회전시켰다. 그러곤,

파바밧!

땅을 박차고 백유혼의 품으로 파고들었다. 진기가 제대로 실리지 않아 생각보다 굼뜬 움직임이었다. 법륜은 회전한 그대로 팔꿈치를 휘둘러 백유혼의 얼굴을 노렸다.

스윽!

백유혼은 가볍게 고개를 뒤로 젖히는 것만으로 손쉽게 법륜의 일격을 피해냈다. 그때, 법륜의 눈빛이 달라졌다. 포기한 사람의 눈이 아니었다. 백유혼 또한 그의 눈빛을 알아챘지만 이번엔 법륜이 한발 더 빨랐다.

쩌억!

처음으로 백유혼의 몸에 공격이 적중했다. 비록 진기가 실리지 않은 육신을 이용한 공격이었지만 일단 맞았다는 것이 중요했다. 하나 백유혼의 갈빗대에 정확하게 틀어박힌 습격에도 법륜의 굳은 얼굴은 풀릴 줄을 몰랐다.

'얕았어.'

백유혼은 법륜의 예상치 못한 공격에 당황하긴 했지만 그리 큰 타격을 입은 것은 아니었다. 그는 습격의 대가로 법륜의 몸을 난자했다.

서걱!

서거걱!

스걱!

눈 깜짝할 새에 칠흑의 검이 몸을 가르고 지나갔다. 백유혼의 눈동자는 방금 전과 달리 잔인하게 빛나고 있었다.

"감히!"

백유흔의 얼굴은 분노의 빛을 띠고 있었다. 예상치 못한 한 방이었다. 순식간에 법륜의 상체를 세 번 가른 칠흑의 검이 다시 한번 떨쳐졌다. 법륜은 빠르게 다가오는 검날을 멍한 표정으로 바라보고만 있었다.

'빠르다.'

그 외에는 아무런 생각도 들지 않았다. 진기의 한계, 육신의 한계가 턱끝까지 치고 올라왔다. 언제나 한계를 뛰어넘어 온 법륜은 모순적이게도 지금 이 순간 자신의 한계를 명확하게 느끼고 있었다.

"안 돼!"

조비영의 외침이 들려왔지만 법륜은 검날이 몸을 파고드는 그 순간까지도 제자리에 멍하니 서 있었다. 아니, 그럴 수밖에 없었다. 더는 몸이 움직일 생각을 하지 않았으니까. 그러나 그 순간에 움직이는 사람이 하나 있었다.

"병신같이 뭐 하는 거야!"

검은 불길을 일으키는 자. 희대의 패륜아 구양선이 열화검을 떨치며 접근했다. 그의 동작은 간결했다. 진의 후방에서 팽도경을 제치고 뛰쳐나와 법륜의 뒷덜미를 잡아채 당겼다.

스걱!

백유흔은 방금 전의 검상이 얕았음을 직감적으로 알 수 있었다. 종전에 들어간 세 번의 검격과는 달리 그저 피륙만 베고 지나갔을 뿐이다. 백유흔은 그 사실을 인지한 순간 빠르게 따라붙었다.

"죽어라!"

칠흑의 검이 다시 한번 법륜의 목으로 파고들었다. 구양선은 법륜의 뒷덜미를 재차 잡아당겨 뒤로 던져 버렸다. 동시에 칠흑의 검을 향해 열화검을 내뻗었다.

쩌어엉!

구양선이 그 검격에 속절없이 밀려났다. 엄청난 힘이다. 직접 붙어보기 전에도 괴물이라고 생각했지만 상상 이상이었다. 그저 눈으로 보는 것과는 천양지차이다. 하나 구양선의 입은 백유혼의 검만큼 매서웠다.

"어딜! 이 거짓말쟁이가!"

우뚝!

거짓말쟁이라는 구양선의 일갈에 백유혼의 신형이 멈춰 섰다.

"거짓말쟁이라고?"

백유혼이 인상을 잔뜩 찌푸리자 구양선이 되레 황당하다는 듯 일갈을 내뱉었다.

"그 일검만 막으면 물러난다며? 왜 또 덤비고 지랄이야?"

잔뜩 긴장한 구양선이 검을 고쳐 쥐며 도발하자 백유혼은 그 자리에서 웃음을 터뜨렸다. 맞다. 약속했다. 일 초식만 막으면 물러나겠다고. 법륜의 습격에 저도 모르게 흥분해 달려들었다.

"그렇군. 그랬지. 내가 흥분했군. 약속은 약속이지."

"안 됩니다!"

멀찍이서 지켜보고 있던 우호법 주명이 그대로 돌아서려는 백유혼을 붙잡았다.

"이대로 돌아간다면 훗날 큰 화가 될 겁니다. 이 자리에서 죽여야 합니다."

"그만."

백유혼은 재차 살검을 언급하는 주명을 물리쳤다. 백유혼 스스로도 알았다. 오늘 일을 두고두고 후회할 것이라는 것을. 그럼에도 백유혼은 물러나고자 했다. 이유가 있었다. 여흥은 이미 충분히 즐겼다. 확인하고자 한 것도 확인했다. 더는 이곳에 있을 이유가 없었다.

'그리고…….'

백유혼은 온몸에 피 칠갑을 한 채 간신히 버티고 서 있는 법륜을 바라보았다. 처음이었다. 무공을 완성한 뒤 일격을 허용한 것은. 비록 그 일격이 파리 한 마리 잡기 어려울 정도로 형편없는 것이었다 해도 어떤 누구도 그의 방어를 뚫고 들어와 공격에 성공한 자가 없었다.

'언젠가 다시 붙어볼 날이 있겠지.'

그것으로 법륜을 살려둘 이유는 충분했다. 다시 한번 싸워보고 싶은 심정. 같은 연배에서는 한 번도 느껴본 적 없는 호승심이었다.

"물러간다."

"하오나……."

"그만."

백유혼의 입에서 재차 그만이라는 말이 튀어나오자 주명은 고개를 숙였다. 백유혼의 표정이 더는 용납하지 않겠다는 빛을 띤 이상 아무리 간청해도 통하지 않을 것을 알기 때문이다. 주명은 백유혼이 먼저 휘적휘적 걸어 내려가자 고개를 돌렸다.

"거기 망종, 네 소문은 이미 중원에 파다하다. 교주께서 그냥 죽이라고 하셨다만, 갈 곳이 없다면 신교로 오라. 목숨만은 붙여 주마."

주명은 그 말을 끝으로 뒤도 돌아보지 않고 백유혼을 따라 나섰다. 뒤에서 펼쳐질 혹시 모를 기습 같은 것은 안중에도 없는 모습이다.

"끝났군."

그나마 멀쩡한 조비영이 자리에 털썩 주저앉았다. 구양선은 눈을 가늘게 뜨며 조비영을 쳐다봤다. 그와는 악연이 있었다. 하지만 지금 당장 그 악연을 풀 마음이 들지 않았다. 너무 큰 산을 본 까닭이다. 기실 구양선의 다리는 백유혼 앞에 나서는 순간부터 세차게 떨리고 있었다.

"빌어먹을."

구양선은 욕지거리를 한 번 내뱉은 후 백유혼이 떠난 반대 방향으로 걸음을 옮겼다.

"그냥 가나? 이런 기회가 흔치 않을 텐데."

조비영이 이죽거렸지만 구양선은 들은 체도 하지 않았다. 다만 한마디를 남겼다.

"저놈과 다시 붙을 때 나도 불러라. 그때는 이렇게 호락호락하지 않을 거야. 아니, 반드시 이긴다."

"그런가."

조비영은 구양선이 무엇을 생각하고 있는지 알았다. 그 역시 같은 마음. 그러자 놀랍게도 지난날 쌓아온 악연이 부질없게 느껴졌다.

'인생무상이라더니 딱 그 느낌이군.'

조비영은 앉은 자리에서 엉덩이를 털고 일어났다. 일단 살았으니 움직여야 했다. 그리고 그전에 다친 이들부터 살펴야 했다. 품에 손을 넣으니 혹시 모를 일에 대비해 챙겨 온 금창약이 만져졌다. 조비영은 기식이 엄엄한 상관책에게 먼저 다가갔다.

"괜찮나?"

"괜찮아 보이나?"

상관책은 허망한 눈동자로 하늘을 올려다보고 있었다. 두 팔이 거의 날아갈 뻔했다. 손에 힘이 들어가지 않았다. 근맥이 잘려 나가 반병신이 된 느낌이다. 조비영이 툭툭 건드리는데도 상관책은 요지부동이었다.

"갚아주지 않을 셈인가?"

"……."

"빨리 나아라. 우리에겐 시간이 얼마 없어."

"그래, 갚아줘야지."

상관책이 팔을 내밀자 조비영은 능숙한 손놀림으로 금창약을 바르고 옷을 찢어 그나마 깨끗한 부위로 상관책의 팔을 감쌌다. 그다음으로 다가선 것은 팽도경이었다. 그는 제자리에 선 채로 기절한 상태였다. 조비영은 재빨리 그를 자리에 눕히고 혈을 짚었다.

"이 친구는 위험하군."

"죽지 않을 걸세. 강하니까."

상관책이 자리에서 일어나 조비영의 옆으로 다가섰다. 팔이 움직이지 않지만 어떻게든 돕겠다는 의지의 표명이다. 조비영은 눈짓으로 땅에 엎어져 있는 법륜을 가리켰다. 이쪽은 됐으니 저쪽에나 가보라는 뜻이다. 상관책이 법륜에게 다가섰다.

"이리 와! 빨리!"

상관책은 엎어진 법륜 앞에서 떨리는 음성으로 조비영을 불렀다. 그의 눈동자가 사정없이 흔들리고 있었다.

"왜 그러나?"

"이 친구… 숨을 안 쉬어."

"뭐라고?"

조비영이 엎어진 법륜을 뒤집자 피에 전 몸이 딱딱하게 굳어 있다. 코에 한 번, 심장에 한 번 계속해서 확인해 봤지만 상관책의 말 그대로였다. 그의 숨은 멎어 있었다.

"제기랄!"

조비영의 손이 법륜의 몸을 두드렸다.

* * *

법륜은 부유감을 느끼며 눈을 떴다. 오랜만에 아주 긴 단잠을 잔 것 같았다. 눈을 뜨자 익숙한 공간이 그를 반겼다. 법호당(法護堂). 어릴 적 그가 머물던 암자의 이름이다.

"이제 일어났느냐?"

익숙한 음성. 하지만 이제 더는 들을 수 없는 음성. 무허의 자상한 목소리가 그의 귓가를 두드렸다. 그리고 그 순간 법륜은 자신이 꿈을 꾸고 있다는 것을 알았다.

"사조……."

"그래, 잘 지냈느냐?"

"이게 어떻게… 된 일입니까?"

언젠가부터 상상해 본 적 없는 꿈. 사조 무허는 분명 그리운 존재였지만 살아 있는 동안엔 볼 수 없다는 생각에 기억에서 지워 버리려고 애쓴 법륜이다.

"어찌 되긴, 잘 알고 있지 않느냐?"

"꿈… 꿈이로군요."

"꿈일까?"

무허는 오랜만에 만난 법륜을 보며 빙긋 웃었다. 잘 자랐다. 아니, 그 말로는 부족했다. 제자이자 아들, 그리고 손자이던 법륜은 이미 그가 생전에 이룬 성취를 한참이나 뛰어넘은 상태였으니까.

"꿈이… 아닙니까?"

"흘흘, 그것은 마음대로 생각하려무나. 밖으로 나오너라."

무허는 자리에서 일어난 법륜을 일으켜 밖으로 내몰았다. 밖은 여느 때와 같이 똑같은 풍경이었다. 수풀이 울창한 산속, 그리고 그 안에 덩그러니 놓인 암자, 어릴 적 무공을 단련하던 자그마한 공터까지.

"어떠냐?"

"무엇이… 말입니까?"

"내가 선문답이나 하자고 너를 이리 밖으로 이끌었겠느냐? 지금 보는 이 풍경이 어떠냐고 묻는 게다."

그 말에 법륜은 아련한 표정으로 입을 열었다.

"그리운… 풍경이로군요."

"그래? 그럼 이건 어떠냐?"

무허가 손을 튕기자 주변의 풍경이 휙휙 지나가며 바뀌기 시작했다. 바뀐 풍경 또한 익숙한 곳. 소림을 떠나 그가 자리를 잡은 태영사였다. 태영사에선 그 누구보다 보고 싶던 한 사람이 법륜과 무허를 맞이했다.

"오셨어요, 상공?"

"부인……."

구양연이 맑은 미소를 머금은 채 두 사람을 바라보고 있었다. 무허는 그런 그녀는 아랑곳하지 않고 재차 법륜에게 물었다.

"끌끌, 이 풍경은 어떠하냐?"

"이 역시… 그리운 풍경입니다만……."

"그렇다만?"

"그리움보다 지키고 싶은 풍경이지요."

무허는 고개를 끄덕였다.

"그렇다면 지키면 되겠구나."

"예?"

법륜이 얼빠진 소리를 내자 무허가 다시 한번 손을 튕겼다. 이번에는 아무것도 존재하지 않는 지독한 어둠만이 남아 있는 공간이었다.

"그간 고생이 많았다. 강호의 안녕을 위해서 많은 노력을 한 걸 알고 있다."

"어찌… 그걸 아신단 말입니까?"

무허는 아직 깨닫지 못했냐는 듯 혀를 차더니 다시 한번 손을 튕겼다. 이번에는 익숙하지만 보고 싶지 않은 광경이었다. 평량산. 그가 정신을 잃고 꿈을 꾸기 전 있던 곳. 다급한 얼굴의 조비영과 상관책이 보였다. 그제야 법륜은 무허가 말하고자 하는 바가 무엇인지 알았다.

"사조는… 사조가 아니군요."

"그렇다."

무허는 가볍게 인정했다. 그는 아주 오래전에 죽었다. 법륜이 조금 있으면 삼십 대 중반을 바라보니 십 년도 넘은 일이다. 그 사실을 상기하지마자 법륜은 무허의 얼굴이 낯설게 느껴졌다. 그런 법륜의 심정을 헤아려서인가. 무허이되 무허가 아닌 존재가 희미한 미소를 지으며 입을 열었다.

"이곳은 네 무의식. 나는 네가 만들어낸 허상이다. 그리도 고되더냐? 스스로를 위로하고 싶을 만큼?"

"그렇지 않습니다……."

무허의 형상을 띤 법륜의 무의식은 뒷짐을 진 채 아무것도 없는 공간을 올려다봤다.

"무공을 익힌 것을 후회한다. 언젠가부터 '내' 마음속을 뒤흔든 화두였지. 차라리 농군이 될 걸, 차라리 평범한 장사꾼이 될 것을. 계속해서 그렇게 생각했지."

무의식은 천천히 걸음을 옮겼다. 그러자 어둡기만 한 공간에 한줄기 빛이 들어오는 것같이 주변이 밝아지기 시작했다.

"무회신승(武悔神僧). 무공을 익힌 것을 후회하는 승려라. 참으로 재미있는 일이지."

제사십오장(第四十五章)

각성(覺醒)

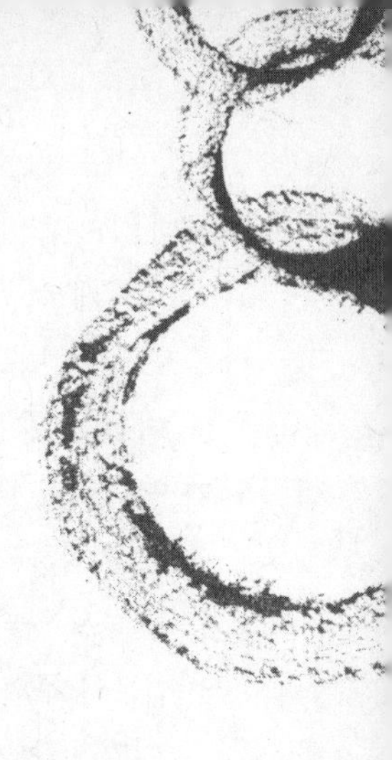

“하지만 그러면 어떠하냐? 인간은 완벽하지 않아. 내가 그렇게 생각한다는 것은 거기 서 있는 너도 그렇게 생각한다는 뜻이지. 그렇지 않나?”

법륜은 어느새 무허의 형상을 한 무의식이 모습을 바꾼 것을 알아챘다. 그것은 자신과 똑같은 형상, 또 하나의 법륜이 서 있었다.

“맞아.”

“그런데 뭘 그렇게 고민하지? 답답하군. 너는 이미 스스로 답을 알고 있다. 농군이 된들, 장사꾼이 된들 어차피 인생은 후회를 낳고 지난날을 반추하게 만들지. 아무리 높은 경지에 오른 무인일지라도 그것은 똑같은 일이다. 후회하라. 그리고 돌이켜 봐라. 지나간 일을 고칠 수 있다면 고치고 그렇지 않다면 흘려

보내."

"그렇게 쉬운 일이 아니다."

또 다른 법륜이 고개를 내저었다.

"아니, 쉬운 일이다. 언제든지 그렇게 할 수 있는 일이야. 네가… 그리고 내가 신(神)이 될 필요는 없다. 인간이면 족해. 웃고, 울고, 후회하고, 반성하고. 그것이면 충분하다."

"그렇지 않다. 나는 내 사람들을 지켜야 해."

법륜의 무의식은 그 말에 콧방귀를 뀌었다.

"지켜라. 누가 뭐라던?"

"……."

법륜은 무의식의 대답에 멈칫했다. 지켜라. 그래, 그 말 그대로 지키면 된다. 하지만 여전히 누군가를 지킨다는 것은 어려운 일이었다.

"너도 알지 않나? 누군가를 지키는 것은 쉬운 일이 아니야. 혹 그 신념을 지키지 못한다면……."

누군가는 실망하겠지. 또 누군가는 원망할 테고. 법륜은 타인의 마음을 감당할 자신이 없다고 말하고 있었다.

"알아. 하지만 하나만 생각해라. 사는 것, 삶에 충실히 하는 것, 때로는 후회하고 절망할지언정 포기하지 마라. 그것이면 충분해. 너도 알고 있지? 내가 이런 말을 하는 것 자체가 지독한 모순이라는 것을."

맞다. 무의식은 법륜의 또 다른 내면이다. 그 역시도 그 사실을 잘 알았다.

"삶에 충실하라……."

법륜은 저도 모르게 웃음을 흘렸다. 언제는 충실하지 않았던가. 주어진 무공을 익히며 하루하루를 보냈고, 매사에 열심히 살았다. 주어진 것을 완벽하게 하기 위해서. 그런데도 또 다른 자신은 삶에 충실하라고 이른다.

'너무 무겁게만 생각했나.'

하지만 그럴 수밖에 없었다. 그 어떤 것보다도 고귀한 것이 생명이라는 생각을 갖고 있는 법륜에게 자신의 책임으로 인한 타인의 죽음은 결코 쉽게 받아들일 수 있는 종류의 것이 아니었다.

"또, 또 쓸데없는 생각을……."

무의식이 말했다.

"왜 타인의 책임까지 스스로 짊어지려 하지? 그저 받아들여라. 네가 최선을 다하지 않았다면 모르되 그런 것이 아닌 이상 그렇게 스스로를 옭아맬 필요가 있나? 그냥 아파하고 또 괴로워해라. 그리고 다시는 그런 일이 없도록 노력하면 그만이지 않은가?"

무의식은 한숨을 푹 내쉬었다.

"네 무공만큼이나 좀 성숙해지란 말이다. 너를 원망할 사람은 아무도 없어."

"그런가?"

무엇을 아파하고 괴로워해야 할지 법륜은 너무 잘 알았다. 가까운 사람이 목숨을 잃을 때마다 그 또한 찢어질 것 같은 고통을 느끼니까. 그 답은 아주 가까이에 있었다. 무의식이 손을 튕기자 장면이 변화했다.

"사조가 열반에 들었을 때도, 사숙이 머나먼 사천 땅에서 죽었을 때도 너는 그들을 지키지 못했다며 괴로워했지. 그래서 그들이 너를 원망하던가? 그게 아니라면 지금의 잡생각 따위는 집어치워라."

"너는 내가 아닌가? 어떻게 그럴 수 있지?"

"말이 안 통하는군. 스스로 그렇게 구덩이를 판다면 방법은 하나밖에 없지."

무의식이 이를 드러냈다.

"좀 맞자."

*　　　*　　　*

조비영은 멈춰 버린 법륜의 가슴을 세차게 두드렸다. 마구잡이로 때리는 것이 아니었다. 황실에 전해진 비전의 타혈법을 이용해 혈을 자극하고 진기의 순환을 돕는 것이었다.

터엉!

터엉!

한 대씩 때릴 때마다 법륜의 몸이 막 건져낸 물고기처럼 퍼덕거렸다.

'생각보다 심각해.'

그저 평범한 검상이라고 생각했는데 따지고 드니 이상한 점이 많았다. 법륜은 높은 무공만큼이나 진기를 활용한 자가 수복에도 일가견이 있는 사람이었다. 그런 이가 고작 검상 몇 줄기에 이렇게 정신을 놓는 것이 가장 이상하게 느껴졌다.

'아까 그 검… 혈맥을 터뜨렸어.'

그저 피륙을 갈라낸 것에 그치지 않았다. 진기로 만들어낸 칠흑의 검에 생각이 닿자 사고가 급속도로 빨라졌다. 진기로 만들어낸 검의 형상, 그것은 곧 무형검(無形劍)의 경지를 의미했다. 무형검은 조비영 본인도 만들 수 있는 것이다.

하지만 상대방의 몸을 가르는 순간 진기를 실어 혈맥을 파괴하는 것은 전적으로 다른 문제였다. 통제할 수 없기 때문이다. 또한 법륜 정도 되는 위인의 몸에 이런 심대한 타격을 줄 수도 없었다. 검이 틀어박히는 순간, 진기가 살아 있는 것처럼 움직여 방비하기 때문이다. 그 사실을 인지하자 조비영의 팔뚝에 오소소 소름이 돋았다.

'오늘 목숨을 부지한 것이… 정말로 천운(天運)이었군.'

그렇게 느끼며 조비영은 재차 법륜의 몸을 두드렸다.

터엉!

두근!

터엉!

두근두근!

멎은 심장이 다시 뛰기 시작한 건 조비영이 타혈을 시작한 지 일각 만이었다. 중단에 자리한 금강령주가 외부의 자극에 맥동하기 시작한 것이다.

'됐어! 이제 움직여야 해!'

조비영은 재빨리 법륜을 들쳐 업었다. 조비영이 법륜을 업는 순간 상관책 또한 불편한 팔로 팽도경을 어깨에 얹었다.

"가지."

"가자."

두 사람의 눈이 허공에서 교차했다.

*　　　*　　　*

법륜은 무의식을 상대하면서 짙은 위화감을 느끼고 있었다. 이곳은 심상(心想). 마음먹은 대로 무엇이든 할 수 있는 장소였다. 그렇다면 단숨에 무의식을 제압해야 하는데 상황은 정반대로 흘러가고 있었다.

퍼엉!

퍼어엉!

좀 맞자는 무의식의 호언처럼 법륜은 무자비하게 두들겨 맞고 있었다.

'어째서……?'

자신과 같은 기반을 지닌 무의식의 공격이 하나도 보이질 않았다. 아니, 보이는데 막을 수가 없었다. 그가 예상한 것보다 반 박자 빠른 움직임에 투로가 뻗어나가질 못하고 계속해서 막히고 있었다. 치명적인 타격은 용케 방어해도 전진할 수가 없으니 그야말로 답답한 상황이다.

"생각이 너무 많다."

무의식은 그렇게 답했다. 생각이 많다. 조비영으로부터 종종 들은 말이다. 그걸 스스로에게 들으니 감회가 남달랐다. 평소 법륜은 남들보다 빠른 판단, 그리고 그 판단을 실행할 수 있는 정교한 투로를 연마하고 단련해 왔다. 그 결과가 지금이다. 강호를 주름잡는 신성.

'그것으로 부족한가.'

부족했다. 그 사실을 지금 스스로를 상대하고 있는 법륜이 가장 가깝게 느끼고 있었다.

"너와 나의 차이는 단 하나야. 잡념을 없애고 단순하게 생각해. '이리로 팔을 뻗으면 어떨까? 다음 수는 어떻게 방어해야 하지?' 같은 생각은 하지 마라. 그냥 움직여."

법륜은 무의식의 말에 깨닫는 바가 있었다. 백유혼에게 먹인 마지막 일격. 그 슬격은 법륜의 뇌리에 새겨진 아주 원초적이고 본능적인 움직임이었다. 그 움직임을 떠올리자 상황이 일목요연하게 보였다.

'그렇군.'

무의식이 자신보다 반박자 빠른 이유, 빨라서가 아니었다. 자신이 느려졌기 때문이다. 아무리 빠른 판단을 내려도 생각을 하지 않고 본능적으로 움직이는 상대보다 느릴 수밖에 없다. 무의식은 그것을 지적하고 싶었음이리라.

'헌데…….'

그것이 도대체 무슨 상관이란 말인가. 법륜은 이해할 수 없었다. 누군가를 책임지는 것과 잡념을 없애는 것은 전적으로 다른 문제이기 때문이다. 공방을 주고받으며 법륜은 점차 아래로, 더 아래로 가라앉았다. 아무런 소리도 들리지 않았다. 눈앞에서 빠르게 흘러가는 무의식의 움직임도 점차 흐려져 갔다.

"됐군."

무의식은 그 모습을 지켜보며 한숨을 내쉬었다. 손이 많이 가는 녀석이다.

“가서 보고 조금 고민해 보라고.”

무의식은 그렇게 말하며 서서히 흐려져 갔다. 법륜은 무의식이 만들어낸 허상이 사라지는 것조차 느끼지 못했다. 그저 침전하고 또 침전했다. 그 밑바닥에 닿았을 때, 법륜은 자신이 꽁꽁 감춰둔 기억들을 보았다.

괴롭던 기억들이다. 패기 좋게 내 인생 내 마음대로 살겠다며 뛰쳐나간 기억 뒤편에 자리한 것들이다.

‘참으로 멍청하게 살았구나.’

내 인생을 찾는 것과 타인을 걱정 속으로 밀어 넣는 것은 하나의 집합처럼 떼려야 뗄 수 없는 종류의 것이다. 개구리가 올챙이 적 생각을 못 한다더니 자신이 딱 그 모양이다.

‘내가 언제부터 그렇게 대단했다고.’

그러자 무의식이 한 말이 조금씩 이해되기 시작했다. 생각이 너무 많다는 말. 그의 곁에 있는 이들은 그리 약하지 않았다. 그들이 힘겨워하는 것을 볼 때마다 자신이 약해졌을 뿐이다. 그 결과가 스스로에 대한 자책이었고, 지금의 상황을 벗어나고 싶은 욕망이었다.

“바보 천치였군.”

사실 이해라는 말에도 어폐가 있었다. 무의식은 법륜 그 자체. 이미 깨닫고 있던 사실들을 인정하고 싶지 않았을 뿐이다.

“이제 됐다.”

이제는 홀가분하게 떨쳐낼 수 있을 것 같았다. 법륜은 수면 아래에 깊숙이 감춰둔 기억들을 끄집어내며 하나씩 살펴보기 시작했다. 그가 외면하고자 한 것들을 똑바로 쳐다보자 마음이 편안해졌다.

'인정하고 받아들인다. 그리고… 흘려보낸다.'

흘러가는 기억의 강물에 법륜은 그대로 몸을 던졌다. 그리고 마음속에 자리한 망설임도 그대로 떠내려 보냈다. 하지만 잊지는 않았다. 아직도 그는 후회하고 있으니까. 달라진 점은 이제 더 이상 외면하지 않겠다는 다짐 정도.

'무회신승이라……. 나에게 꼭 들어맞는 말이군.'

하지만 그전에,

무공을 익히고 무인이 된 것을 후회하기 전에,

제자리로 돌려놔야 할 것들이 많이 남아 있었다.

법륜은 안다. 이것만으로는 강해질 수 없었다. 백유혼을 꺾기 위해서, 천마신교의 야욕으로 희생될 이들을 줄이기 위해서라도 강해져야 했다. 법륜은 더는 내려갈 곳이 없는 곳 한가운데에 자리 잡았다.

'지금부터가 시작이다.'

두근두근.

심상 세계는 지루하면서도 하루하루가 변화무쌍했다. 시간의 흐름조차 알 수 없는 이곳에서 법륜에게 유일하게 달라진 점이라면 언젠가부터 자신의 심장 소리가 들린다는 것이다.

두근두근.

'이제 일어날 때가 되긴 했다만…….'

심상 속에 머물러도 알 수 있었다. 몸으로 스며드는 약기(藥

氣)가 다친 육신을 치유하고 거기에 더해 금강령주가 진기를 풀어내자 그 진기가 몸을 수복하고 있었다. 그럼에도 그가 이곳에 계속해서 머문 이유는 단 하나였다.

'아직 그의 공격을 막아낼 자신이 없다.'

그가 이곳에 있는 이유는 백유혼 때문이었다. 아무리 머리를 굴려도 백유혼의 일격을 막아낼 수단이 보이지 않았다.

'차라리 처음에 본 그 거신이라면…….'

되레 막기 쉽다. 그 거신은 어차피 진기의 집합체. 강력한 힘으로 부수면 그만이다. 두 번째로 보여준 공간검도 마찬가지. 온 힘을 방어에만 집중하면 큰 상처를 입지 않고도 막아낼 수 있었다.

하지만 마지막에 보여준 초식. 천마붕천이라고 했던가. 천마의 이름이 붙은 것으로 보아 교주만 익힐 수 있는 절기일 가능성이 컸다. 문제는 그 초식을 막아낼 수 있다고 장담할 수 없는 상황에 있었다.

'일초가 그 정도라면…….'

남은 이초, 삼초는 어떠할는지. 다섯이 덤비고도 막는 것에만 급급했다. 적어도 다음에 만났을 때는 그런 상황만큼은 피하고 싶은 것이 법륜의 진정한 속내였다.

'적어도 방어만큼은 가능해야 해.'

그래야 공격도 가능할 테니까. 법륜은 심상 속에서 무공을 가다듬었다. 가장 먼저 도마 위에 오른 것은 역시나 불광벽파였다. 법륜이 강기공의 기초를 깨닫고 처음으로 만든 방어만을 위한 무공이다. 그래서인지 작금에 와선 그 활용법이 무용해진 것이 사실이다.

"뜯어고친다."

하나부터 열까지 고쳐야 할 것 천지다.

'그냥 뿜어내면 안 돼.'

기존의 불광벽파는 몸 주변으로 진기를 방출해 몸을 둘러싼 벽을 만드는 것이 전부였다. 그나마 강기공에 기반을 두었기에 어중이떠중이의 손에 놀아나지 않았을 뿐이다.

"송두리째 바꿔야 해."

그래야 불광벽파라는 무공이 빛을 볼 수 있었다. 법륜은 차근차근 무공을 뜯어내기 시작했다. 진기를 전방위로 뿜어내는 것에서 특정 범위로, 그리고 강환만큼의 강도로 바꿔냈다. 법륜은 심상으로 한 수련이기에 몸에 붙이려면 시간이야 좀 걸리겠지만 이 정도면 되었다 싶을 즈음 다음으로 넘어갔다.

"다음은……."

공격을 위한 무공. 그것은 이미 차고 넘쳤다. 법륜이 스스로 창안하고 살을 덧붙인 법륜구절은 애초에 파괴력을 극대화한 공격성이 짙은 무공이었으니까. 그렇다면 뭐가 좋을까. 법륜은 고민에 고민을 거듭했다.

"그렇게만 된다면… 상당히 재미있겠군."

법륜은 백유혼에게 초점을 맞췄다. 애초에 그를 상대하기 위해 무공을 재정립해 나가는 과정이니 당연한 결과였다. 법륜은 금강령주를 일깨워 진기를 공급했다. 불광이 사지육신을 물들였다.

그리고 법륜이 불광을 물들일 때 정도맹은 난리가 났다.

*　　　*　　　*

새벽 어스름. 맹회는 얼마 전 나선 대대적인 공격이 무색하게도 진군을 멈춘 채 호북 본단으로 복귀해 전열을 정비하고 있었다. 각 성의 유력 문파와 가문들이 무인들을 이끌고 합류했고, 산속에 숨어든 은거 기인들 또한 대대적으로 끌어들였다. 그렇기에 맹 내의 분위기는 진군이 멈춘 상황에서도 그리 나쁘지 않았다.

"어라?"

맹의 정문을 지키는 경비무사 성길은 뒷목을 간지럽히는 이상한 느낌에 무심코 뒤를 돌았다가 믿지 못할 광경을 보고 말았다.

"저, 저, 저……!"

성길이 허공에 대고 손가락질을 하자 함께 경비를 서던 동료가 짜증을 부렸다. 평소 성길의 성품이 작은 것에도 쉽게 놀라기 일쑤인 탓이다.

"이, 이보게… 조가야."

"아, 왜 또?"

동료 무인 조웅이 성길이 가리키는 방향으로 고개를 돌리자마자 그 또한 눈이 휘둥그레졌다. 성길이 놀랄 만한 반응이었다. 그의 눈앞에 거대한 금빛이 일렁이고 있는 것이다.

"저게… 대체……!"

그저 놀라기만 한 성길과 달리 조웅은 재빨리 품에서 호각을 꺼내 불어댔다. 위급을 알리는 호각이 맹 내에 세차게 울리자 곳곳에 불이 켜지며 무인들이 뛰쳐나왔다. 하나 그들의 반응 또한 성길, 조웅의 반응과 다르지 않았다.

"무슨……!"

그중에서도 가장 격한 반응을 보인 것은 구파의 일익인 소림과 아미였다. 그들은 맹회의 하늘을 뒤덮은 금빛 서기에 넋이 나간 것처럼 보였다.

"아미타불! 상서로운 기운이로다!"

"부처님의 가호가 이리 맹의 하늘을 비추다니!"

온갖 말이 쏟아져 나왔다. 하지만 뛰쳐나온 무인들 중 태연하지 못한 이들도 있었다. 그중 하나가 조비영이었다. 조비영이 죽다 살아난 법륜을 들쳐 메고 맹회로 물러난 지 벌써 한 달이라는 시간이 지났다. 조비영의 시선은 금빛 서기의 진원지에 가 있었다.

"미친놈, 말도 안 되는 짓을 벌이는군."

하나 입에서 튀어나온 거친 말과는 다르게 그의 입가엔 미소가 걸려 있었다. 매일같이 법륜의 상세를 보기 위해 그가 머무는 의약당에 찾아가는 조비영이었다. 금빛 서기의 진원지 또한 의약당. 이런 엄청난 짓을 저지를 수 있는 이가 의약당에 또 있을까.

"이제 일어날 모양이군."

조비영이 의약당을 바라보고 있을 때, 그의 옆으로 상관책이 다가왔다.

그의 두 팔은 엄청난 흉터를 남겼지만 생각보다 잘 아물었다.

이제는 다시 장창을 잡고 수련에 열중하고 있는 와중이다.

"무슨 일이지?"

상관책은 손에 장창을 든 채 조비영에게 물었다. 금빛 서기는 그 또한 수련장에서부터 보았다. 하지만 도무지 이해할 수 없는 광경이었다.

다른 이들과는 다르게 경지에 오른 무인인 상관책의 눈엔 저 금빛 폭풍이 한없이 위험하게만 보였다.

"신승이로군."

상관책의 물음에 답한 것은 검은색 도를 둘러멘 팽도경이었다. 그 또한 금빛이 공중을 장악하는 순간 느낄 수 있었다. 이 위화감을, 기묘한 떨림을.

"맞다. 그리고 내 예상이 맞는다면… 아마 난리가 좀 나겠지."

조비영은 툴툴거리면서도 두 사람의 질문에 답했다. 생사를 가르는 격전을 겪은 뒤로 제법 가까워진 탓이다. 그리고 그때.

금빛 서기가 한데 뭉치기 시작했다. 어린아이가 찰흙을 빚어 인형을 만들듯 붙었다가 떨어지기를 반복했다.

마침내 빚어낸 인간의 형상. 금빛 거인이 거대한 동체를 일으켰다. 거대한 몸을 움직이는 와중에도 금빛 기운은 정교하게, 그리고 정확하게 몸체를 완성시켜 나가고 있었다. 드러난 모습은 익숙했다.

석가모니여래(釋迦牟尼如來).

사찰의 탱화나 불상에서만 볼 수 있던 모습이 거인의 모습으로 처음으로 세상에 선보였다. 합장하는 두 손. 금빛 기운이 두 손으로 몰리며 엄청난 진동을 만들어냈다.

우우우우웅!

파아아아아아!!

금빛 기파가 맹회를 뒤덮었다.

후우우웅!

태풍이 휩쓸고 간 듯 세찬 바람이 불었다. 그리고 여래불의 형상을 한 금빛 거인은 그대로 사라져 버렸다. 그 광경을 지켜보고 있던 세 사람은 너 나 할 것 없이 하나가 되어 입을 열었다.

"미친놈……."

* * *

"개운하군."

눈을 뜨고 자리에서 일어나자 이상할 정도로 몸이 개운했다. 법륜은 익숙지 않은 침상과 코를 찌르는 약향(藥香)에 이곳이 의원이라는 사실을 알았다.

아마 격전 이후 멀쩡한 이들 중 하나가 그를 이리로 옮겼으리라.

벌컥!

문이 열리고 조비영이 굳은 안색으로 안으로 들어섰다.

"일어났나? 오래도 걸렸군."

"오래 걸렸다고?"

"딱 한 달 만이다."

조비영은 대수롭지 않게 입을 열었지만, 법륜의 눈은 충격으로 물들었다. 심상 세계에서 오랜 시간을 보냈다는 것은 알고 있었지만 고작해야 삼사 일이라고 생각한 것이다. 법륜은 믿기지 않는다는 얼굴로 조비영을 향해 물었다. 한 달이나 자리보전을 했다면 상황이 생각한 것보다 안 좋은 쪽으로 흘러갔을 가능성이 높았다.

"상황은 어떻지?"

법륜이 심각한 어조로 묻자 조비영이 가볍게 응수했다.

"소강상태다. 저쪽도 이쪽도 한 번에 너무 많은 힘을 소진했어."

"정확히 어떻게 된 상황이지?"

조비영은 법륜이 깨어나지 않은 한 달간의 이야기를 차분하게 풀어놓았다.

"맹주가… 큰 결단을 했군."

"맞아. 빌어먹게도."

조비영의 악감정은 당연했다. 의도야 어떻든 간에 자신을 비롯한 일행이 미끼가 되어 백유혼을 묶어둔 것은 사실이지만.

'대승적인 차원에서야 좋은 결과였지만… 이래서야 기분은 별로로군.'

법륜은 잠시간 상념에 잠겨 있다 조비영의 물음에 고개를 들었다.

"그보다… 도대체 어떻게 된 건가?"

"무엇이?"

"석가모니여래. 맹회에 석가모니여래가 나타났었다. 우리에게 아주 익숙한 형태로."

"뭐… 라고?"

무슨 장난을 치냐는 듯 법륜이 반문했지만 조비영의 얼굴은 단단하게 굳어 있었다. 그가 본 것이, 그리고 느낀 것이 정확하다면 그것은 분명 백유혼의 거신상과 비슷한 무언가이다.

"정확히는 네 몸에서 일어났지. 백유혼 그 작자가 보여준 거신상, 그것과 똑같았다. 도대체 무슨 짓을 한 거냐?"

"으으음……."

법륜은 그 말에 침음을 흘리며 눈을 감아버렸다. 심상 세계에서 그가 생각한 재미있는 것이 바로 백유혼의 거신상이었다. 그리고 그에 대응하기 위해 자신 또한 비슷한 것을 만들어보고자 했다.

진기를 풀어내고 또 풀어낸 다음 한데 뭉쳐 형상으로 빚어냈다. 아직 자유자재로 움직일 수는 없었지만 성과는 있었다고 생각했는데, 그 석가여래가 자신도 모르는 새에 의지를 갖고 일어난 모양이다.

'당분간은 봉인해 놔야겠어.'

통제되지 않는 힘은 위험했다. 아군을 상하게 할 수도 있었다. 법륜이 대답하지 않겠다는 의지를 분명히 하자 조비영 또한 더는 묻지 않았다. 대신 그를 조용히 밖으로 이끌었다.

"어디로 가는 거지?"

"네가 가야 할 곳. 일어나면 데리고 오라고 했으니 바로 가도 무방하겠지."

법륜은 조비영의 부름에 이끌려 무작정 걸음을 옮겼다. 그가 도착한 곳은 그에게도 익숙한 곳이었다. 군사부(軍事部). 구양세가의 가주이자 사적으론 그의 가족인 구양비가 기거하며 업무를 보는 곳이다.

법륜이 한발 앞서 나가며 군사부의 문을 열자 바쁜 정경이 한눈에 들어왔다. 누가 들어오든 신경도 쓰지 않는 이들. 전쟁이 소강상태에 접어든 지금도 치열하게 싸우고 있는 곳이었다.

"오셨습니까. 이쪽으로 오시지요."

전 화륜대 소속의 무인이자 현재는 구양비의 호위를 맡고 있는 청년 정영이 법륜을 반갑게 맞이했다. 법륜은 미소를 지으며 인사를 건넸다. 단 한 번 보았을 뿐인데 친근하게 구는 모습이 정겹게 느껴졌다.

"오랜만이로군."

"군사께서 아주 오랜 시간 기다리셨습니다. 안으로 드시지요."

"내가 본의 아니게 많은 사람을 기다리게 했나 보군."

법륜은 쓴웃음을 지었다. 불과 며칠인 줄로만 알았는데 한 달이라니. 중요해도 너무 중요한 이 시기에 정신을 놓아버린 것은 확실히 자신의 실책이었다. 천마신교가 전력으로 밀고 들어왔다면 목숨을 부지하기 어려웠을 것이다.

'그런데 소강상태라니.'

분명 마지막 일전에서 백유혼은 여유가 있었다. 자존심을 내세우지 않고 실리를 택했다면 그날 살아서 도주할 수 있는 자는 단언컨대 전무했을 것이다. 그럼에도 천마신교의 주인은 실리보다 자존심을 택했다. 스스로 한 말을 지킨 것이다.

지닌 바 실력에서 나오는 자신감인지, 그게 아니라면 달리 일이 있었는지.

법륜은 그 자존심이 전자가 아닌 후자이길 바랐다. 한 달 동안 절치부심했음에도 아직 그의 밑바닥을 보지 못했기 때문이다.

'지금 붙는다고 해도… 승산이 없다.'

법륜은 담백하게 인정했다. 쓸데없는 자존심을 내세워 봤자 좋을 게 하나도 없었다. 차라리 순순히 인정하고 내실을 다지는 편이 훨씬 나았다.

'어중간한 무인들은… 애초에 접근조차 불가능하겠지.'

어중간한 무인들, 절정 이하의 무인들을 말한다. 강호에서 절정이라면 어딜 가도 고수라고 인정받을 수 있는 실력임에도 그렇다. 그들은 백유혼이 부리는 거신의 일격 한 방에 몰살당할 것이 뻔했다.

그렇다고 해서 초절정에 이른 무인들이라고 뾰족한 방도가 있는 것도 아니다. 어떻게 접근은 가능해도 타격을 주기엔 별다른 수가 나질 않을 게다.

'답은 하나다.'

절대지경의 무인. 법륜과 같은 인세를 벗어난 무공을 지닌 자들. 그들만이 백유혼과 자웅을 결할 수 있었다. 하지만 그렇다고 해서 단신으로 싸울 수는 없다. 압살(壓殺). 홀로 싸운다면 필패다.

'여섯.'

당장 생각나는 인물들만 자신을 포함해 여섯이다. 개중에 법륜 스스로보다 낫다고 생각하는 이는 단 하나뿐. 이들을 규합해 합격진을 철저하게 연마하고 빈틈을 노리는 수밖에 떠오르지 않았다.

'일단은 여기까지.'

법륜은 생각을 멈춘 채 굳게 닫혀 있는 군사부의 문을 열었다. 정영의 안내에 법륜과 조비영은 안으로, 또 안으로 들어갔다. 조비영은 군사부의 정경을 처음 보는지 바쁘게 돌아가는 모습에 눈을 밝혔다.

"상당히… 체계적이군."

조비영의 놀라움은 군사부의 열기나 바쁨에 근거하지 않았다. 체계적인 움직임. 그의 눈은 일을 처리하는 와중의 분주함 속에서 일정한 질서를 유지하고 있는 이들의 모습을 좇고 있었다. 그럴 만도 했다. 그는 황실 출신의 무인이니 이런 모습은 비일비재하게 봤을 것이다.

"군사의 능력이지. 아직 무인으로서는 완성되지 않았지만… 보다시피 이런 일에도 충분한 재능이 있지."

법륜은 조비영을 채근하듯 말하곤 앞장서 안으로 들어섰다. 그는 이미 이곳에 방문한 적이 있으니 거리낄 것이 없었다. 법륜이 구양비가 머무는 집무실의 문을 활짝 열자 고심에 잠긴 듯한 얼굴의 구양비가 번뜩 고개를 들었다.

"매부(妹夫), 오셨군요."

"매부라… 익숙하지 않은 호칭입니다만, 그래도 제법 듣기 좋군요."

법륜은 매부라는 단어에 묘한 감상을 느낀 듯 웃음을 지었다. 익숙하지 않은 호칭, 그리고 그 호칭과는 별개로 느껴지는 이 친숙함이 그리 나쁘게 느껴지지 않았다. 법륜은 구양비가 앉아 있는 서탁 위로 펼쳐진 어지러운 지도를 한 차례 응시한 뒤 입을 열었다.

"상황이 그리 좋지는 않은 모양입니다. 소강상태라 들었는데."

"맞습니다. 소강상태지만 상황은 그리 좋지 않습니다."

"이유가 뭡니까?"

구양비는 법륜의 물음에 눈을 가늘게 떴다. 무엇을 묻고자 함인지 아직 파악하지 못한 듯 궁리하는 모습이 이제 제법 한 단체의 군사처럼 보였다.

"무엇이 궁금하십니까?"

"둘 다요. 여유가 있는 게 분명한 천마신교가 어째서 작금의 상황을 두고 보고만 있는지, 또 그럼에도 맹회의 전선이 이렇게까지 뒤로 밀린 것은 어째서인지 전부 다요."

구양비의 눈에 이채가 흘렀다. 슬쩍 본 것만으로 지금의 상황을 전부 파악해 버렸다. 예전에는 이 정도까지는 아니었는데 사람이 변해도 너무 변했다.

"확실히… 작금의 상황은 이상한 점이 많습니다. 겉으로 보기엔 무언가 이유가 있는 것처럼 행동하는데… 그 속내를 도무지 알 수가 없어요."

그때 잠자코 듣고 있던 조비영이 입을 열었다. 그의 시선은 처음 법륜이 바라본 서탁 위의 지도를 향해 있었다.

"이놈들, 눈치를 보는군."

조비영의 말에 구양비가 깜짝 놀라며 되물었다.

"저들이 지금 눈치를 본단 말입니까?"

조비영은 가만히 고개를 끄덕이며 지도 위의 몇 군데 지점을 손으로 짚었다. 위치는 청해성, 사천성, 그리고 감숙성이었다. 청해성의 홍해방(紅海房), 사천성의 잠강문(潛姜門), 그리고 감숙성의 천리마방(千里馬房). 세 개의 문파. 지도에 그 문파가 위치한 자리엔 멸(滅)이라는 한 글자만이 쓰여 있었다.

"확실하다. 이놈들, 눈치를 보고 있어."

구양비의 눈이 다시 가늘어졌다.

"어떻게 그렇게 확신하시지요?"

"나는 안다. 더는 알려고 하지 않는 것이 좋겠지."

조비영은 구양비의 물음을 냉정하게 잘라냈다. 구양비는 조비영의 냉정함에 자신도 질 수 없다는 듯 입을 열었다.

"금룡수사 조비영, 스승은 마대인이라 불리는 황금포쾌 마운철 노사. 황실에서 강호로 적을 옮긴 무인. 연유는 알 수 없으나 신승을 좇아 강호행을 하고 있음. 맹회의 추측으로는 황실의 인사에 불만을 가졌다고 추측. 어떻게… 더 읊어드리오리까?"

"그만 되었습니다."

법륜은 조비영의 기세가 심상치 않게 변하자 그의 앞을 막아서며 구양비의 말을 막았다.

"비영은 내 등을 맡길 수 있는 동료입니다. 그쯤 하시는 것이 좋겠습니다."

"동료라……."

구양비는 법륜의 말에 약간 놀랐다는 듯 눈을 치켜떴다. 법륜은 신중한 사내이다. 동료를 만드는 것도, 수하를 두는 것도 신중에 신중을 기하고 되돌아보며 결정하는 인물이다. 그런 법륜이 동료로 인정했다는 것은 한 가지 사실을 주지시켰다.

'이자, 상당한 신뢰를 받고 있군.'

지난번 섬서성 회합을 주관했을 때 보았기에 엄청난 실력을 지닌 무인이라는 것은 알고 있었다. 다만 동료로 인정받을 정도로 신뢰를 주고 있는 줄은 몰랐다.

"내가 실수했습니다. 사죄드리겠소."

구양비는 자리에서 벌떡 일어나 포권을 취하며 사과를 건넸다. 그에 조비영 또한 자신이 예민하게 반응했다는 것을 깨달았는지 멋쩍은 웃음으로 화답했다.

"그런데 눈치를 본다니 무슨 말인가?"

조비영은 법륜의 물음에 잠시 망설이더니 이내 입을 열었다.

"여기 세 곳. 홍해방, 잠강문, 천리마방. 황실에서 강호를 감시하기 위해 만든 위장 단체다. 홍해방은 청해성의 소금 밀매를 감시하기 위해서, 구파와 팔대세가가 있는 사천성은 그들에 대한 정보 수집을 목적으로, 그리고 감숙은 청해, 사천, 섬서를 잇는 교통의 요지지. 천리마방은 그 때문에 만들어졌다."

"으음……."

"음!"

생각지도 못한 조비영의 발언에 법륜과 구양비는 동시에 나지막한 신음을 터뜨렸다. 저 세 곳의 문파가 황실의 관리를 받는 단체라면 확실하다. 저들은 눈치를 보고 있었다. 그것도 다름 아닌 황실의 눈치를.

"전혀… 모르고 있던 사실이군요. 정말입니까?"

"모르는 것이 당연하지. 문주를 제외하곤 그저 그네들이 평범한 문파의 평범한 문도들이라 생각할 테니까."

"문주를 제외하곤 아무도 자신들이 황실을 위해 일한다는 것을 모른단 말입니까?"

조비영이 그렇다며 고개를 끄덕이자 구양비는 다시 한번 침음을 삼켜냈다. 생각지도 못한 변수가 끼어들었다. 정도무림의 핵심인 맹회의 힘으로도 제어할 수 없는 변수가.

"차라리 잘됐는지도 모르겠군."

"음?"

"황실 말이다. 황실의 힘은 어마어마하지. 맹회나 천마신교가 아무리 거대한 세력을 일궈도 결코 황실은 이겨낼 수 없어. 대명제국의 정병은… 강력하기도 하지만 그 숫자가 어마어마하니까. 굿이나 보고 떡이나 먹으면 그만 아닌가?"

"그건……."

구양비는 조비영의 말에 눈을 감아버렸다. 확실히 맞는 말이다. 그렇게만 된다면 사실 더 바랄 것이 없다. 하지만 그래서는 안 된다.

'황실의 힘은… 너무 위험해.'

그 힘의 강력함을 떠나서 황실의 무서운 점은 따로 있었다. 바로 민심 장악력. 천마신교는 어떨지 몰라도 맹회는 민심이라는 이름에서 결코 쉽사리 벗어날 수 없다. 천마신교와의 일전도 중요했지만 그 뒤에 있을 강호의 안녕도 생각해야 했다.

"그것은 위험한 발언이로군."

법륜도 그 사실을 눈치챘는지 침중한 어조로 조비영의 얼굴을 바라봤다.

"무엇이 위험하지? 지금의 상황에서 황실보다 강력한 전력이 있나? 지금의 전세를 한 방에 뒤집을 수 있는 전력이다. 혹시 내가 모르는 비밀 세력이 있다면 나도 좀 알고 싶군."

조비영의 눈은 무시무시하게 빛나고 있었다. 일견 보기에도 상당히 위험해 보이는 눈동자. 법륜은 그런 눈동자를 지그시 응시했다.

"나라고 그것을 모르겠나? 하지만 황실의 힘은 양날의 검이다. 결코 제어할 수 없는, 나와 상대방을 동시에 다치게 만드는 그런 힘이다. 군사와 나는 그 점을 걱정할 뿐이야."

"답답하군. 자네도 알지 않나. 이대로는 몰살이야. 그의 힘을 직접 겪어보지 못한 자들은 알지 못해. 나는 그날 절망감을 느꼈다. 어떻게 해도 벗어날 수 없는 그런 무력감을 말이다."

법륜은 조비영의 눈가에 그늘진 어둠이 무엇인지 깨달았다. 그 또한 같은 생각을 하고 있지 않는가. 단지 생각하는 방식이 달랐을 뿐이다. 그는 그저 그 생각의 돌파구로 황실의 병력을 생각했을 뿐이다.

"방법이 있다."

"뭐라?"

조비영은 울분을 토해내다 법륜의 방법이 있다는 말에 놀란 표정을 지었다. 조비영은 떨리는 목소리로 법륜에게 되물었다.

"뭐지, 그 방법이?"

"그대와 나, 그리고 우리와 같은 시선으로 세상을 보는 자들만이 할 수 있는 방법이다."

"나는… 나는 믿지 못하겠다."

조비영은 애써 법륜의 말을 부정하고자 했지만 떨리는 목소리에는 일말의 희망이 담겨 있었다.

"아니, 분명히 가능하다. 그리고 그 가능성을 실현해 줄 수 있는 사람이 여기에 있지."

법륜의 시선이 구양비에게 가 닿자 그게 무슨 소리냐는 듯 조비영이 눈을 끔뻑였다.

"수많은 사람을 이용해 정보를 모아줄 수 있는 사람, 그리고 그 사람들을 여기로 이끌 수 있는 힘이 있는 사람, 마지막으로 그들에게 기회를 줄 수 있는 사람."

법륜은 단언하듯 입을 열었다.

"여기 있는 군사가 그 일들을 가능하게 해줄 걸세."

*　　　*　　　*

"어떻게 되었지?"

"생각 외로 잠잠합니다. 별다른 반응이 없군요."

주명은 백유혼의 물음에 고개를 숙이며 읍을 했다. 황실의 끄나풀을 제거하는 것에 주명의 입김이 짙게 들어갔으니 결과에 책임을 지는 것 또한 그의 일이다. 하지만 예상과는 달리 황실은 전혀 움직이지 않았다.

'황실은 움직이지 않는다.'

주명은 확신했다. 그럴 수밖에 없었다. 그들이 잡은 꼬리는 꽤나 명확한 것이니까. 천마신교의 힘이 아무리 거대해도 나라를 상대로 싸울 수는 없었다. 그래서 간을 보려고 했다. 그런데.

"생각보다 반응이 별로인가 보군."

"그렇게 되었습니다."

백유흔은 깊숙이 고개를 숙인 주명을 보며 나지막하게 중얼거렸다.

"아무래도 이상하단 말이지. 주가 놈이 그리 쉬운 놈은 아닌데 말이야."

주가 놈. 한 나라의 황제를 주가 놈이라 부르면서도 백유흔은 평온했다. 그럴 수밖에 없었다. 이곳은 천마신교에서 중원 침공의 교두보로 만든 비밀 분타. 한 문파의 분타라기보단 커다랗고 을씨년스러운 장원 같은 느낌이다. 그런 곳에서 없는 사람 욕 좀 한다고 해서 문제가 생길 리 없었다.

'애초에 두렵지도 않고.'

"무언가 사정이 있겠지요. 연락이 올 겁니다."

황실에 세작이 있다는 말이다. 백유흔은 '그렇겠지'라며 고개를 끄덕였다. 그러다 문득 어딘가에 생각이 미쳤는지 다시금 입을 열었다.

"그보다 그 친구는? 좀 알아봤나?"

"그 친구라면……."

주명의 눈동자가 급격하게 흔들렸다. 법륜. 끝까지 포기하지 않고 백유흔에게 작은 일격이나마 선사한 사내. 주명은 무공을 완성한 백유흔이 타격을 입는 것을 그때 처음 보았다. 완전무결이라 생각하던 무공에 빈틈이 있던 게다.

"…아직까지 정도맹에 머무르고 있는 것 같더군요."

"그래?"

백유흔의 표정은 즐거워 보였다. 새로운 장난감을 선물받은 어린아이처럼 해맑게 웃었다.

"그리고… 외람된 말씀입니다만… 망혼거신공(亡魂巨神功)과 비슷한 무공을 선보였다고 하더군요. 세작을 통해 들어온 정보입니다."

"허?"

망혼거신공. 백유혼이 선보던 거신상의 정체이다. 오직 천마신교의 교주만이 익힐 수 있는 천마불사공(天魔不死功)에 기록된 고대의 무공. 비록 그 효용이 약자 다수를 상대하는 것에 특화되어 있기에 잘 사용하지 않는 무공이지만 활용하기에 따라서 그 위력만큼은 어떤 것보다도 뛰어나다고 자부할 수 있었다.

"그걸 따라 했다고? 믿기질 않는군."

고작 한 달. 백유혼 또한 망혼거신을 제대로 부리기 위해 보낸 세월이 일 년 가까이 된다. 고작 한 달 만에 따라 할 수 있는 잡기가 아니었다.

"목격한 사람이 너무 많아서… 거짓은 아닌 걸로 판명됩니다. 그자의 경우에는… 거대한 불상이었다더군요."

"불상?"

"정확히는 여래불의 형상이었다고 합니다. 물리력 또한… 완벽하진 않아도 어느 정도 수발이 가능한 모양이더군요."

"하하하!"

백유혼은 여래불의 형상이라는 말에 커다란 웃음을 터뜨렸다. 처음 보았고 이야기로 한 번 들었을 뿐인데 언제나 상상 이상의 모습을 보여준다. 망혼거신공을 따라 해서 그런 것이 아니다. 언젠가부터 그에겐 도전하려는 자보다 고개를 숙이는 자가 더 많았다.

익숙하지만 신선한 느낌. 아득바득 올라오려고 애쓰는 자의 노력이 백유혼을 기쁘게 만들었다.

"좋군. 아주 좋아. 다음엔… 다음은 없다."

* * *

"무언가… 그 방법이……."

"제가 해결할 수 있는 일이라면 얼마든지 해야겠지요."

구양비와 조비영은 법륜의 말에 각각 다른 반응을 보였다. 조비영의 경우엔 도저히 믿을 수 없다는 표정이었고, 구양비는 가볍게 고개를 숙여 보였다. 어떻게 해서든 방법을 마련해야 하는 이때, 무언가 수가 있다고 말한다면 얼마든지 해줄 수 있다는 표시였다. 아니, 해내야만 했다. 그것이 군사인 그가 반드시 해야만 하는 일 중의 하나였으니까.

"그렇다면 부탁을 좀 하지요."

"말씀하시지요."

"사람을 좀 찾아주십시오."

법륜의 말에 구양비와 조비영의 눈이 무슨 의미냐는 듯 궁금증을 띠었다. 법륜은 두 사람을 보며 다시 입을 열었다.

"다섯으로 겨우 버텼습니다. 한 명도 죽지 않은 것은 천운(天運)입니다. 하지만… 과연 그다음에도 천운이 있을까요?"

둘은 동시에 고개를 흔들었다. 전무(全無). 생환할 수 있는 확률이다. 법륜은 심각한 얼굴로 고개를 흔드는 둘을 보며 그가 생각한 방법을 이야기했다.

"하지만… 그 숫자가 열이 되고 스물이 된다면? 그 스물이 하나의 잘 짜인 진 안에서 그를 상대한다면? 그렇게 된다면 어떻게 되겠습니까?"

"음……."

조비영은 심각하게 받아들이는 표정이었고, 구양비는 납득이 가지 않는다는 얼굴이었다.

"우리에겐 그럴 만한 인력이 없습니다. 그리고… 그 정도 인력이라면 비밀리에 운용할 경우 적의 심장부에 심대한 타격을 줄 수도 있는 전력입니다. 맹에서 허락하지 않을 겁니다."

법륜 또한 그것에는 동의한다는 듯 고개를 끄덕였다. 하지만 달리 방도가 없었다. 이 문제는 구양비 선에서 결정할 수 없는 일이니 맹주인 검선과 상의해야 했다.

"그 부분은 신경 쓰지 않아도 됩니다. 맹주와 직접 이야기를 나눠보지요."

"그렇다면……."

구양비는 머릿속으로 열심히 주판을 굴리더니 이내 납득했다는 듯 손가락으로 눈가를 두드렸다.

"일단은 제가 먼저 진행하겠습니다. 신승께서 직접 인가를 받아주시지요. 보고는 그 후에 하겠습니다."

"알겠습니다."

법륜과 조비영은 그 말을 끝으로 자리에서 일어났다. 깨어나자마자 너무 오랜 시간을 군사부에서 보냈다. 아마 지금쯤이면 그를 보기 위해 수많은 사람들이 상황을 주시하고 있을 것이다. 전부 어울려 줄 생각은 없지만 필요하다면 만나볼 생각이다.

'건지지 못한 대어가 그물 속에 있을 수도 있으니.'

그리고 그때,

[매부, 연아에게서 서신이 왔습니다. 아무래도 소식이 소식이다 보니… 걱정이 많은 것 같더군요. 이리로 오겠다는 것을 말리느라 고생했습니다. 시간 좀 내서 연락을 취하시지요.]

법륜은 아차 하는 표정으로 황급히 고개를 끄덕였다.

[알겠습니다.]

어찌 보면 가장 중요한 것을 잊고 있었다. 법륜은 숭산으로 서신부터 보내기로 굳게 마음먹은 채 밖으로 나섰다. 하지만 그 다짐은 군사부를 나서는 순간 산산이 부서지고 말았다.

"드디어 일어났군. 기다리고 있었다."

평량산에서 생사를 함께한 남자, 기다란 장창을 섬전처럼 다루는 호남 상관책이 예의 그 기다란 장창을 손에 쥔 채 그의 앞을 떡하니 막아섰다. 법륜 또한 처음에 봤을 때보단 적대적인 인상이 옅어진 그에게 가볍게 물었다.

"무슨 일이지?"

"일단 고맙다는 말을 하고 싶어서. 덕분에 살았다. 비록 고생은 좀 했지만."

법륜은 그 말에 고개를 저었다. 자신 혼자였다면, 혹은 그 혼자였다면 해낼 수 없는 일이었다. 이런 공치사를 들을 이유가 없었다.

"되었네. 피차일반이니."

상관책이 그것도 그렇다는 듯 고개를 끄덕이자 법륜은 그를 지나쳤다. 그리고 그의 옆을 스쳐 지나갈 때 나지막한 한마디 말을 남겼다.

"조만간 찾아가겠네. 부탁이라기에는 뭐하지만 부탁이 있으니. 자네도 솔깃할 걸세."

"부탁……?"

"그럼."

법륜은 상관책의 의문은 그대로 남겨둔 채 자리를 벗어났다. 아직은 입을 가볍게 놀릴 만한 상황이 아니었다. 이번 일은 검선을 만나 직접 매듭을 지어야만 했다.

"기다리시오, 검선."

* * *

"오랜만이군. 일어나자마자 맹을 뒤집어놨다는 소리는 들었네만."

"오랜만에 뵙습니다."

법륜은 가볍게 포권을 취했다. 한 단체의 수장을 대하는 태도라기엔 지나치게 담백한 모습이다. 하나 검선은 그 점을 굳이 문제 삼지 않았다. 그런 것에 목숨을 거는 위인도 아니었고 법륜을 상대로 그럴 생각 따위는 없었으니까.

"그래, 무슨 일로 찾아왔나? 보다시피……."

검선 현도 진인은 자리에 앉아 죽간을 들어 올려 보였다. 상당히 바쁘다는 뜻이다. 법륜도 그 점을 깨달았는지 바로 본론을 꺼내 들었다.

“사람을 좀 찾았으면 합니다. 그래서 맹의 정보망을 좀 이용할 생각입니다.”

“정보망을 이용해?”

현도 진인이 살짝 굳은 얼굴로 되묻자 법륜은 재차 설명을 이어갔다.

“사람을 찾아서 맹으로 데려올 겁니다.”

“자네는 정작 중요한 이야기는 하지 않는군.”

검선의 말은 정확했다. 사람을 찾는다면 누구를 찾는지, 또 데려오고자 한다면 누구를 데려올지 말하지 않았다. 이것은 맹의 허락을 구하는 행동이라기보다 일종의 통보였다. 이렇게 하겠으니 알아서 처신하라는 뜻과 다름없었다.

“후우, 자네의 행보로 맹의 동요가 심해졌다네. 좋은 쪽인 것이 그나마 다행이지만… 통제되지 않는 힘은 없는 것만 못해.”

“그렇습니까.”

법륜은 딱히 검선을 향해 더 할 말이 없었다. 아니, 정확히는 해야 할 필요성을 느끼지 못했다. 검선은 그저 지금 주어진 일만 하면 된다. 그것으로도 벅찰 것이다.

‘하지만 본인이 듣기를 원한다면…….’

해주는 것도 나쁘지 않을 것 같았다.

“백유혼. 천마신교의 교주. 나와 같은 절대지경의 무인 다섯이 상대했지만 생채기 하나 내지 못했습니다.”

"그 정도인가?"

현도 진인은 법륜의 말에 놀랐다는 듯 눈을 동그랗게 떴다. 절대지경에 들어선 고수인 그는 안다. 절대지경이라는 경지가 그저 딱지 쳐서 얻어낸 것이 아니라는 것을. 인간의 한계를 완벽하게 벗어 던진 무인들, 그것이 절대지경의 무인이다.

"그렇다면 사람을 모으겠다는 말은……?"

"찾을 겁니다. 절대지경에 이른 자들. 다섯일 때 약간의 빈틈을 만들었습니다. 만약 그 숫자가 배로 늘어난다면 어떻겠습니까?"

"그렇군. 그랬어."

검선은 그제야 법륜이 거부할 수 없는 제안을 했다는 것을 알았다. 이 제안에 거부하려면 이보다 더 좋은 계책을 내야 한다. 하지만 백유혼은 그야말로 재앙(災殃). 별다른 수가 있을 리 없었다.

"좋아, 정보망의 가동을 허가하지. 인선은?"

"물론 생각한 사람이 몇 있긴 하지만 부족합니다. 찾아보아야지요."

"서두르는 것이 좋을 걸세. 공기가 심상치가 않아."

"……?"

법륜은 공기가 심상치 않다는 검선의 말에 고개를 갸웃거렸다. 날씨 이야기를 하는 것은 분명히 아닐 것이다. 그렇다면 답은 하나. 전장의 공기다. 검선은 강호에서 오랜 시간 무명을 떨쳐 온 무인이자 큰 어른. 그의 감은 무시할 수 없었다. 하나 법륜이 할 수 있는 말은 정해져 있었다.

"그러지요."

법륜이 깨어나고 고작 하루. 숨 가쁜 상황이었다. 하지만 검선의 허가를 받은 이상, 앞으로 더 바쁜 나날이 다가올 것이 뻔했다.

'이번엔 절대 안 져.'

법륜은 그렇게 생각하며 이를 악물었다.

시간은 빠르게 흘러갔다. 법륜이 정신을 차린 지 한 달이 지났음에도 천마신교의 움직임은 예전과 다름이 없었다. 지독한 늘어짐. 맹회에 모인 무인들은 빼앗긴 중원 땅 수복이라는 명확한 목표가 있음에도 시간만 질질 끄는 상대에게 점차 지쳐가고 있었다. 하지만 그중에서도 여전히 바쁜 사람이 한 명 있었다.

"이건 곤란해."

법륜은 쉴 새 없이 몰려드는 인파에 미간을 찌푸렸다. 그가 일으킨 사건. 그 사건은 정도맹회에 상당한 파란을 불러왔다. 얼굴 한 번 본 적 없는 무인들부터 강호의 이름난 명숙, 그리고 맹회의 주변에 머무르는 민초들까지.

"별수 있나. 스스로 자초한 일이니 겸허히 받아들이는 수밖에. 그렇다고 해서 다 내쫓을 수도 없는 일이지 않나?"

"그건 그렇지만……."

성질을 긁는 조비영의 말투에 법륜은 재차 미간을 찌푸렸다. 스스로 자초했다고 해도 납득하기 쉽지 않은 일이다. 그저 특이한 무공이라고 생각하면 그만인데 부처의 현신이라며 치켜세우는 이들이 너무나도 많았다. 그중에서도 가장 골치 아픈 것은 의외로 같은 사문이던 소림이었다.

"이보게, 법륜 사질. 다시 한번만 그 무공을 볼 수 있겠나?"

정도맹회에 파견을 나와 있는 각주 대사였다. 소림의 외적인 일을 처리하는 각주 대사는 대외적인 업무를 맡은 만큼 성격이 유들유들하고 작은 것에도 크게 반응하는 인물이었다.

"사숙, 함부로 내보일 수 있는 무공이 아닙니다."

"어허, 너무 비싸게 구는군. 우리는 같은 동문이 아닌가."

법륜은 속으로 한숨을 내쉬었다. 소림에서 나고 자라 파문이 되기까지 얼굴 한번 제대로 맞대고 이야기해 본 적 없는 사람이 사문을 들먹이니 어찌할 도리가 없었다.

"아무리 그러셔도 안 됩니다."

"에잉, 냉정하구만. 무허 사숙께서 그리 가르치진 않았을 텐데."

무허의 이름이 나오자 법륜의 눈가가 매섭게 빛났다. 아무리 그래도 해서 될 말과 안 될 말이 있는데 맹회에서 대외 업무를 맡은 자가 생각이 이리도 가볍다니. 법륜이 따끔하게 일침을 가하려고 할 때 조비영이 앞으로 나섰다.

"그만하시오, 소림의 승려. 지금까지는 저 친구의 얼굴을 봐서 넘어갔지만… 그 이상은 좌시하지 않겠소."

조비영의 서슬 퍼런 기세에 각주 대사가 미미하게 인상을 찌푸리며 물러났다. 법륜은 조비영이 불편한 사람을 물려주자 헛기침을 했다.

"고맙군. 곤란했는데."

"쓸데없는 소릴. 저 노승을 상대하는 것보다도 중요한 일이 있지 않나. 슬슬 올 때가 되었는데 생각보다 늦는군."
"그렇군."

천마신교의 움직임이 동결되면서 법륜은 상당한 시간을 벌었다. 구양비가 맹회의 정보망을 이용해 사람들을 수소문할 때, 법륜은 스스로의 무공을 갈고닦았다. 법륜은 조비영이 지켜보는 가운데 그간 갈고닦은 무공들을 점검했다.
첫 번째는 역시 새롭게 선보인 무공 여래현신(如來現身)이었다.
'조금 더 작게. 정교한 조정만 익숙해지면 된다. 크기를 키우는 것은 내력에 달린 일이니.'
법륜이 손을 가볍게 쥐자 금빛 팔 하나가 법륜의 팔 위를 덮으며 모습을 드러냈다. 여래의 팔은 법륜이 팔을 움직이는 대로 똑같이 따라서 움직였다. 크기를 키운다면 다수를 상대할 때 엄청난 위력을 발휘할 수 있는 기반을 갖추게 될 것이다.
'이제 여래현신은 됐어.'
두 번째는 부족한 방어력을 메꾸기 위해 형태를 바꾼 불광벽파였다. 온몸을 뒤덮는 것에서 원하는 방위에 원하는 크기의 방패를 자유자재로 구사하는 것에 익숙해졌다. 법륜의 생각이 미칠 때마다 법륜의 몸 앞뒤로 금빛 방패가 나타났다 사라지길 반복했다.
'불광벽파도 이 정도면 준수하고.'
마지막은 의외로 공격을 위한 무공이 아닌 보법이었다. 법륜은 백유혼을 상대할 때 그의 완벽한 방어를 뚫고 들어가는 것에 힘겨움을 느꼈다. 법륜은 그 연유를 보법에서 찾았다. 그가 지금껏 사용해 온 경신법은 야차능공제. 무공을 섞어 스스로 창안해 놓고도 잘 사용하지 않는 보신경이었다.

'어렵다.'

법륜은 보법의 방위를 밟고 움직이며 머릿속으로 그렇게 생각했다. 그는 수많은 보법을 알고 있었다. 천하공부출소림이라 했던가. 소림에 존재하는 보법만 해도 기십 개가 넘는다. 그는 기억에 있는 보법들을 차례대로 떠올리며 그에게 맞는 보법으로 재조합하는 과정을 거쳤다.

'일단 기본은 야차능공제다.'

법륜은 야차능공제의 구결을 떠올리며 쾌속한 움직임을 기본으로 두고 만든 경신법이지만 여러모로 부족하다는 생각이 들었다. 이유는 간단했다. 법륜의 경지가 무공이 감당할 수 없을 정도로 커졌기 때문이다. 법륜은 보법을 밟다 말고 제자리에서 깊은 생각에 빠져들었다.

'빠르지만 최고는 아니다. 그렇다면 방법은 두 가지인데……'

전자는 기존처럼 빠름이라는 화두에 몰두하는 방법이었고, 후자는 아예 쾌의 묘리에서 벗어나 새로운 무리를 섞는 것이었다. 만약 쾌속함에 중점을 둔다면 별다른 수정이 필요 없었다. 그저 더 큰 힘을 다루는 것에 익숙해지면 된다.

'하지만 너무 뻔해.'

아무리 빨라져도 백유혼을 따라잡기란 쉽지 않은 일이 될 것이다. 법륜은 점차 후자에 마음이 갔다. 백유혼을 상대하면서 노릴 수 있는 가장 효과적인 빈틈은 의외성이다. 그 의외성을 노리려면 보통의 방법으로는 안 된다.

'내가 알고 있는 보법 중 가장 뛰어난 것은…….'

손에 꼽자면 세 개 정도였다. 소림의 연대구품, 어릴 적부터 무허 사조에게 배운 불영신보, 그리고 마지막으로 부친이 남겨 준 혈왕마공상의 보법인 혈왕보. 법륜은 야차능공제를 만들 때 불영신보에 혈왕보를 섞었다. 불영신보는 공수의 전환을 위해, 혈왕보는 속도를 위해 집어넣었다.

'여기에 만약 연대구품을 섞는다면.'

동시에 아홉 명의 법륜이 달려드는 격이 된다. 틈을 노릴 수 있는 의외성을 충분히 확보할 수 있다는 말이다.

"속도는 포기해야겠군."

법륜은 그렇게 생각하며 연무를 마쳤다. 어느새 반시진이나 흘렀다.

"이제 오는군."

그와 약속한 사람은 총 두 명으로 조비영과 마찬가지로 생사를 함께한 팽도경과 상관책이었다. 법륜이 둘을 떠올린 순간 익숙한 기파가 느껴지더니 커다란 대문이 열리며 팽도경과 상관책이 안으로 들어섰다.

"늦었군."

"늦었소이다."

법륜은 가볍게 고개를 숙이며 인사를 건넸다. 상관책은 법륜이 깨어난 뒤로 지속적인 만남을 가져왔지만, 팽도경은 가슴에 입은 검상으로 부상이 깊은 데다 가문의 비전이나 다름없는 패왕진을 외부인에게 가르쳐 준 대가로 상처도 제대로 치료하지 못하고 팽가의 인물들이 머무는 곳에 격리되어 있었다. 그래서 인지 그의 안색은 생각한 것보다 초췌해 보였다.

"얼굴이 많이 상했군. 괜찮나?"

법륜이 걱정스러운 얼굴로 묻자 팽도경이 힘겹게 고개를 숙였다. 어느새 조비영도 가까이 다가와 거칠게 변해 버린 팽도경의 얼굴을 보고 있었다.

"고초가 많았던 모양이군."

"그렇게 됐소."

팽도경이 아무렇지도 않은 척 입을 열자 분위기가 무겁게 가라앉았다. 법륜은 화제를 전환하기 위해 팽도경에게 다가가 그의 어깨를 짚었다.

"늦었지만 고맙다는 말을 하고 싶군. 그대의 결단이 아니었다면 여기 있는 이들 중 살아 있는 이가 없었을 게 분명하다. 가문의 명에 자존심은 좀 상했겠지만… 지금부터는 앞으로만 생각하지."

"물론이오."

팽도경이 의연하게 답하자 모두의 표정이 풀어졌다. 아직 구양비가 수소문하고 있는 이들의 행방이 명확하지 않은 상황에서 지금 모인 인원이 법륜이 계획한 인원의 전부였다.

"일단 모였으니 정확한 계획을 말해주지."

법륜은 차례대로 지금까지 계획한 일들에 대해 늘어놓기 시작했다. 사람을 불러들이는 것, 그들을 바탕으로 새로운 진을 연마할 것, 그리고 그 과정이 매우 혹독하고 고된 시간이 될 것이라는 것을.

"시간이 있겠나?"

상관책은 법륜의 계획을 듣자마자 의문을 제기했다. 여기 있는 네 사람이야 그래도 손발을 한차례 맞춰봤고 서로의 수준이 어떤지 알고 있으니 진법을 연마하는 것에 큰 부담이 없을 것이라 생각했다. 하지만 새로이 합류하는 사람들은 다르다.

네 사람이 이룬 진법 안으로 녹아들어야 한다. 무공이 일천하면 애초에 불가능할 것이고, 무공이 높아도 자존심이 세다면 결코 섞이려 들지 않을 것이다.

"그 부분은 개의치 않아도 되네. 일단은 익숙한 얼굴들만 부를 테니까."

"익숙한 얼굴?"

"그런 사람들이 좀 있네."

법륜의 얼굴에 은근한 미소가 떠올랐다.

* * *

그 시각, 섬서 천마신교의 비밀 분타에서는 누군가와 달리 잔뜩 인상을 쓰고 있는 자가 있었다.

"허, 이건 예상치 못한 전개로군."

"예, 상당히 이례적입니다. 이런 반응을 원한 것은 아니었는데……."

우호법 주명은 백유혼의 눈치를 보며 간신히 운을 뗐다. 그가 원한 반응은 황실과 정도맹회가 연합을 하는 것이었다. 무인들이 아무리 자존심이 강해도 나라에서 파견한 관리를 함부로 대하진 못할 것이라 생각했으니까. 그리고 그게 지속된다면 장기적인 관점에서 둘 사이의 분열을 일으킬 것으로 예상했다.

한데 황실은 모두의 예상을 깨고 돌발적인 행동을 했다.

"그렇군. 생각한 것보다 너무 적극적이야. 이래서는 뒤통수가 따끔거려서 제대로 싸움이나 하겠냐는 말이야."

정도맹회와 천마신교의 싸움이 지지부진한 이유, 그것은 한 달 전 천마신교가 감행한 황실에서 휘하 문파들에 대한 공격 때문이었다. 황실의 비호를 받는 문파들을 공격한 것까지는 좋았다. 한데 그 사건으로 황실이 대대적인 움직임을 보였다.

"그런데 이런 식으로 움직이다니……."

문제는 그 움직임이 지금까지의 예상과는 확연한 차이를 보인다는 점이다. 황실은 정병을 맹회로 파견하는 대신 북원의 잔당을 소탕하고 있던 북부의 병력을 서쪽으로 돌렸다.

무려 십만. 십만의 병력이 내몽고를 건너 신강으로 진격하고 있다는 소식이었다. 엄청난 압박이 아닐 수 없었다. 하지만 예상한 것과는 달리 백유혼의 기분은 그리 나빠 보이지 않았다. 주명은 그 사실을 빠르게 읽고 재차 입을 열었다.

"이곳은 일단 부용에게 맡겨야겠군."

"그럴 수밖에 없겠지요."

소수의 인원을 데리고 십만의 병력을 막으려면 백유혼이 직접 움직여야 한다. 그렇게 되면 중원에서 지휘를 맡을 자는 좌호법뿐이다. 하나 좌호법 철부용은 팔대마장 방일소와 타격대주 둘을 잃고 매우 소극적으로 신교의 병력을 운용하고 있는 상황이었다.

"좌호법에게 마음껏 날뛰라고 전언을 보내라. 마장과 타격대를 모두 잃어도 좋다고 말이다."

제사십육장(第四十六章)

전능(全能)

법륜은 제 몸을 가누지 못하고 갈대처럼 휘청거렸다. 그도 그럴 것이, 현재 법륜이 상대하고 있는 면면을 본다면 절로 고개를 끄덕일 수밖에 없으리라.

'확실히 몸에 붙었어.'

법륜은 이제 방패의 형태로 발현되는 불광벽파를 넓게 펼치며 전면으로 쏟아져 드는 강력한 기파를 막아섰다. 그 한가운데로 빛살이라고 불러도 좋을 만큼 장창이 빠르게 찔러들어 왔다.

"벌렸다!"

상관책의 고함에 그 틈을 비집고 파고드는 자가 있었다. 천중도를 휘두르며 팽도경이 그 틈 안으로 길게 도를 내리그었다. 엄청난 거력이 실린 일격. 법륜은 그 일격을 막아서지 않고 한 발 뒤로 물러나 회피했다.

'굳이 상대할 필요는 없지만…….'

불안했다. 지금 상대하고 있는 자들은 그리 허술한 자들이 아니다. 이들이 허술하게 보인다면 그것은 그것대로 의도한 바일 것이다. 그리고 허술함은 팽도경의 외침에 사실로 드러났다.

"됐다! 호원!"

"풍혼(風魂)!"

한 달 전 합류한 남궁가의 검성 남궁호원이 거세게 외쳤다. 그러자 법륜이 물러난 걸음 뒤에서 예고도 없이 돌풍이 솟구쳤다. 법륜은 갑작스럽게 솟아나는 돌풍에 당황하지 않고 그대로 몸을 맡겼다. 법륜의 몸이 허공으로 빙글빙글 회전하며 올라갔다.

"됐어!"

"아직 방심하지 마! 순식간에 뒤집힌다! 강력한 것으로!"

조비영이 금검의 포탄을 장착했다. 이제 완벽하게 손에 익은 수라검의 붉은색 검신이 밝게 물들었다. 이대로 쏘기만 한다면 치명적인 타격을 줄 수 있는 아주 완벽한 연계였다. 한데도 조비영은 왠지 법륜을 향해 포탄을 쏘아내는 것을 망설였다.

'눈.'

그 연유는 법륜의 눈에 있었다. 법륜의 두 눈은 전혀 당황한 것처럼 보이지 않았다. 그는 선두에 선 팽도경과 상관책, 그리고 남궁호원 너머 자신과 빈틈을 노리고 있는 화산의 신검 백청학을 노려보고 있었다.

"뒤로!"

조비영이 백청학의 앞을 막아서며 포탄을 질러내자 법륜의 눈에 순간적으로 이채가 스쳐 지나갔다. 최대한 감춘다고 감춘 노림수였는데 조비영의 눈썰미가 생각보다 괜찮았다. 이 정도면 완벽까지는 아니어도 근접은 했다. 법륜은 그렇게 생각하며 코앞까지 다가온 포신탄을 노려봤다.

'일단은 금검포신탄부터.'

금검포신탄은 아무리 법륜이어도 정면으로 막아서기엔 위험부담이 컸다. 하지만 현재 그가 머무르고 있는 곳은 허공. 평소라면 허공답보를 펼쳐 자리를 벗어났겠지만 남궁호원이 부리는 령(靈)이 그것만큼은 허용하지 않겠다는 듯 발목을 붙잡고 있었다. 그렇게 되자 법륜이 택할 수 있는 선택지는 대폭 줄어들었다.

'어디 한번 써볼까.'

석 달간의 연공을 통해 완벽하게 제어하게 된 여래현신. 그가 불러낸 여래불의 크기는 이제 백유혼이 부리던 거신의 크기에 필적했다. 물론 그 움직임도 결코 떨어지지 않았다. 법륜이 마음을 먹자마자 투툭 하는 소리가 나며 발목을 잡아당기던 바람의 힘이 급속도로 소멸했다.

"나왔다!"

"젠장, 또 졌군!"

순식간에 일어나는 금빛 거인. 부처의 인자하고 은근한 미소마저 똑 닮은 불상이다. 여래불이 아래를 굽어보며 합장하자 절대지경에 이른 이들조차 잠시간 흔들릴 정도로 강력한 기파가 퍼져 나갔다.

"오늘은 여기까지."

오인비무(五人比武). 법륜은 지난 석 달간 행해온 비무의 끝에 승리의 종지부를 찍었다.

이들이 행한 비무의 규칙은 간단했다.

법륜은 공격하지 않고 방어만 한다. 법륜을 제외한 다섯이 공격조에 속해 법륜을 공격한다. 방어에 성공하면서 여래불을 불러낸다면 법륜의 승리, 법륜을 제외한 다섯 중 누구라도 법륜에게 일격을 가하면 공격조의 승리다.

"한 달 전부터 한 번도 못 이겼군."

백청학이 자조 어린 목소리로 중얼거리자 모두의 고개가 아래로 떨어졌다. 규칙이 정해져 있는 비무였다지만 한 번도 못 이겼다는 것에는 이견의 여지가 없었다. 더욱이 백청학은 환검으로 법륜의 눈을 어지럽혀야 했는데, 도통 법륜이 속아 넘어가지 않았다.

'제길, 내 자리가 없군.'

그 연유가 법륜이 지닌 타심통에 있다는 것을 알았다면 이런 생각은 하지 않았을 테지만 백청학으로선 알 수 없는 일이었다.

"이제 생각보다 손발이 잘 맞아떨어지는군."

백청학의 기분을 이해했는지 조비영이 화제를 돌리기 위해 급히 말을 바꿨다. 확실히 이것도 맞는 말이었다. 처음에 비하면 서로의 역할이 명백하게 나뉘어져 있었으니까. 문제는 이렇게 합격진을 연마해도 법륜에게 유효한 타격을 줄 수 없다는 것에 있었다.

"이 정도면 그자에게도 통하지 않을 걸세."

백청학이 다시 한번 땅속 깊숙이 파고들자 법륜이 고개를 위아래로 흔들었다. 거신을 제외하고서라도 백유혼의 기량은 자신 이상이었다. 하지만 그를 상대할 때에는 지금의 오인비무와는 다른 점도 분명히 있었다.

“지금의 오인비무가 왜 이루어졌는지를 한번 생각해 보게.”

맞다. 오인비무는 오로지 백유혼을 상대하기 위해 시작되었다. 그리고 그 중심에 있어야 할 자는 다름 아닌 법륜이었다. 다섯의 공세를 수월하게 막아낼 수 있는 존재. 법륜이라면 백유혼의 공격을 충분히 막아내며 다른 이들을 보조할 수 있는 능력이 있었다.

“아!”

그제야 그 사실을 깨달았는지 다섯의 입에서 동시에 탄성이 터져 나왔다. 그들은 안다. 법륜이 오로지 방어만 했지만 충분한 여력이 있었다는 것을. 황금빛으로 빛나는 여래불이 움직이기 시작한다면 방어는 물론 틈을 만들어낼 수 있는 공격 또한 가능하리라.

“그렇게만 된다면.”

충분히 승산이 있었다. 그리고 그날 밤 세 사람이 이들을 찾아왔다. 구양비가 가동시킨 정보망이 빛을 발하는 순간이었다. 그들은 무당의 청인, 당가의 당천호, 그리고 면사를 쓴 여인 한 명이었다.

“오랜만이군.”

법륜이 가볍게 인사를 건네자 청인이 벌레 씹은 표정으로, 당천호가 반갑다는 얼굴로 고개를 끄덕였다.

“그런데 이쪽은……?”

면사로 얼굴을 가린 여인을 바라보자 청인과 당천호는 자신들도 모른다며 고개를 내저었다.

'그렇다면 전적으로 군사가 발탁했다는 뜻인데.'

문제는 근래에 이름을 날리는 여류고수에 대한 소문을 전혀 듣지 못했다는 것에 있었다.

'여인의 몸으로 절대지경이라…….'

절대 여인을 비하하는 말은 아니었지만 실로 대단한 일이었다. 남자와 여자는 신체적인 능력부터 차이가 심하게 난다. 내력을 익히면 그 차이가 급격하게 메워지지만, 무공은 내력만으로 쌓는 것이 아니다. 내외의 조화가 이루어져야 한다. 그만큼 외공에 주력하는 비중도 높다는 뜻이다.

'그런데도… 천호나 백청학에게 뒤지지 않는다. 굉장하군.'

다름과 차별을 착각할 만큼 법륜의 공부가 낮지 않았다. 그때 면사를 쓴 여인의 입에서 맑은 목소리가 흘러나왔다. 언젠가 들어본 것만 같은 목소리였다.

"오랜만이에요. 얼굴을 가렸어도 충분히 알아낼 거라 생각했는데……."

"누구……?"

여인이 안면이 있는 듯 말하자 법륜의 얼굴이 당황으로 물들었다. 여인이 아닌 한 명의 인간으로 그저 스쳐 지나간 인연은 많았지만 달리 기억에 남는 존재가 없었다.

"언젠가 마인 하나를 쫓아오신 적이 있었지요."

그러면서 허리춤에 찬 부채를 잡아 펼치자 법륜이 탄성을 터뜨렸다. 분명히 본 적이 있는 부채였다.

'언제였더라…….'

법륜은 열심히 머리를 굴리다 마인을 쫓아왔다는 말에 고개를 번뜩 들었다.

"천풍곡!"

"맞아요. 이설영이에요."

그녀는 천풍선자 이설영이었다.

*　　　*　　　*

한편, 천마신교는 지지부진한 싸움을 이어가고 있었다. 백화마인 철부용이 어찌어찌 전선을 유지하고 있었지만 석 달이나 지속된 싸움은 양쪽의 체력과 정신력을 고갈시키기에 충분했다. 초원의 한가운데에서 흑색 갑주와 투구를 눌러쓴 사내가 입을 열었다.

"바람이 상당히 거칩니다, 전하. 안으로 드시지요."

금빛 투구를 쓴 사내는 너른 들판을 바라보며 까끌까끌한 입술을 혀로 핥았다. 이제 중년을 바라보는 나이. 전장에서 보낸 세월이 점차 길어지면서 이런 거친 바람을 수도 없이 맞았지만 이번만큼은 유난히도 썼다.

"그런 것을 따질 겨를이 있나."

연왕(燕王) 주체는 부관의 만류에도 불구하고 돌풍이 불어오는 평원을 그저 바라보기만 했다. 그의 가슴속에서 뜨거운 불길이 일었다. 이번 싸움은 자신들의 싸움이 아니었다. 나라를 위하고 백성을 위한 싸움도 아니었다.

"이런 곳에서 스러질 목숨들이 아니다."

황족인 그가 느끼기에 이번 전투는 인간의 탐욕이 부른 참사였다. 욕심 없는 인간이 세상천지에 어디 있겠냐만 이건 도를 넘어섰다. 대명제국의 십만 정병. 북원과의 전투를 통해 강력하게 담금질된 이 병사들이 그들의 진짜 적과 싸우기도 전에 수도 없이 목숨을 잃었다.

"병력이 얼마나 남았지?"

주체가 부관에게 묻자 부관이 머뭇거리면서 대답했다.

"이만이 목숨을 잃었습니다. 적의 숫자는 이제 고작해야 일만도 남지 않았습니다."

"고작해야 일만? 웃기는 소리로군."

주체의 어조는 싸늘했다. 부관이 틀린 소리를 해서가 아니었다. 말도 안 되는 일이기 때문이다. 전쟁은 머릿수로 하는 것이 아니라고 말하지만 숫자는 절대적인 힘 중 하나이다. 그것도 처음부터 다섯 배 가까이 차이가 났다면 더할 것도 없다.

"원래라면 단번에 끝장을 내야 했다."

부관은 주체의 화가 난 듯한 말투에 머리를 숙였다. 이 남자는 부하를 유난히도 아낀다. 이 남자가 다음 대의 황제가 된다면 적어도 파리 목숨은 면할 것 같은 기분이 들었다. 죽더라도 의미 없이 목숨을 잃을 일은 없을 테니까. 그때, 등 뒤에서 다급한 음성이 묻어나왔다.

"척후로부터 급보입니다. 적의 군세가 움직이기 시작했습니다. 숫자는 대략 삼천 정도. 별동대로 보인다고 합니다."

"삼천? 무슨 생각이지?"

"함정일 가능성도 배제할 수는 없지요."

"음……."

주체는 제자리에 우뚝 선 채 장고를 거듭했다. 아직 시간은 충분했다. 함정이라면 압도적인 숫자로 돌파하면 그만이다. 하지만 그럴수록 아군의 피해는 늘어나리라. 하지만 언제까지 이런 지지부진한 싸움을 하고 있을 생각이 그에게는 없었다. 그들의 적은 마교의 무인이 아닌 북원의 기마병이었으니까. 이윽고 주체는 결단을 내렸는지 부관에게 손짓했다.

"직접 움직인다. 전 병력은 출정 준비를 하라. 적의 별동대를 타격하고 이어서 본대를 직접 노린다."

"예!"

부관이 답하고 돌아서자 주체는 입술을 잘근잘근 씹어냈다. 이번 싸움으로 종지부를 찍는다. 그에겐 오직 그 생각밖에 없었다. 만약 삼천의 별동대에 백유혼이 있다는 것을 알았다면 결코 하지 않았을 선택이었다.

* * *

법륜은 찻잔을 조심스레 내려놨다. 이제는 떼려야 뗄 수 없는 당천호나 처음 보는 이설영을 대하는 것과는 달리 청인을 대하는 것에 있어서는 껄끄러울 수밖에 없었다. 마지막 만남이 그리 좋게 끝나지 못한 까닭이다.

"그간 잘 지내셨습니까?"

법륜은 무표정한 청인을 보며 살며시 운을 뗐다. 청인은 법륜의 질문을 기다렸다는 듯 고개를 내저었다. 그야말로 고통스러운 나날의 연속이었다. 암은당에 몸을 담고 스승을 좇아 보이지 않는 힘에 맞서기를 수년. 청인은 그때보다도 지금 현재가 더 지치고 힘들었다.

'너무 편협한 생각일는지.'

그의 정체가 밝혀진 것은 법륜 때문이 아니었다. 그것은 괴뢰마수 황곤의 술책이었고, 변할 수 없는 사실이었다. 그가 괴로웠던 것은 단지 이제 좋은 인연을 맺기 시작한 이들과의 관계가 단번에 어그러졌기 때문이리라.

"묘한 이야기가 들리더이다."

그런 청인의 침묵이 불편했는지 당천호가 먼저 앞으로 나섰다. 본디 누군가를 위해 먼저 나서는 성격이 아니었지만 그러지 않았다간 불편해서 자리를 박차고 뛰쳐나갈 것만 같았다.

"소문이라니?"

그런 질문이 반가웠는지 법륜 또한 시선을 돌려 당천호를 바라보았다. 당천호는 쓴웃음을 지으며 짧게 내뱉었다.

"여래불."

"아."

법륜은 당천호의 짤막한 답에 옅은 탄성을 내뱉었다가 이내 잔잔한 미소를 띠었다. 사천성에서 호북 정도맹회까지 달려오는 와중에 소문을 들었다면 여래불에 관한 이야기가 중원 천지에 퍼졌다는 이야기다. 아군의 사기를 높일 수 있다면 어떤 소문이라도 좋았다.

"그렇게 되었군. 그보다 사천은 어찌하고……?"

"이상한 이야기가 들려오더군."

당천호는 그간 사천성에서 있던 일들을 풀어놓았다. 사천성에는 본디 구파의 일익을 담당하고 있는 아미와 청성이 있었다. 그리고 숫자는 적지만 팔대세가에서 상당한 영향력을 발휘하는 당가 또한 있었다.

삼파의 공고한 연합. 때문에 천마신교의 주구들 또한 사천성에 쉽게 뿌리내릴 수 없는 환경이었다. 천마신교가 각 성에 비밀스러운 분타들을 설립했어도 대놓고 활동하기엔 무리가 따르는 실정이었다. 삼파 또한 천마신교의 하수인들을 색출하기 위해 전력을 다하는 상황이었으니 그들이 느낀 압박감은 상상 이상이었을 것이다.

"문제는 어느 순간부터 그치들이 싹 사라졌다는 것일세."

문제는 여기에 있었다. 삼파의 연합은 천마신교의 공격을 막아내기 위해 이루어졌지만, 그 적이 사라진 지금 할 일을 잃고 멍하니 손을 놓을 수밖에 없었다. 더 큰 문제는 천마신교의 비밀 분타를 찾지 못한 상황에서 적이 연기처럼 사라진 것에 있었다.

"결국 언제고 돌아올 것이란 말인가?"

당천호는 가볍게 고개를 끄덕이며 말을 덧붙였다.

"그뿐만이 아닐세. 자네가 들었는지는 모르겠지만… 다른 성 또한 마찬가지인 상황일세."

"다른 성도 마찬가지라고?"

이번에는 찻물로 입술을 적시던 이설영이 입을 열었다.

"천풍곡은 감숙에 있어요. 일인전승의 문파이지만 상황이 이리 된 이상 밖으로 나설 수밖에 없었죠. 많이 싸웠어요. 지독한 놈들이더군요. 그런데……."

법륜은 이설영이 내뱉을 다음 말을 예상할 수 있었다.

"모두 사라졌겠군."

그 말에 이설영이 고개를 끄덕였다.

"맞아요. 어느 순간 증발하듯이 사라졌어요. 한순간에. 그리고 정도맹의 사자가 찾아왔죠. 그래서 따라왔고요."

법륜은 이설영의 마지막 말에 이상함을 느꼈다. 섬서에서 마주한 괴뢰마수의 수족만 해도 수십이 넘었다. 그토록 넓은 땅에서 어찌 보면 간단한 일이라고 해도 지금까지 다져놓은 기반을 그렇게 내려놓고 움직인다는 것은 쉬운 일이 아니다.

"무언가 있군."

"분명하오."

당천호와 이설영이 고개를 끄덕였다. 잠자코 듣고 있던 청인은 세 사람의 대화에 전혀 끼지 않다가 법륜이 무언가 있다고 판단하는 듯하자 입을 열었다. 그는 이들의 생각보다 많은 것을 알고 있었다.

"이유가 있지."

"이유?"

법륜이 궁금하다는 듯 청인을 향해 불쑥 물었다. 청인은 그런 법륜의 시선을 외면한 채 찻잔에서 올라오는 뜨거운 김을 빨아들였다. 은근한 다향이 콧속을 간지럽히자 안 그래도 축 처져 있던 기분이 조금은 되살아나는 것 같았다.

"황실에 연이 좀 있다. 얼마 전 북방에서 대규모의 병력이 움직였다더군. 연왕(燕王)이 이끄는 병력이다. 그가 움직였다면 천마신교의 이해 못 할 움직임도 어느 정도 설명이 되지."

"황실의 군대가……."

세 사람은 동시에 탄성을 터뜨렸다. 그들이 모를 수밖에 없는 이유였다. 황실의 행사가 언제나 은밀한 것은 아니지만, 강호를 살아가는 야인이 알기엔 어려운 점이 있었다. 물론 소문이라는 것을 무시할 수는 없지만 황실이 비밀리에 움직였다면 그 소식이 전해지기에 시간이 걸리게 마련이다.

'게다가… 북방의 군대는 강병 중의 강병. 그들이 천마신교의 발을 묶었다면……?'

충분히 상황이 설명되었다. 대규모 병력이 천마신교의 본진을 향해 진군한다면 말이다. 집을 내어줄 수 없으니 막을 수밖에 없다.

"과연."

법륜이 그렇게 고개를 끄덕일 때, 방문이 벌컥 열리며 다섯 사람이 모습을 드러냈다. 이야기에 정신이 팔려 있던 터라 방 안에 있던 네 사람 모두 이들이 다가오는 것을 알아차리지 못했다. 더욱이 모습을 보인 네 사람이 절대지경에 오른 고수라면 말할 것도 없었다.

"천호!"

가장 먼저 조비영이 당천호의 이름을 토해냈다. 숭산에서 함께 오랜 시간 머문 만큼 친숙한 얼굴이기 때문이다. 조비영은 성큼성큼 다가가 당천호의 어깨를 짚었다.

"비영, 오랜만이군."

당천호 또한 조비영을 보곤 밝은 표정을 지어 보였다. 조비영의 뒤에 서 있던 네 사람은 너무나도 밝아 보이는 조비영의 표정을 보며 어안이 벙벙한 표정을 지었다. 그간 조비영과 함께 생활하면서 저렇게 밝은 표정을 지어 보이는 것을 처음 본 탓이다. 법륜은 얼이 빠진 네 사람에게 손짓해 가까이 불러 세웠다.

"인사들 나누지. 이쪽은 차례대로 조비영, 상관책, 백청학, 남궁호원, 그리고 팽도경이라고 하네. 그리고 이쪽은 당천호, 이설영, 청인이라고 하지."

법륜이 한 사람, 한 사람 지목하며 이름을 알려주고 인사를 시키자 여덟 사람은 각자 인사를 나누기 시작했다. 여덟 명이나 되는 사람이 한 공간에 서 있자 방 안이 꽉 차 보였다.

'이 정도라면.'

법륜은 그 광경을 바라보며 이제 어느 정도 승산이 있다고 판단했다. 자신을 포함해 절대지경의 고수 아홉. 이래도 상대가 되지 않는다면 차라리 포기하는 것이 나을 지경이다.

'일단 손발이 맞아야 하겠지만…….'

그것은 시간이 해결해 줄 일이다. 게다가 이미 절대지경에 오른 무인들. 서로 조금씩만 양보하고 무리하지 않는다면 금세 맞춰볼 수 있을 게다. 이제 백유혼을 사냥할 준비가 끝났다. 시간만 조금 더 있으면 된다.

'기다려라.'

* * *

백유혼은 뒷짐을 진 채 거대한 인마의 물결을 굽어보고 있었다. 평원에 덩그러니 놓인 바위산, 그리 높지 않은 곳이었지만 그 위에 올라 아래를 내려다보니 끝이 보이지 않을 만큼 어마어마한 규모를 느낄 수 있었다.

"좌호법."

"예, 교주."

철부용은 등 뒤에서 흐르는 식은땀조차 느끼지 못할 정도로 긴장한 상태였다. 그는 교주의 명령으로 황실의 병력을 저지하고 있었고, 전 병력을 잃어도 책임을 묻지 않겠다는 이야기를 들었다. 그럼에도 철부용은 떨려오는 심정을 주체할 수 없었다.

'목이 떨어지겠구나.'

철부용은 오랜 시간 백유혼을 모신 만큼 그의 성격을 누구보다 잘 아는 사람 중 하나였다. 그는 현재 무척이나 분노하고 있었다. 연유는 묻지 않아도 알 수 있었다. 이만에 가깝던 천마신교의 병력이 이제는 반절도 남지 않았으니까.

"왜 이렇게 긴장하지?"

"그것이… 제가 병력을……."

철부용은 도둑이 제 발 저린다는 말을 몸소 실천했다. 백유혼은 두려움에 떠는 노인을 바라보며 혀를 끌끌 찼다. 분명 병력을 모두 잃어도 괜찮다는 말을 한 것 같은데 엉뚱한 상상을 하고 있는 것이다.

"분명히 말했을 터인데? 병력을 모두 잃어도 좋다고."

"허면……."

백유혼은 손을 들어 바위산 뒤에 은신하고 있는 천마신교의 병력을 가리켰다. 그들의 얼굴은 무척이나 초췌해 보였다. 그럴만도 했다. 연달아 십만이라는 병력을 상대했고, 그것도 모자라 이제는 삼천이라는 병력만으로 수만 대군을 상대해야 한다.

"저들은……."

철부용은 자랑스러운 신교의 전사들이라 항변하려다 백유혼의 눈을 보고는 그대로 입을 다물었다. 어차피 지금 그런 이야기를 해보았자 통하지 않을 것임을 직감했기 때문이다. 그리고 그 순간 백유혼이 말하고자 하는 바를 깨달았다.

'어찌……'

가혹한 일이었다. 절대지경에 오른 지 오랜 시간이 지난 그도 수만의 대군을 앞두곤 태연할 수 없었다. 백유혼이 분노한 이유는 적을 두고 천마신교의 무인들이 겁을 집어먹었기 때문이다. 죽음의 그늘, 곧 다가올 죽음의 그림자에 위축된 것을 꼬집은 것이다.

"저들은 이미 죽음을 각오한 전사들입니다. 지금은 무력해 보여도 적을 앞두고는 달라질 것이니 너무 심려하지 마십시오."

"그 말이 사실이어야 할 것이다."

백유혼은 냉정하게 돌아섰다.

'그리고 내가 그렇게 만들겠다.'

그가 이곳에 나선 이유는 단 하나. 마음먹은 모든 일을 가능하게 만들 수 있는 전능자로서 전장에서 누구도 할 수 없는 위업을 세우기 위해서였다.

"준비하라."

백유혼은 작은 바위산을 내려가 대군의 전면으로 다가섰다. 어느새 그의 등 뒤로는 거신상 하나가 떠올라 있었다. 망혼거신공. 고대의 무공. 더 커지고 강대해지고자 하던 고대 무인들의 염원이 담긴 무공.

"정지."

전방에 서 있던 장수 하나가 급하게 말을 멈춰 세웠다. 땅 아래에서부터 도저히 믿을 수 없는 광경이 펼쳐지고 있었다. 이윽고 거신이 두 팔을 벌려 대군을 향해 고함을 질렀다.

우아아아아아!!

폭풍이 몰아치는 것 같은 함성이 대군을 휩쓸었다. 칠만이 넘는 대군의 움직임이 순식간에 경직됐다. 그리고 그 위로 거신의 거대한 몸체가 떨어져졌다.

콰아아!

팔 하나가 움직일 때마다 수십이 넘는 인마가 허공을 날았다. 그야말로 압도적인 위력. 일개 인간의 힘으로는 어찌할 수 없는 강대한 무력이 인세를 휩쓸었다. 그 광경을 대군의 후미에서 지켜보고 있던 주체는 두려움에 빠지는 대신 이를 악물었다.

"저게 도대체 뭐란 말인가!"

주체의 고함에 그의 주변에 서 있던 도복을 입은 초로의 노인이 앞으로 나섰다.

"뒤로 물러서시지요, 전하."

도복을 입은 초로의 노인. 군(軍)에서 무명(無名)이라 불리는 노인이 주체를 뒤로 당기자 주변의 눈매가 사나워졌다. 황족의 옥체에 함부로 손을 댔다는 것에 분개하긴 했지만, 상황이 상황인지라 앞으로 나서지는 못했다.

"무명."

무명은 주체의 부름에 답하는 대신 품에서 부적 뭉치를 꺼내 허공에 던졌다. 이상한 일이 벌어졌다. 본래라면 허공에 나풀거리며 떨어져야 할 부적들이 빳빳하게 변하며 거신을 향해 날아간 것이다.

"이매망량(魑魅魍魎)이여! 부름에 답하라!"

허공에 둥둥 뜬 부적이 귀물의 형상으로 탈바꿈했다. 이매망량. 도깨비를 부리는 도술. 무명의 손에서 선보인 도술은 그 어떤 이가 보아도 감탄을 터뜨릴 만큼 놀라운 구석이 있었다.

하나 등 뒤에서 들려오는 놀라움과는 별개로 무명의 안색은 빳빳하게 굳어 있었다. 이유는 간단했다. 혼심의 힘을 다한 것은 아니었지만, 그가 부린 이매망량의 술법이 거신에게 전혀 타격을 주지 못하고 있는 탓이다.

'저건 도대체…….'

연원을 알 수 없는 도술, 혹은 술법. 하나 그 위력만큼은 발군의 것. 상대가 천마신교이니 그런 술법 하나쯤은 나타난다 한들 이상할 것 하나 없는 일이나, 그것은 모르는 사람들이나 하는 말이다. 술법과 도술, 그 어떤 것이든 인세의 것이 아닌 것을 사용할 때에는 그만한 대가가 따른다.

무명이 이매망량의 술만 사용하는 것도 그 때문이다. 부적에 오랫동안 도력을 담아 축적하고 벼려낸 힘. 지금 부린 이매망량의 숫자만 해도 열여섯. 한 장에 근 한 달의 공이 들어가니 일 년이 넘는 시간이 그대로 날아간 것이다.

"전하, 뒤로 더 물러서십시오."

무명이 잔뜩 굳은 얼굴로 다시 한번 부적을 꺼냈다. 이번엔 기존에 꺼낸 부적과 달리 누런 황색의 부적에 붉은색, 검은색이 덧칠해져 있는 것을 꺼내 들었다. 그가 펼칠 수 있는 최고의 도술

북명사자(北冥使者) 술(術)이 하늘에서 떨어졌다.

"차핫!"

거센 기합성과 함께 허공을 찢고 나온 검이 거신의 머리 위로 떨어졌다. 이번엔 효과가 있었다. 거신이 머리 위로 떨어진 검을 피해 몸을 틀었다. 거신의 몸체를 비튼 백유혼은 하늘에서 떨어지는 검을 보며 비틀린 미소를 지었다.

"제법이군."

거신을 조종하고 있던 백유혼은 처음으로 재미있다는 표정을 지었다. 이미 천마신교의 병력은 준비가 끝났다. 그렇다면 자신은 여흥을 즐기면 그만이다. 백유혼은 근처에 시립해 있는 철부용을 손짓으로 불렀다.

"나는 저쪽으로 간다. 마무리를 잘 짓도록."

"예, 교주."

백유혼이 한 치의 망설임도 없이 손을 휘젓자 거칠게 포효하던 거신이 단번에 사라졌다. 거신을 이용해 원거리에서 전투를 치르는 것보다 지근거리에서 싸우겠다는 의지의 표명이다.

'빌어먹을.'

좌호법 철부용은 백유혼이 자리를 뜨자마자 사납게 눈을 치켜떴다. 자신의 충성심이 우호법 주명보다 떨어진다고 생각하지는 않았다. 하지만 좌호법 철부용에겐 맹목적인 충성심 외에 다른 감정이 깃들어 있었다. 그것은 바로 의구심. 몇 년에 걸쳐 양성한 무인들이다.

'이렇게 헌신짝 버리듯 대할 수 있는 이들이 아니란 말이오, 교주.'

이만이 넘는 무인을 이끌면서 효율적으로 운용하지 못한 것은 그 때문이었다. 만약 기습 공격을 감행하며 유격전만 했어도 지금보다 상황이 나았을 것이다. 하나 철부용은 그러지 않았다. 아니, 그러지 못했다.

'사지인 줄 알면서 이만이 넘는 생목숨을 사지로 밀어 넣으란 말인가.'

이 때문이다. 오랜 시간 사람들을 이끌며 말랑해진 마음. 그것이 발목을 잡았다. 멀리서 폭음이 터져 나왔다. 그와 함께 솟아오르는 검은 연기. 이제는 정말 돌이킬 수 없었다. 한 사람도 살아서 돌아갈 수 없었다.

'어쩔 수 없구나.'

철부용은 죽음을 각오했다. 그의 마지막 싸움이 칠만의 대군 앞에서 펼쳐졌다.

'이매망량의 술, 그리고 하늘에서 떨어지는 거검이라…….'

백유혼은 허공을 박차고 날아올라 도술의 진원지로 향했다. 분명 들어본 적이 있었다. 이제는 술맥이 거의 끊어져 버린 도문(道門). 상청파(上淸派)라고도 불리는 곳. 바로 모산파(茅山派)였다.

'뜬금없이 모산파의 도사라니.'

일이 재미있게 돌아간다고 느꼈다. 오로지 유희, 삶의 쾌락만이 삶의 가장 큰 부분을 차지하는 백유혼으로선 아무래도 좋았다. 그저 즐길 수 있으면 그만이었다.

"기다려라, 모산파 도사."

*　　　　*　　　　*

몽골 초원의 상황과는 별개로 맹회의 정보망은 지금도 열두 시진을 꽉꽉 채워 돌아가고 있었다. 정보망의 총괄 역할을 맡은 구양비는 하오문과 개방에서 물어오는 정보의 진위 여부를 놓고 맹렬하게 머리를 굴리고 있었다.

"이건……."

"여드레 전 출발한 소식입니다."

"진위 여부는?"

"십 할입니다."

구양비는 정보를 가져온 보조 군사의 확신에 찬 표정에 고개를 숙였다. 이게 사실이라면 정말 엄청난 정보다. 아무런 반응이 없는 것 같던 황실이 사실은 굉장한 싸움을 벌이고 있던 것이다.

"맹주께 가야겠다."

"예. 이쪽은 제가 맡아서 정리하겠습니다."

"그래. 정영, 채비하라. 맹주전으로 간다."

정영이 구양비의 뒤로 따라붙었다. 이제는 화륜대의 무사라기보다 구양비의 개인 호위가 되어버린 정영이다. 구양비는 정영을 대동한 채 걸음을 옮겼다. 건물 하나를 지나치자 문득 요즘 들어 한 사람에 대한 소식을 받아보고 있지 못했다는 생각이 들었다.

"정영, 신승은 요새 어떻게 지내시지?"

"신승이라면… 솔직히 말씀드리자면 저도 잘 모릅니다."

정영은 신승과 구양비의 역할을 이어주는 창구 역할을 도맡았지만 사실 이렇다 할 일이 없었다. 그 이유는 정영이 아닌 법륜에게 있었다. 법륜이 새롭게 모인 이들을 이끌고 폐관에 들어가 버리자 소식을 전할 길도, 또 받을 길도 없어져 버린 것이다.

"그런가. 곤란하게 되었군."

법륜은 이제 맹회의 최후의 보루로 받아들여지고 있었다. 천마신교의 교주와 접전 끝에 패퇴하고, 여래불을 일으켜 수많은 이의 희망이 된 자. 언제 어디에서 백유혼이 나타날지 모르는 지금, 법륜과 그 동료들의 현재 상태가 어떤지에 따라 상황이 많이 달라진다.

'정작 필요할 때 없다면…….'

곤란했다. 사적으론 매부가 되지만 그는 맹회의 군략과 정보를 담당하는 군사. 더 많은 이들의 목숨을 저울질하는 만큼 더 신중에 신중을 기해서 판단해야 했다. 구양비는 정영에게 신승에게 보낼 전언을 전했다. 정영이 고개를 숙이고 뒤로 물러났다.

"어찌 되려는지."

세작이 전해온 급보. 황실과 천마신교의·대회전은 그만큼 향방을 가르기 어려운 싸움이었다. 골자는 황실의 수많은 병력이 가져올 파괴력이냐, 그게 아니라면 송곳처럼 날카로운 비수를 품에 숨기고 기회를 엿보는 천마신교의 예리함이냐로 갈리고 있었다.

"부디… 무운을……."

*　　　*　　　*

“조금 더!”

법륜은 진의 한가운데에서 새롭게 합류한 이들을 독려했다. 청인, 당천호, 그리고 이설영. 이들을 제외하곤 오랜 시간은 아니지만 적어도 상당한 시간 손발을 맞춰왔다. 때문에 법륜은 기존의 오인비무에서 형태를 조금 바꿔 오 대 사의 비무로 손발을 맞추는 연습을 하고 있었다.

‘생각보다…….’

합이 잘 맞았다. 법륜은 진의 한가운데에서 여전히 방어에 주력했다. 넓게 불광벽파를 펼치기도 하고 시의적절한 때 필요한 곳에만 펼치기도 했다. 법륜이 놀란 부분은 합이 잘 맞는 것에도 있었지만 예상치 못한 이설영의 분전에 있었다. 청인과 당천호는 어느 정도 검증된 무인이다. 청인의 경우 진실한 내력을 다 알지는 못하지만 그 내력 이전에 강력한 무인이었고, 당천호 또한 미숙하긴 했지만 절대지경에 올라 많은 가능성을 품고 있는 무인이었다.

‘하지만 저 여인은 아니지.’

단언컨대 이설영은 아니었다. 일전에 마주친 모습으로 판단했을 때, 이설영은 본디 이 자리에 있어서는 안 될 여인이었다.

‘도대체 무슨 기연이 있었는지.’

한 자루의 부채를 사용하는 선법(扇法)은 표홀함과 화려함, 그리고 부드러움이 주가 되는 무공이다. 여기 있는 이들과 어울리는 것만으로도 그 실력을 능히 짐작하고도 남지만, 법륜은 그녀의 선법이 다른 이들에 비해 가벼울 것이라고만 생각했다.

하지만 아니었다. 그녀의 선법은 유능제강(柔能制剛)의 묘를 확실하게 살리고 있었다. 환과 변을 주 장기로 삼는 화산의 검수 백청학에겐 확실히 어려움을 느끼는 듯하지만, 그 외의 인물들에겐 가차 없었다.

"타핫!"

이설영이 거친 고함을 지르며 옥선을 휘두르자 옥선을 따라 바람이 딸려 들어가며 굽이쳤다. 천풍선법, 그것이 그녀가 부리는 선법의 정체였다.

'조금만 더 다듬으면 확실히 한자리 차지하겠어.'

반면, 청인과 당천호는 이설영보다 조금 더 여유가 있어 보였다. 아직까지 밑바닥을 보지 못한 청인은 그렇다 치고, 당천호 또한 아홉 개의 독강을 줄기줄기 뽑아 일부는 방어에, 일부는 공격에 쏟아붓고 있었다. 법륜은 당천호의 날랜 움직임을 대번에 지적했다.

"천호, 구독연환은 공격에!"

당천호의 방어가 미숙해서가 아니었다. 현재 이루고 있는 진법(陣法)의 묘리가 그러했다. 한 사람이 전방위를 넓게 방어하는 진법. 그 외에는 오로지 공격이다. 그렇기에 방어는 온전히 법륜의 몫이었다.

'그렇게 쉽지만은 않다고!'

당천호는 분명 법륜의 지적을 들었다. 하지만 방어를 도외시하고 공격에만 전력을 쏟아붓기에는 무리가 있었다. 법륜을 믿지 못해서가 아니었다. 눈앞에서 화려하게 터져 나가는 섬광과 검격, 그리고 도격이 본능적으로 사람을 움츠리게 만들었다. 게다가 때때로 불어오는 정체 모를 광풍이 발목을 붙잡았다.

"치잇!"

뒤에서 비무를 지켜보고 있던 청인은 분전하는 당천호를 향해 나지막이 한마디를 토해냈다.

"신승의 말이 맞다."

청인의 발이 한 걸음 앞으로 움직였다.

"방어는 그의 몫이다."

다시 한 걸음. 이번엔 이설영을 앞질렀다.

"우리는 공격만 하면 된다. 그리고……."

청인의 몸이 부풀어 올랐다. 잔뜩 힘을 줘서 근육이 팽창하는 것과는 다른 모습이다. 우지직하는 소리와 함께 청인의 도포가 갈기갈기 찢겨져 나갔다.

"보여주마. 내 진실한 모습. 나는 반인반수. 늑대의 피를 이어받은 마인의 후손이니. 월광(月光)이 비추는 때, 그 진정한 모습을 보이리니."

청인의 가지런한 치아가 뾰족하게 변했다. 솜털이 곤두서며 불길한 기세를 뿜어내기 시작했다. 깔끔하게 정리된 손톱이 들쑥날쑥 자랐다. 스치기만 해도 베일 것처럼 날카로웠다.

"오라."

광포한 기세에 모두가 얼어붙고 말았다.

"믿기지 않는군."

당천호는 여전히 믿기지 않는다는 얼굴로 청인의 얼굴을 빤히 바라봤다. 굉장한 일이었다. 섬서성에서 벌어진 괴뢰마수 황곤과의 일전으로 예사 인물은 아니라고 생각했지만, 그때도 그냥 하는 말인 줄 알았다. 한데 아니었다. 괴뢰마수의 발언은 진실이었다.

"그리 놀랄 일인가?"

조비영은 수라검을 면포로 닦아내며 당천호에게 물었다. 비무가 끝나고 반시진. 인세에 존재하지 말아야 할 것을 목도한 것치곤 조비영의 신색은 태연했다.

"그럼 놀랄 일이 아니란 말인가?"

"그건……."

분명 놀랄 만한 일이었지만 조비영은 그리 동요하지 않았다. 그럴 수밖에 없었다. 황실에서 일한 만큼 남들이 상상하지도 못할 것들을 직접 목도하고 겪어왔으니까. 괴뢰마수가 반인반수라는 말을 꺼냈을 때, 어느 정도 짐작은 하고 있었다.

"황실에는 비밀스러운 금옥(禁獄)이 많다. 청인과 같은 이들 또한 생각보다 많지. 아니, 되레 저것보다 더 지독한 것들도 많다. 그러니 놀라지 않을 수밖에."

"그런……."

당천호가 자라처럼 목을 움츠리자 옆에 있던 남궁호원과 백청학 또한 조비영의 말을 거들었다.

"이상한 것으로 따지자면… 풍혼 또한 마찬가지. 나는 그에게 잠깐의 놀라움을 느꼈지만 그뿐이다."

백청학이 마주 고개를 끄덕였다.

"나도. 난신이란 존재를 가까이하다 보면 더 놀랄 일도 많지.

저 정도는… 충분히 받아들일 수 있는 일이다."

당천호는 두 사람의 협공에 고개를 돌려 묵묵히 입을 다물고 있는 이설영과 상관책, 팽도경을 바라봤다. 세 사람은 청인의 진실한 정체가 무엇인지에는 별 관심이 없어 보였다. 세 사람의 관심은 온통 멀찍이 떨어져 청인과 대화를 나누고 있는 법륜에게 쏠려 있었다.

"괴물보다 더 괴물 같은 것과 상대해야 하는데 저 정도면 준수하지."

"맞다."

상관책과 팽도경이 당천호가 보낸 무언의 신호에 부정하자 이설영이 당천호의 편을 들었다. 이설영의 안색은 창백하게 질려 있었다. 높은 무공과는 별개로 인간이, 그것도 여성이 가질 수 있는 어떤 존재에 관한 혐오감 같은 것이 옅게 깔려 있었다. 가령 곤충이나 귀신 같은 것들 말이다.

"확실히 놀라기는 했어요. 그래도… 그는 분명히 통제하고 있었어요."

"그것도 그렇군."

이설영마저 당천호를 외면하자 당천호는 얼른 표정을 바꾸곤 아무렇지도 않은 척 태연함을 가장했다.

"그보다… 무슨 대화를 저렇게 은밀하게 하는 거죠?"

이설영이 턱짓하자 자리에 있던 이들의 고개가 홱 하고 돌아갔다. 법륜과 청인이 있는 곳, 그곳은 절대지경의 고수라도 뚫고 들어갈 수 없을 만큼 면밀한 기막이 펼쳐져 있었다. 금빛이 너울거리는 강기의 막. 법륜이 펼친 것이다. 그 속에서 법륜은 담담한 눈동자로 청인에게 말을 건넸다.

"괜찮으십니까?"

"무엇이?"

법륜은 쓰게 웃었다. 청인의 반응을 예상하지 못해서였다. 지난번 섬서에서 그는 반인반수라는 말에 굉장히 민감하게 반응했다. 또 그의 어머니에 관해서도.

"오늘 보이신 것, 여기에 있는 이들이야 인세에서 반쯤 발을 뗀 자들이니 상관없겠지만 다른 이들은 어떻게 생각할지 모르는 일이지요."

"그것이라면 상관없다."

청인은 매섭게 법륜의 말을 잘라냈다. 그는 이제 거의 포기하고 싶은 심정이었다. 반인반수이기에 순혈의 수인처럼 완전한 변화를 이루는 것은 아니었지만, 매번 수인화를 진행했을 때 그는 괴물, 혹은 사악한 마공을 익힌 마인으로 치부되었다.

'그렇기에…….'

법륜과 함께하기로 마음먹은 것이다. 그라면 아무런 편견 없이 청인이라는 사람 하나만을 바라봐 줄 테니까. 그 과정에서 나머지 인물들에 대한 계산 같은 것은 없었다. 그저 보여준다. 그리고 함께한다. 만약 그렇지 못한다면 언제든지 떠나줄 용의가 그에게는 있었다.

"허면 몇 가지만 묻겠습니다."

법륜은 무표정한 얼굴로 자신을 바라보는 청인을 향해 입을 열었다.

"얼마든지."

"얼마나 유지할 수 있습니까? 또 통제는?"

"유지는 이각, 통제는 완벽하다."

법륜은 그 말을 듣자마자 한마디를 덧붙였다.

"이건 좀 민감한 질문이 될 수도 있겠지만… 수인화를 했을 때 무공의 사용은 어떻습니까? 아까 보니 무당의 무공은……."

"아니지. 무공 자체는 사용할 수 있다. 다만… 제약이 좀 있다."

청인은 그 제약에 관해 법륜에게 설명했다. 수인화가 진행되면 정종 무공인 무당의 무공은 사용이 불가능했다. 아니, 사용은 가능해도 안 하느니만 못한 위력이 나온단다. 때문에 잘 짜인 초식과 투로를 사용하기보단 강대한 내력을 바탕으로 한 막무가내식 외공을 주로 사용했다.

"무당의 무공이야 더할 나위가 없지만… 가끔은 마공을 익혀 보면 어떨까 하는 생각도 들더군."

"안 될 말입니다."

법륜은 단칼에 청인의 말을 잘라냈다. 청인은 강자다. 수인화를 하지 않아도 자신과 비등하거나 어쩌면 그 이상이다. 그런 이가 무엇 때문에 마공을 익힌단 말인가. 수인화에 기대할 수 있는 것은 어지러운 난전 속에서 발할 수 있는 의외성 단 하나였다. 청인은 법륜의 단호한 말에 쓴웃음을 지었다.

"안다. 어차피 구할 길도 없고. 무당의 제자가 마공이라니 어디 가당키나 한 소리인가."

"맞습니다. 청인 진인의 무공은 무당의 것으로 족합니다."

"그래."

법륜의 뜨거운 시선이 못내 부담스러웠는지 청인은 슬그머니 시선을 회피했다. 다행이라는 생각이 들었다. 이제 사십 대 중반의 나이. 청인은 스승인 검선을 제외하고 처음으로 밑바닥까지 보여줄 사람들이 생겼다.

"저… 계십니까, 신승?"

그때 법륜이 둘러친 기막 밖에서 익숙한 음성이 들려왔다. 꽤나 먼 거리에서 소리치는지 작은 소리였지만 법륜과 청인의 귀에는 똑똑히 들렸다. 아니, 이들뿐만이 아니었다. 기막 밖에 있던 자들도 그 목소리를 들었다.

"아는 사람이군요."

법륜은 기막을 거둔 채 높다란 담장 앞에 놓인 돌덩어리로 다가가 그 돌을 발로 슬쩍 밀었다. 그러자 풍경이 일순간에 바뀌며 거대한 문이 드러났다. 이 또한 진법. 외부와 내부의 공간을 단절하는 절진으로 제갈세가에서 설치해 놓은 것이다.

"정영."

법륜은 어쩔 줄 모르는 표정을 짓고 있는 정영을 웃으며 반겼다. 정영은 갑자기 아무것도 없던 공간에서 법륜이 나타나자 움찔거리며 뒷걸음질 쳤다.

"신, 신승."

"내 얼굴을 본 것이 그리 놀랄 일인가?"

법륜은 정영이 왜 그리 놀라는지 알면서도 장난스럽게 다가섰다. 법륜이 정영을 편하게 대하는 것에는 이유가 있었다. 이 어린 친구만 보면 떠오르는 인물이 있는 탓이다.

'홍 대주, 그대는 갔지만 이렇게 사람이 남았소.'

화륜대주 홍균. 강호에 나와 가장 먼저 인연을 맺은 무인이다. 비록 그는 이제 이 세상에 없지만 그와 기질이 비슷한 무인 하나가 아직 이 세상에 남아 있었다. 법륜은 당황한 정영을 진정시키며 용건을 물었다.

"어쩐 일인가? 군사를 보좌하는 것만 해도 상당히 바쁠 터인데?"

"군사의 전언이 있었습니다. 잠시 귀를 좀……."

정영은 법륜의 곁으로 다가서 귓가에 구양비가 전한 말을 속삭였다. 법륜은 정영이 말을 마치자마자 급하게 뒤로 돌아섰다. 전혀 생각지도 못한 상황이었다.

"비영!"

법륜의 외침에 조비영이 자리에서 번쩍 일어났다. 다급한 외침에 저도 모르게 성큼성큼 법륜을 향해 걸음을 옮겼다.

"왜 그러지?"

"움직였다."

"무엇이?"

조비영은 심각한 법륜의 얼굴을 보곤 의아한 표정을 지어 보였다. 움직였다니, 무엇이 움직였단 말인가? 그러다 그는 문득 법륜이 이렇게 호들갑을 떨 만큼 큰일이 단 하나밖에 없음을 깨달았다.

"설마 백유혼이……?"

법륜은 고개를 내저었다.

"황실이다."

황실의 움직임이 맹회에 전해진 것은 전투가 시작되고 일주일 뒤. 거리를 감안한다면 소식이 굉장히 빨리 전해진 것이지만 그래도 늦었다. 그리고 법륜은 알았다. 천마신교의 소강상태가 어째서 이렇게 지속되었는지를.

'양측 모두 전쟁을 준비하고 있었어.'

실책이라면 실책이다. 상대가 조용하다고 해서 마음 놓고 수련이나 했다니. 지금 당장 움직여야 했다. 어쩌면 이번이 마지막 기회일지도 모르니까.

"우리도 움직인다."

그렇게 아홉 명의 무인은 첫발을 뗐다.

* * *

절망(絶望). 그 단어 외에는 생각나는 것이 없었다. 엄청났다. 무명은 자신 앞에 선 백유혼을 보며 억지로 침음을 삼켜냈다.

'무신.'

무신이 있다면 이러할까. 완전무결함으로 무장한 상대는 오랜 세월 수련에 매진해 온 무명도 어찌할 수 없을 정도로 거대하고 강력했다.

'오늘이 끝인가 보군.'

모산파의 맥을 잇고 잃어버린 술맥을 찾기 위해 떠난 여정의 끝이 전쟁터라니. 무명은 자신의 기구한 운명이 못내 안쓰러웠다. 그런 무명의 반응과는 달리 눈앞에 선 상대는 여유가 넘쳐흐르고 있었다. 수만의 대군을 앞에 두고도 눈 하나 깜짝하지 않는 괴물. 백유혼이 입을 열었다.

"나는 백유혼이다. 천마신교의 교주이자 이 세상을 집어삼킬 위대한 무인. 놀라운 도술을 보여준 그대는 누구인가?"

무명은 백유혼의 말에 깜짝 놀란 표정을 지어 보였다. 다른 이들도 마찬가지였다. 특히 대군을 이끄는 수장인 주체는 그 어느 때보다 분노한 표정을 짓고 있었다.

"네놈이 적의 수괴로구나. 감히 대명제국 천하에 이런 극악무도한 짓을 저지르다니. 오늘 네놈의 목을 베어 먼저 간 군사들의 넋을 기리겠다."

"……."

백유혼은 주체의 분개에 물끄러미 그를 바라봤다. 저자 역시 재미있는 운명을 타고났다. 점술이나 도술, 술법 같은 것은 모른다. 그렇다고 해서 관상이나 사주를 볼 줄 아는 것도 아니다. 하지만 알 수 있었다. 자신 앞에서 큰소리를 친다는 것 하나만으로 이자가 앞으로 크게 될 것임을.

"잔챙이는 관심 없다. 그보다… 이름조차 알려주지 않을 셈인가, 모산파의 도사?"

"…상원(商原)이라 한다. 모산파에서 도술을 갈고닦았다."

"모산파!"

주변에서 '어쩐지' 하는 탄성이 터져 나왔다. 무명이 보여준 도술은 강호를 종횡한다고 해도 쉽게 볼 수 없는 종류의 것이었다. 하나 모산파라면 다르다. 모산파의 유구한 역사는 저 무당파보다 오래되었으니까.

"상원이라……. 근원을 헤아린다는 뜻인가? 이름은 아니겠고… 도명(道名)이로군."

"……"

무명은 이번에도 답하지 않았다. 무언가 대답을 하고 싶었지만 그럴 수 없었다. 어느새 피어오른 백유혼의 기세가 그를 찍어누르고 있었기 때문이다.

"나는 재주 많은 사람들을 좋아하지. 어떠한가, 나를 따라 신교에 입적하는 것이?"

"으으으……."

무명이 고통에 찬 신음을 흘리자 주변의 분위기가 일변했다. 말도 안 되는 소리라는 것이 대부분이었다. 무명은 버티고 또 버텼다. 안 될 말이다. 어찌 저 간악한 이들에게 의탁한단 말인가.

"답이 없군. 그럼 죽이는 수밖에."

백유혼이 빙긋 웃으며 무형검을 일으켰다. 칠흑의 검이 그의 손에 들렸다.

"죽어라."

백유혼이 검을 휘두르려는 그 순간.

"그렇게는 안 되지."

피처럼 붉은색 날개를 단 인간이 하늘에서 떨어졌다.

전능자(全能者). 무엇이든 원하는 것을 해낼 수 있는 사람. 어떤 사람에게는 불가한 일을 너무도 쉽게 가능케 하는 사람. 상원 진인은 하늘에서 떨어진 붉은 날개를 가진 인간을 바라보며 그렇게 생각했다.

'어찌 인세에 저런 것이 존재할 수 있단 말인가.'

인간이 새처럼 자유롭게 난다. 그것뿐이라면 괜찮았을 게다. 경지에 오른 무인이라면 허공답보를 통해 허공을 잠시나마 유영

할 수 있으니까. 하지만 저건 그런 종류의 것과 달랐다.

붉은 빛깔의 날개. 불꽃일까, 그게 아니라면 누군가의 선혈일까? 불길하기 짝이 없었다. 단 한 가지 확실한 점은 그 붉은 날개 또한 인세에 존재해서는 안 될 것이라는 점이다.

"너는… 누구지?"

백유혼은 갑작스럽게 등장한 붉은 날개를 단 인간을 잔뜩 경계했다. 무의 끝자락에 도달했지만 저런 것은 한 번도 본 적이 없다. 지닌 바 무공에 비해 경험이 적다고 하더라도 분명히 알 수 있었다.

"그것 무공이 아니군."

"그렇다."

붉은 날개를 단 인간, 젊고 유약해 보이는 남자는 백유혼의 말에 긍정하며 손가락을 튕겼다.

따악!

손가락 튕기는 소리와 함께 붉은 날개가 삽시간에 사라졌다. 그 모습을 보고 상원 진인은 알았다. 흔적도 없이, 그리고 아무런 기척도 없이 사라진 날개.

'저건 술법이다.'

분명했다. 자신과 같은 길을 걷는 자다. 그런데도 상원 진인은 붉은 날개를 달고 나타난 인형을 사시나무 떨듯 떨며 바라봤다. 그가 펼친 술법이 자신이 그간 연마해 온 것과는 너무도 상반되어 있던 탓이다.

"내 이름은 제갈운이다."

제갈운은 싱그러운 미소를 지었다. 무신을 앞에 두고도 별다른 긴장을 하지 않는 것 같았다. 실제로도 그러했다. 제갈운은 백유혼을 이길 자신이 없었다. 하지만 반대로 질 자신도 없었다. 그것은 실력의 차이라기보다 상성의 차이였다. 그리고 애초에 제갈운은 백유혼과 싸울 마음이 없었다.

제갈운의 태연한 태도와는 다르게 상원 진인은 제갈운이라는 이름을 듣자마자 사색이 되었다. 그가 그토록 두려워한 연유를 깨달았기 때문이다.

"제갈운이라? 그 제갈세가의……?"

제갈운은 상원 진인의 떨리는 음성에도 별다른 내색을 하지 않았다.

"그러하다. 세가에서 내다 버린 자식이 바로 나지."

제갈세가에서 내다 버린 자식. 사도(邪道)에 빠져들어 사이한 술법을 연성하고 끝내는 유구한 역사를 지닌 제갈세가의 족보에서 이름이 사라진 존재. 상원 진인은 제갈운이라는 이름을 너무도 잘 알았다.

"사우도주(邪宇島主)……."

"그렇다. 내가 바로 사우도의 주인이다."

사우도의 주인이라는 말에 상원 진인은 방금 전 자신이 본 것이 무엇인지 깨달았다.

"촉조(鸀鳥)의 날개……."

"바로 맞혔다."

촉조는 산해경에 나오는 머리가 다섯 달린 괴조(怪鳥)의 형태를 한 마수(魔獸)였다. 제갈운은 상원 진인에게 한번 미소를 지어 준 뒤 백유혼을 응시했다. 백유혼은 사우도라는 이름을 들어본 적 없었으므로 별다른 반응을 보이지 않았다.

사우도(邪宇島).

사이한 것들의 지붕이 된 섬. 온갖 사술(邪術)과 마술(魔術)이 판을 치는 곳. 백유혼이 사우도를 모르는 것도 충분히 가능한 일이었다. 사우도에 몸을 담은 이들은 대부분이 술가의 인물들, 그중에서도 인간이 해서는 안 될 금기를 범한 이들이 대부분이었다. 즉 사우도는 무파라기보다 술사의 집단에 가까웠다.

"그래서 뭐?"

백유혼은 사우도든 제갈운이든 아무래도 상관없었다. 만마의 지존인 자신을 앞에 두고 저렇게 여유 있는 모습도 마음에 들지 않았고, 작금의 행사가 가로막힌 것도 성에 차지 않았다. 백유혼의 칠흑검이 제갈운의 목을 향해 날았다. 하나 그의 의도와는 다르게 백유혼이 날린 검격은 금세 힘을 잃고 말았다.

'이 무슨……'

먹이를 쫓는 뱀의 움직임처럼 날아가는 와중에 구불구불하게 휘어지더니 종내는 축 처진 나뭇가지처럼 매가리가 없었다. 제갈운은 땅 끝을 향하는 검을 차분한 얼굴로 바라봤다.

"어떠한가?"

"무엇이 말이냐?"

제갈운은 축 처진 검에 한 차례 시선을 던지곤 입을 열었다.

"검은 검이로되 또한 검이 아니로다. 무에서 유를 빚었다고는 하나 그것이 과연 진정한 창조를 의미하는가? 어차피 그것도 완전한 무(無)에서 완벽한 유(有)를 창조해 낸 것은 아니지. 어떻게 생각하나?"

"지금 나와 선문답을 하자는 건가?"

백유혼은 종전의 즐거움이 씻은 듯 사라지는 것을 느꼈다. 극심한 감정의 변화. 쾌락만이 삶의 존재 이유인 줄 알았는데 그보다 더 큰 분노가 머릿속을 잠식하기 시작했다.

"선문답이라… 그런 것은 아니네만… 다시 한번 보는 것은 어떨까?"

백유혼이 혼란스러운 표정으로 다시 검을 바라보자 검은 언제 그랬냐는 듯 다시 꼿꼿한 형태를 하고 있었다. 미지의 존재에게 농락당한 기분이 들었다.

'이것들이……!'

화가 났다. 그러면서도 꺼림칙했다. 손에 들린 검도 검이지만 저 기묘한 술수를 구사하는 남자는 백유혼으로 하여금 계속해서 망설이게 만들었다. 무엇인가, 이 감정은? 두려움? 공포? 그런 종류의 것은 아니었다.

'그래, 이건 미지의 것에 대한 무지(無知)다.'

알지 못하기에 꺼려지는 것이다. 제갈운이 구사하는 것이 무공이었다면 이런 감정은 들지 않았을 것이다. 제갈운은 그런 백유혼의 변화를 눈치챘는지 가볍게 물었다.

"왜 그러지?"

"…제갈운이라고 했던가? 오늘 너를 반드시 죽여야겠다. 본래라면……."

백유혼의 시선이 금빛 투구와 갑옷을 입은 사내에게로 향했다. 연왕 주체. 본래라면 오늘 저자의 목을 따고 초원을 피로 물들였으리라.

“하지만… 뒤로 미루겠다. 오늘은 네놈의 목으로 만족해야겠군.”

제갈운은 여전히 싱그러운 미소로 백유혼의 위협에 화답했다.

“그렇게 쉽게 될까? 다른 이들이라면 모르겠지만…….”

싱그럽던 미소가 사라지고 어딘가 뒤틀린 미소가 제갈운의 입가에 자리했다.

“나는 쉽지 않을 거야!”

제갈운의 손이 땅바닥에 닿았다. 그가 부리는 주술은 전부 인간의 상상을 초월하는 것. 그만큼 위력 또한 대단했다. 그렇기에 대가도 컸다. 하지만 제갈운은 지금 펼치려는 수법이 통할 것이라고 믿어 의심치 않았다.

‘제물이 이렇게나 많으니…….’

초원에 흘린 피가 내를 이루고 강을 이룬다. 수만에 이르는 목숨. 이 정도면 실패하려야 실패할 수가 없다. 게다가 이번 술진(術陣)을 펼치기 위해 사우도에 적을 둔 술사들을 강제로 동원하지 않았던가.

“무슨 수작을!”

땅에서 제갈운의 손으로 붉은빛이 빨려들어 가자 백유혼은 단번에 땅을 박차고 전진했다. 제갈운은 망설임 없이 달려드는 백유혼을 보곤 뒤에서 지켜보고 있는 상원 진인을 불러 세웠다.

“보조를!”

아직 술진이 완성되려면 시간이 조금 더 필요했다. 그 시간을 벌어줄 방패막이가 필요했다. 모산의 술맥을 이은 상원 진인이라면 그 역할을 충분히 해낼 수 있으리라. 상원 진인은 제갈운의 부름에 멈칫하더니 곧바로 품에서 부적을 꺼내 던졌다.

"이매망량이여!"

꼿꼿하게 펴진 부적이 괴이한 모습으로, 형체가 없는 귀신의 형태로 탈바꿈했다. 상원 진인은 거기에 한수를 더했다. 품에서 방울이 여러 개 달린 종을 꺼내 들어 힘차게 흔들었다.

째앵!

째애애앵!

상원 진인의 손이 춤출 때마다 이매망량이 몸집을 키워 나갔다. 그가 할 일은 오직 하나, 백유혼의 접근을 저지하는 것이었다. 상원 진인이 부리는 이매망량은 주인의 의도를 대번에 파악해 부풀린 몸집으로 백유혼의 앞을 막아섰다.

써걱!

제갈운의 술법에 놀아나긴 했어도 무형검은 무형검이었다. 지고한 경지의 무인만이 다룰 수 있는 기공의 정수. 이매망량이 단번에 찢겨져 나갔다. 이매망량은 괴성을 지르며 다시금 찢겨진 부적의 형태로 돌아갔다. 백유혼이 제갈운을 향해 전진하며 찢어발긴 이매망량의 숫자는 여덟. 그 숫자와 강력함에 비해 터무니없이 빠른 속도다.

'조금만 더.'

몇 십 초면 충분하다. 그야말로 촌각. 한 차례만 더 검격을 막아내면 이 싸움은 제갈운의 승리였다. 상원 진인은 도력이 빠져나감을 느끼면서도 제갈운의 기대에 부응하기 위해 사력을 다했다. 다시금 펼쳐진 것은 북명사자의 술. 사력을 다한 종전과 달리 그저 시간 벌기 용도였다.

"잔재주를!"

정면에서 날린 검이 무참히 깨져 나갔다. 상원 진인은 그 모습에 인상을 쓰려는 찰나, 제갈운의 뒤틀린 미소가 더욱 진해진 것을 깨달았다.

'되었군.'

자신의 역할은 여기까지였다. 그의 판단이 적절했는지 제갈운의 입에서 노성이 터져 나왔다.

"잘 가라!"

제갈운의 손에 고인 핏빛의 안개가 띠를 이루며 백유혼의 몸 주변을 감싸기 시작했다. 수만의 원혼을 이용한 속박의 주술. 제물로 사용된 피의 숫자가 많으면 많을수록 강력한 힘을 발휘하는 대인용 술법이었다.

쩌억!

쩌저적!

날개가 달린 듯 달려 나가던 발이 제자리에서 멈춰 섰다. 제갈운은 거기에서 멈추지 않고 재차 손을 땅에 박아 넣었다. 이어지는 손짓은 술법이 아닌 진법이었다. 백유혼의 주변으로 핏빛 기둥 세 개가 솟아나더니 그의 몸이 씻은 듯이 사라져 버렸다. 진법으로 공간을 격리한 것이다.

"후우, 확실히 방심할 수 없는 상대로군."

위험할 뻔했다. 모산파의 도사가 시의적절하게 끼어들지 않았다면 실패했을지도 모른다. 제갈운은 시간은 벌었다는 듯 이마에 언제 맺혔는지도 모를 땀을 닦아냈다.

"연왕 전하."

제갈운은 여전히 굳은 표정으로 이쪽을 바라보고 있는 주체를 향해 시선을 던졌다. 주체의 표정은 다채로웠다. 두려움, 공포, 그리고 알 수 없는 안도감까지. 주체는 그 감정들을 억누르며 제갈운을 향해 운을 뗐다.

"그대는 누구인가."

"아까도 말씀드렸다시피 제갈운이라고 합니다만?"

"그것을 묻고자 함이 아님을 알지 않는가?"

제갈운은 주체의 물음에 대답하는 대신 손으로 한 방향을 가리켰다. 많은 것이 내포되어 있는 손짓이었다.

"제가 누군지가 중요합니까? 지금 이 상황이 중요하지요. 그토록 두렵던 적의 수괴는 지금 제 주술에 속박당해 있습니다. 그 시간은 그리 길지 않을 테지요. 그렇다면… 지금 해야 할 일은 정해진 것이 아닐까요?"

"감히!"

"이놈이 어느 안전이라고!"

주체는 제갈운에게 무례를 따지려 드는 부관들을 손으로 제지했다. 화가 나지만 저 남자의 말이 맞았다. 손도 대지 못할 적의 수괴가 한순간에 자취를 감췄다. 주체는 끓어오르는 감정을 억누른 채 입을 열었다.

"그만. 그의 말이 맞다. 우리는 해야 할 일이 있지."

그들이 하고 있는 것은 전쟁이다. 목숨이 왔다 갔다 하는 한 판의 도박이다. 확실한 승기를 잡았을 때 몰아쳐야 한다.

"적의 말살이 우선이다. 제장들은 나를 따르라."

"현명한 판단, 이 제갈 모는 탄복했습니다. 이놈도 힘껏 돕지요."

"……."

주체의 이글거리는 시선을 받으며 제갈운이 빙긋 웃었다. 술법을 펼칠 때 보인 뒤틀린 미소가 아닌, 예의 그 싱그러운 미소였다.

그리고 천마신교와 황실의 군대가 벌인 한판의 격전에서 황실의 군대가 승리했다는 전보가 맹회에 전해진 것은 보름 뒤였다.

제사십칠장(第四十七章)

최후(最後)

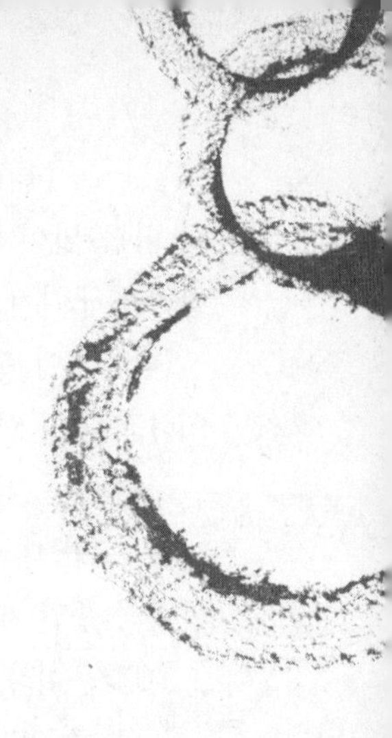

법륜을 위시한 여덟 명의 무인은 자리에 앉아 차분하게 구양비의 입이 열리기를 기다렸다. 구양비의 표정은 그 어느 때보다 상기되어 있었다. 그럴 수밖에 없었다. 그의 손에 들려 있는 서신 한 장은 그럴 만한 소식을 담고 있었으니까.

"황실이… 황실이 승리했습니다."

구양비의 목소리가 떨려왔다. 무력하게 기다린 시간만 보름. 그 보름을 한순간에 보상받는 순간이었다. 충분히 그럴 만했다. 기다림의 시간은 충분한 가치가 있었다.

"백유혼은?"

하나 단 한 가지. 백유혼이 어떻게 되었는지가 관건이었다. 그가 지닌 무공이라면 수만이 뒤섞인 난전 속에서도 목숨을 잃을 가능성은 없다. 법륜은 그 점을 확신했다. 하나 구양비의 입에서 다음 말이 나왔을 때, 그의 표정은 평소의 얼굴과는 달리 무참하게 구겨져 버렸다.

"백유혼이 모습을 보였다고 합니다. 그런데… 그 이후는 실종이라고 되어 있군요. 그럴 만합니다."

구양비는 법륜을 보며 자초지종을 설명했다. 그곳에 나타난 사람. 수만 대군 속에서도 압도적인 존재감을 드러낸 인물. 모든 사법의 주인 제갈운이 있었음을 설명했다.

"제갈운이라… 한 번도 들어본 적이 없는 이름이군."

"그럴 겁니다."

구양비는 당연하다는 듯 고개를 끄덕였다. 그럴 수밖에 없었다. 제갈운은 제갈세가에서도 내놓은 인물. 그냥 호적에서 지워 버렸다면 모르겠지만 그처럼 철저하게 지워진 인물은 드물었다. 정도의 명문, 그것도 대대로 지자(智者)라는 평가를 받아온 제갈세가에서 사마외도의 수장이 탄생했다는 것은 수치 그 자체였으니까.

"어찌 되었든 그가 이쪽 편에 선 것만은 확실합니다. 이건 아주 큰 힘이 될 수 있어요."

구양비의 장담에 법륜은 미미하게 고개를 끄덕였다. 전전긍긍하던 상황이 확실히 반전했다. 안 그래도 강력하던 백유혼이 손발을 잃었다. 그것만으로도 제갈운의 참전은 성과가 엄청나다고 할 수 있었다.

"그를 만나볼 수 있나?"

"네? 그건 힘들 겁니다. 전투가 끝나고 다시 행방이 묘연하니까요."

법륜은 아쉬운 마음이 들었다. 사법의 대가. 분명 정도를 걷는 무인의 입장에서 그만큼 껄끄러운 것은 없겠지만 이건 수단과 방법을 가리지 말아야 할 전쟁이다. 확실히 승리할 수 있는 패가 하나 손에 더 주어진다는 말이다.

'아쉽군.'

서신에는 제갈운이 활약한 방법이 직접적으로 언급되어 있었다. 그 많은 사람들 중에서, 난전이 펼쳐지는 가운데에서 그만큼 눈에 띄는 활약을 했다면 그에 대한 소문도 충분히 신빙성이 있는 이야기였다. 하물며 백유혼을 묶어두었다는 말에 법륜은 진한 아쉬움을 느꼈다.

그 말은 곧 진(陣)을 담당하는 법륜이 진에서 맡은 역할인 방어에서 공격으로 전환할 수 있는 확실한 증거인 까닭이다.

"그럼 백유혼에 관한 소식은?"

구양비는 법륜의 질문에 고개를 내저었다. 그는 현재 행방불명이다. 황실과의 전투에서 제갈운이 그를 사이한 진법으로 묶어뒀고, 전투가 끝난 후 군대가 재빠르게 물러난 까닭에 진이 풀리고 난 뒤 그가 어디로 향했을지 알 수 있는 사람이 없었다.

"곤란하게 되었군."

법륜은 곤란하다는 표현을 입에 담았다.

"무엇이 말입니까?"

"천마신교의 무인들은 강력합니다. 이번에 황실과의 전쟁으로 그 병력이 모두 소진되기는 했지만… 문제는 백유혼입니다."

구양비는 법륜의 침중한 어조에 반기를 들었다. 무인과 무인의 대결이라면 충분히 곤란할 수 있다. 하지만 그들이 하고 있는 것은 사활을 건 전쟁이다. 혼자의 힘으로는 아무것도 할 수 없다. 구양비는 그 의견을 법륜에게 피력했다.

"정말 그렇게 생각하십니까?"

"그럼 다른 문제가 있단 말입니까?"

법륜이 단호하게 고개를 끄덕였다.

"있지요. 바로 그가 모습을 드러내지 않고 사라졌을 경우입니다."

"으음……."

구양비는 법륜의 말에 침음을 삼켜냈다. 맞는 말이다. 어찌 되었든 천마신교의 중심은 백유혼이다. 게다가 십만교도라 일컫는 천마신교의 머릿수는 중원에서도 황실을 제외하고 단일 세력으로는 가장 크다. 만약 백유혼이 이대로 음지로 숨어들어 다시 재기를 노린다면?

"확실히… 문제가 있겠습니다."

전쟁에서 천마신교와 싸울 생각만 했지, 한쪽이 도망칠 거라고는 생각하지 못한 구양비는 법륜이 지적하는 바가 무엇인지 정확하게 이해했다.

"사람을 풀어야겠습니다."

구양비가 막 사람을 불러 명령을 내리려고 할 때, 생각지도 못한 사람이 찾아왔다. 방금 전의 걱정과 고민이 무색할 정도로, 그리고 그 첫 만남은 꽤나 의외였으며 생각보다 격렬했다.

*　　　*　　　*

"이곳인가."

멀끔한 미남자, 게다가 입고 있는 옷은 또 어떠한가. 새하얀 백의에 섭선까지, 그야말로 명문 귀족가의 도련님이라고 해도 믿을 만한 외모였다. 하나 그의 진실한 정체를 알게 된다면 그리 태연할 수 없으리라. 왜냐면 그는 모든 사법의 주인이자 끔찍한 사술을 부리는 사마외도의 주인이었으니까.

"이리 오너라!"

미남자 제갈운은 맹회의 정문에서 큰 소리로 외쳤다. 정문의 경비도 제갈운이 풍기는 기세와 절도 있는 품행에 저도 모르게 움츠러들었다.

"어떤 용무로 오셨습니까?"

제갈운은 간략하게 답했다. 너무도 당연하다는 듯 거침이 없었다.

"신승을 보러 왔다."

"예……?"

경비는 제갈운의 말에 잠시간 얼빠진 표정을 지어 보이곤 버럭 고함을 지를 준비를 했다. 그로선 당연한 일이었다. 신승이 여래불을 일으킨 이후 그를 보기 위해 하루에도 수십 명씩 찾아온 탓이다. 하나 제갈운의 외모 덕이었을까. 경비는 가까스로 흥분을 가라앉히고 정중하게 타일렀다.

"그분은 아무나 만나지 않소. 그러니 좋은 말로 할 때 썩 돌아가시오."

경비의 정중한 태도에도 제갈운은 요지부동이었다.

'아무나라……. 이 제갈운이 아무나일 수는 없지.'

제갈운은 경비의 제지에도 성큼성큼 걸음을 옮겼다. 막는다면 힘으로라도 뚫고 들어갈 생각이다. 하나 그의 힘이 밖으로 뻗어나가기도 전에 한 사람이 그의 등 뒤에서 도를 겨누고 있었다.

"제갈운……?"

천중도와 패왕진의 주인 팽도경이 제갈운의 등에 서슬 퍼런 도신을 가져다 대고 있는 것이다.

"이게 누구인가? 팽가의 신성이 아닌가?"

제갈운은 팽도경이 내민 도 따위는 대수롭지 않다는 듯 몸을 돌리며 미소를 지어 보였다. 팽도경은 태연한 제갈운의 신색에 부아가 치밀었지만 끝끝내 도를 쳐내지 못했다.

"여긴 대체 무슨 일이지?"

"신승을 보러 왔다."

팽도경의 눈이 급격하게 흔들리자 제갈운은 의아한 표정으로 그를 바라봤다.

"아직인가? 정도의 힘이 집결된 맹회라고 하더니만… 일 처리는 영 아니로군."

"아직이라니? 영문 모를 소리 하지 말고 어서 진짜 용건이나 말해라. 대답 여하에 따라서 네 목을 벨 수도 있으니."

"가능하겠나?"

제갈운이 빙긋 미소를 지으며 팽도경의 앞으로 한 걸음 옮기자 팽도경은 움찔거리며 한 걸음 뒤로 물러섰다. 팽도경은 복잡한 속내를 드러내지 않기 위해 치밀어 오르는 분노와 배신감을 꾹꾹 눌러 담았다.

배신감. 팽도경이 제갈운에게 느끼는 감정 중 가장 큰 부분을 차지한 것은 배신감이었다. 같은 팔대세가 출신, 그리고 또 가문에서 홀대하는 방계 출신. 두 사람은 제갈세가주의 환갑연에서 만났다. 제갈운은 가문의 행사였으니 당연히 자리했고, 팽도경은 아직 두각을 드러내지 못한 채 팽 가주의 행렬에 허드렛일을 할 짐꾼으로 참여했다.

두 사람의 만남은 퍽이나 인상적이었다. 뛰어난 실력에도 출신 성분으로 인정받지 못한 자들. 공통점을 지닌 이들은 금세 가까워졌고, 나이가 찬 뒤 때때로 만남을 가져왔다. 그러던 어느 날, 팽도경은 제갈운이 가문에서 쫓겨났다는 소식을 듣게 되었다.

'그때는… 그저 단순한 보복이라고 생각했는데…….'

제갈운의 재능을 질시한 소가주의 속 좁은 처사라고만 생각했다. 하지만 실상은 달라도 한참 달랐다. 제갈운에 관한 소문. 사마외도에 물든 제갈운이 가문의 무인들을 참살하고 돌아섰다는 내용이었다.

"이봐."

"충분히. 지금이라면 충분히 벨 수 있다."

팽도경은 상념을 이어가다 제갈운의 부름에 퍼뜩 대답했다. 대답과 동시에 천중도에서 묵직한 기세가 흘러나왔다. 진심을 다한 기세. 제갈운은 팽도경의 천중도에 어린 기운을 보며 속으로 감탄했다. 재능 있는 친구라고 생각은 했지만 벌써 이 정도일 줄이야. 사마외도에 몸을 던진 자신은 사파 무공의 특성상 성장이 빨랐지만 팽도경은 달랐다. 그는 정통 무공을 익힌 무인. 그의 성장이 빠른 것은 오로지 그가 지닌 재능 때문이리라.

'나와 비교해도… 큰 차이가 없겠어.'

백유혼을 상대할 때처럼 재물이 넘쳐흐르고 주변을 보호해 줄 방수가 있다면 모르겠지만 아무런 준비 없이 맞닥뜨린다면 승부가 어떻게 흐를지 알 수 없었다.

제갈운은 짙은 흥미를 느끼며 마주 기세를 끌어 올렸다. 보기만 해도 요사스러워 보이는 붉은 기운이 몸 전체에 휘감겼다.

"후회할 텐데?"

"상관없다."

제갈운이 물었고, 팽도경이 답했다. 두 사람 모두 진심이었다. 두 사람이 막 기운을 쏘아내려고 할 때, 그 사이로 파고드는 사람이 있었다.

금빛 기운이 잔뜩 어린 수도가 두 사람 사이를 가르고 지나갔다.

"그만."

법륜은 맹회의 정문에서 갑작스럽게 일어난 기운의 파동에 모든 일을 제쳐두고 달려왔다. 두 개의 기운. 그중 하나는 무척이나 익숙한 것이었다. 지난 몇 달간 함께한 팽도경이 뿌리는 기세였으니까.

하지만 남은 하나는 아니었다. 멀리 떨어져 있어도 느껴지는 짙은 피 냄새. 무언가 사달이 생겼다고 판단할 수밖에 없었다. 게다가 팽도경 정도의 무인이 전력을 다한다면…….

'서둘러야 해.'

그리고 달려와 처음으로 마주한 광경. 그것은 꽤나 의외의 상황이었다. 팽도경은 법륜이 처음 보는 미남자와 대치하고 있었으니까. 두 사람이 기세를 충돌시키기 직전, 법륜은 두 사람 사이로 끼어들었다.

"신승."

"신승."

팽도경의 분노에 찬 음성이 묵직하게 실려 나왔다. 동시에 제갈운의 입에서도 같은 단어가 나왔다. 분노에 찬 팽도경의 음성과는 다르게 제갈운의 입에서 나온 음성은 반갑다는 기운이 역력했다.

"나를 알고 있나?"

"모를 리가 없지요. 위기에 빠진 중원을 구할 영웅! 여래불로 민초들의 엄청난 지지를 받고 있는 살아 있는 부처!"

제갈운의 허세가 잔뜩 들어간 가벼운 칭찬에 법륜은 인상을 찌푸렸다. 그럼에도 제갈운은 법륜의 앞으로 다가서 두 손을 맞잡았다.

"반갑습니다. 나는 제갈운이라고 합니다. 모든 사법의 대가이자 사우도의 주인. 모든 사법의 주인으로 신승에게 청할 것이 있소이다."

"청할 것이라니?"

법륜은 난데없는 제갈운의 요청에 두 눈을 크게 떴다. 맹회의 내원으로 옮겨 제갈운이 꺼낸 말은 그만큼 법륜에게 큰 충격을 주기에 충분했다. 제갈운의 요청. 그것은 다름 아닌 힘을 빌려달라는 것이었다.

"말 그대롭니다. 힘을 빌려주시오. 작금의 강호에서 신승 그대보다 자유롭게 움직일 수 있는 사람은 없소."

종전의 호들갑은 위장이었는지 제갈운의 말투는 진중하기 그지없었다.

"힘을 빌려달라니… 그 무슨……?"

난데없는 요청에 법륜은 대답을 망설였다. 지금보다 중요한 시기가 또 있을까. 쉽게 몸을 움직이기 힘든 시점이다. 그런 상황에서 힘을 빌려달라는 제갈운의 요청에 따르면 십 할의 확률로 법륜이 맹회를 떠나야 한다.

'아무리 생각해 봐도 무리다.'

자신 하나만 보고 이곳에 머무는 이가 열 명에 달한다. 그런데 자신만 몸을 뺀다? 입이 열 개여도 할 말이 없다. 법륜의 그런 생각을 읽어서일까. 제갈운이 법륜의 결정에 도움을 줬다.

"무언가 오해를 하고 계시는 모양이오."

"오해?"

"오해 맞소. 첫 번째, 힘을 빌려달라고 했지만… 그 방향성은 묻지 않으시는군."

"방향성?"

"맞소. 내가 힘을 요청한 것 자체가 천마신교와 연관된 일이니 다른 이들의 면을 생각할 필요가 없지. 함께 움직이면 그만이니까."

법륜은 제갈운의 발언에 흥미롭다는 표정을 지어 보였다. 어찌 알았을까. 법륜은 제갈운을 오늘 난생처음 보았다. 그런데 상대는 자신의 속에라도 들어갔다 나온 듯 법륜의 속내를 읽어냈다.

"그리고 두 번째, 아무리 기다려도 백유혼은 지금 당장 운신할 수 없소. 그러니 여기에서 대기하는 것 자체가 시간 낭비요."

"뭐라?"

두 번째에서야말로 법륜은 진정으로 놀랐다. 백유혼이 움직일 수 없다니? 제갈운은 놀란 법륜의 표정을 보며 설명을 죽 늘어놓았다.

"내가 북방에서 백유혼을 만나 펼친 진법, 그것은 수만 망자(亡者)의 원혼을 집결시켜 상대를 속박하는 술법이오."

"망자의 원혼을……?"

법륜의 표정이 기괴하게 일그러졌다. 화를 내야 할지, 그게 아니라면 참아야 할지 고민하는 얼굴이었다. 그런 법륜의 표정 변화에도 제갈운의 안색은 담담했다. 그로서는 당연히 해야 할 일을, 할 수 있는 일을 했을 뿐이다.

"너무 그런 표정 마시오. 구천을 떠도는 원혼을 이용하긴 했지만… 애초에 망자들이 원하지 않았다면 펼치지 않았을 술법이오."

"그 말을 어떻게 믿지?"

처음으로 법륜의 입에서 날 선 말이 튀어나왔다. 제갈운은 거기까지는 설명해 줄 생각이 없다는 듯 어깨를 으쓱였다. 애초에 술법의 영역이었기에 법륜에게 설명할 수도 없었다.

"못 믿으면 할 수 없고. 하지만 이것만은 분명히 알아두시오. 그날 그 한 놈 때문에, 그놈이 이끄는 마인들 때문에 생목숨 수만이 사라졌소. 그 원혼들이 백유혼을 속박했소. 이보다 더 큰 증거가 있을까?"

"증거라……."

법륜은 제갈운의 눈을 똑바로 직시했다. 제갈운의 눈동자는 그 호칭과 어울리지 않게 맑았다. 사우도의 주인. 모든 사법의 대가. 그 사이한 위명과 다르게 눈동자는 또렷하고 빛이 났다.

"좋아, 일단은 넘어가지. 그래서 힘이 필요한 곳이 어디인가?"

정작 여기부터가 중요한 시점이다. 그의 힘이 필요한 곳. 제갈운은 겉으로 보기에도 쉬운 사내가 아니었다. 그런 그가 힘이 필요할 정도라면 그 중요성은 상당하리라. 더불어 위험성도. 하물며 천마신교와 관련된 일이라면 더욱 그랬다.

"아까도 말씀드렸지만 백유혼은 움직일 수 없습니다. 아마 그 지옥을 빠져나오는 데만 해도 상당한 시일이 걸릴 테지요. 그렇게 되면 천마신교는……."

"무주공산(無主空山)."

법륜의 입에서 나지막한 한마디가 흘러나왔다. 장수가 없는 군대는 오합지졸이다. 백유혼이 없는 천마신교 또한 오합지졸은 아니어도 상당한 혼란에 빠져 있을 것이 분명했다. 법륜은 제갈운이 말하고자 하는 바를 명확하게 이해했다.

"본진을 타격한다……."

제대로 이루어지기만 한다면 확실한 한수다. 현재의 상황은 천마신교의 병력이 빠져나가 상당한 힘의 공백이 생긴 상태. 잃어버린 중원을 수복하기에 더없이 좋은 기회였다. 하지만 법륜은 대답을 망설였다.

"그것은 나 홀로 결정하기에 사안이 너무 크다. 중원은 넓어. 고작 나 하나의 힘으로 어찌할 수 있을 정도로 작지 않다."

"맞습니다. 그렇기에 더더욱 신승의 힘이 필요합니다."

"무슨 뜻이지?"

"신승을 따르고 있는 이들. 정도맹의 병력과 절대지경의 무인 서넛. 한 성을 회복하기에 그만하면 충분하지 않겠습니까?"

"으음……."

법륜은 제갈운의 말이 사리에 어긋나지 않다는 것을 알았다. 그럼에도 왠지 모르게 망설여졌다. 그 이유는 법륜 스스로에게 있지 않았다. 바로 제갈운의 제안에 있었다. 먼저 한 사람의 말을 믿고 움직이기엔 큰 위험부담이 따른다. 두 번째, 백유혼의 존재이다. 만약 잃어버린 중원을 수복하기 위해 움직였을 때 혹시라도 백유혼이 등장한다면?

'지옥이 펼쳐지겠지.'

무공이 아닌 술법에 당한 그의 분노는 어마어마할 터. 그가 어떻게 행동할지 알 수 없었다. 제갈운은 법륜의 남은 하나, 가려운 고민을 거침없이 긁어댔다.

"사후 처리가 걱정인 모양이신데… 다시 한번 말씀드리자면 저는 홀몸이 아닙니다. 제가 백유혼을 가둔 전장을 그냥 떠나왔을 것 같습니까? 후후."

"아!"

법륜의 입에서 탄성이 터졌다. 맞다. 제갈운은 사우도의 주인. 사법을 자유자재로 부리는 자들을 수족으로 두고 있다. 언제든 백유혼의 동향을 파악할 수 있다는 말이다. 제갈운을 전적으로 신뢰할 수 있다고 했을 때, 이번 작전은 하지 않으면 바보 천치나 다름없는 일이 되어버린다.

"좋소, 일단은 검선에게 통보하지. 동료들에게도."

"알겠습니다."

그제야 제갈운은 만족스러운 얼굴로 물러났다. 앙숙, 혹은 숙적. 정도와 사도를 이르는 말이다. 법륜과 제갈운의 지휘 아래 숙적은 처음으로 힘을 합쳤다.

* * *

보름이었다. 법륜과 제갈운이 만나고 검선의 지휘 아래 병력을 수습해 중원의 서쪽을 향해 진격을 시작한 시간이. 맹회는 그간의 소강상태가 무색하리만큼 거칠고 포악하게 적을 몰아붙였다.

"죽여! 한 놈도 살려두지 마!"

"저기 적이 도주한다! 막아! 막으라고!"

곳곳에서 병장기 부딪치는 소리와 비명성이 울려 퍼졌다. 황실과의 일전을 위해 대부분의 무인을 북쪽으로 돌린 신교의 방벽은 종잇장처럼 얇기만 했다. 그리고 그 선두에서 종잇장을 가루로 만들어 버리는 무인들이 있었다.

"천호!"

당천호의 등에서 뻗어 나온 아홉 줄기의 독강이 뱀처럼 기민하게 움직였다. 하지만 그 위력은 고작 뱀 아홉 마리가 움직이는 것과는 차원이 달랐다. 이무기가 기어간 듯 대지가 움푹 파였다. 거기에서 피어오르는 독기는 숨만 쉬어도 중독될 만큼 강력했다.

"간다!"

그 위를 조비영의 금검포신탄이 휩쓸었다. 독기가 포신탄의 여력에 밀려나며 그대로 도주하는 적의 등 뒤로 몰아쳤다. 비명성이 울려 퍼졌다. 사천성. 정도무림의 주축, 삼대 문파가 자리한 대지가 다시 중원의 품으로 돌아왔다.

*　　　*　　　*

섬서성도 마찬가지였다. 백청학은 물 만난 물고기처럼 날뛰었다. 그의 검은 화려하고 잔혹했다. 그와 함께 움직인 청인과 이설영은 그저 뒷짐 지고 구경하는 것밖에 할 일이 없었다.

"저러다 지치지 않을까요?"

"그렇지는 않을 걸세."

청인은 이설영의 걱정을 기우라고 판단했다. 백청학은 무의 정점을 끝자락이나마 붙잡은 사람이다. 당기고 당긴다면 점점 더 끝과 가까워질 테지. 그런 사람을 걱정한다는 것은 쓸데없는 시간 낭비였다.

"그보다 확실히 화산의 검은 화려하군."

화산은 난신이 변고를 당하자마자 천마신교의 위협을 피해 맹회가 있는 호북으로 제자들 대부분이 이주한 상태였다. 본산을 잃은 그들의 분노는 어느 때보다 폭발적으로 터져 나오고 있었다.

"우리는 굿이나 보고 떡이나 먹자고."

"…네."

섬서성. 화산의 대지가 중원으로 돌아왔다.

*　　　*　　　*

세가 삼신성(三晨星).

팔대세가 중 세 개의 가문에서 배출한 무인 셋을 이름이다. 남궁가의 남궁호원, 팽가의 팽도경, 상관세가의 상관책. 이 세 사람은 삼신성이라고 불리는 이름만큼이나 합도 잘 맞았다.

이들은 홀로 움직여도 막아낼 상대가 없음에도 셋이 함께 움직이며 계속해서 합을 맞추고 있었다. 훗날 백유혼을 상대할 때를 대비한 실전 수련이었다. 물론 천마신교의 잔당 수준이 워낙 낮기 때문에 큰 도움은 되지 않았지만 이들은 합격을 멈추지 않았다.

"설렁설렁하지 마라."

후방에 있던 상관책이 귀찮다는 듯 장창을 놀렸다. 전방에 선 남궁호원의 실력이라면 놓칠 이유가 없는 공격이었다. 그럼에도 남궁호원은 물 흐르듯 적을 뒤로 보내 버렸다. 자신만 사서 고생하는 것이 마음에 들지 않은 까닭이다.

"그래, 귀찮은 것은 알겠지만 이래서는 곤란해."

팽도경이 천중도로 적의 숨통을 끊어내며 남궁호원을 질책했다. 남궁호원이 듣기도 짜증 난다는 듯 거칠게 검을 휘두르자 달려들던 마인들이 우수수 허공을 날았다. 풍혼을 이용한 공격이었다.

"그럼 둘 중 하나가 앞에 서. 그게 싫으면 말 걸지 마. 짜증 나니까."

"……."

"……."

두 사람은 동시에 입을 다물었다. 침묵이 길어질수록 감숙성의 탈환은 가까워지고 있었다.

*　　　*　　　*

법륜은 제갈운과 함께 움직였다. 그들이 향한 곳은 청해. 그 어떤 곳보다 천마신교가 자리한 신강과 가깝고 천마신교가 아니더라도 정도를 벗어난 이들이 많은 곳이었다. 법륜은 벌써 청해성이 세 번째였다. 기련마신에게 겪은 패배와 승리. 그 아득한 기억이 법륜의 상념을 붙잡았다.

"이제 다 왔소."

제갈운은 신비한 사내였다. 사법의 대가라는 별칭만큼이나 무슨 목적을 가지고 있는지 속내를 알기 어려운 사람이었다.

'무엇일까, 이 남자를 움직이는 것은.'

사우도는 미지에 싸인 곳이었다. 강호를 종횡하던 법륜조차 그 이름을 제대로 들어보지 못했다. 게다가 부리는 술수는 천리를 거스르지만 그 어떤 순리보다 강력한 신비를 자랑했다.

법륜의 시선을 느껴서일까. 제갈운이 법륜을 돌아보며 물었다.

"왜 그런 눈으로 보시오?"

"무슨 목적이지?"

"목적……?"

제갈운은 무슨 말이냐는 듯 눈을 동그랗게 떴다.

"왜 당신에게 득이 되지 않는 일을 하느냔 말이지."

"득이 되지 않다니, 그것은 잘못 생각하고 있는 것이오."

제갈운은 단호한 어조로 법륜의 말을 부정했다.

"내가 왜 얻는 것이 없소?"

제갈운의 얼굴엔 희미한 미소가 어려 있었다.

"내가 얻는 것은 당신이 생각하는 것보다 훨씬 크오."

"그게 무엇이지?"

법륜은 입가에 미소가 걸린 제갈운을 보며 물었다. 제갈운은 잠시간 대답을 망설이는 듯했지만 이내 무언가 결심한 듯 입을 열었다.

"내가 얻는 것은 사법을 넘어선 힘, 오랫동안 사마외도의 힘을 축적한 마교의 기이하고 신비한 힘, 그것이 내가 얻을 것이오."

법륜은 제갈운의 말에 순간적으로 멈칫했다. 깔끔하고 담백한 학사 차림인 제갈운은 예의 그 모습처럼만 보였다. 하지만 지금은 달랐다. 탐욕. 그를 만난 뒤 단 한 번도 보지 못한 모습이 법륜을 당황스럽게 만들었다.

'허나 어쩌면……'

법륜은 이런 탐욕이야말로 인간의 본질일지도 모른다는 생각을 했다. 제갈운의 이런 모습이야말로 그를 여기까지 이끈 원동력이 아니었을까. 차라리 제갈운의 저런 모습이 더 다루기 쉬울지 몰랐다. 이제 정사를 가르는 흑백논리에는 신물이 난 법륜이다.

"처음부터 말하지 않아서 미안하오. 하지만……"
"그만. 되었네. 일단은 해야 할 일부터 하지."
법륜은 제갈운의 입을 막았다. 지금 이야기해 봐야 소용없는 일이라는 것을 너무 잘 아는 까닭이다. 지금은 그저 싸워서 이기는 것만 생각해야 할 때였다.
"보이는군."
천마신교의 비밀 분타, 아니, 비밀 분타로 추정되는 곳은 고즈넉한 장원이었다. 두 사람은 장원이 한눈에 내려다보이는 절벽 위에서 안쪽을 바라보았다. 하나 아무것도 잡히지 않았다. 진법이나 술법을 부린 것이 아니라 인기척 자체가 없었다.
"너무 조용하군."
"그러게 말입니다."
청해성은 넓다. 척박한 땅이긴 하지만 중원 그 어느 성보다 넓은 곳. 맹회는 그 넓은 땅 속에서도 천마신교의 외부 분타로 짐작될 만한 곳을 점찍었다.
"어떻게 하시겠습니까?"
제갈운의 물음이다. 청해로 넘어온 것은 단둘뿐. 맹회의 부족한 숫자의 무인들로는 섬서, 감숙, 사천을 도모하며 청해까지 넘보기엔 무리가 따른 탓이다.
"저곳이 만약 비밀 분타가 맞다면……"
답은 정해져 있었다. 정면 돌파. 시간이 금인 지금 주시하고 있는 상대가 적이라면 시간을 끌 이유가 없었다. 법륜의 의도를 알아챘는지 제갈운 또한 고개를 끄덕였다. 확인한다. 맞으면 치고 아니면 물러난다. 아주 간단한 논리였다.

"그럼 시작하지요."

제갈운이 먼저 앞으로 나섰다.

"우선… 적이 맞는지부터 확인해야겠지요."

제갈운의 손에 붉은빛의 기류가 넘실거리기 시작했다. 무슨 술수를 부리려는지. 법륜은 손에서 피어오른 붉은 빛깔의 안개를 가만히 응시했다. 안개는 점차 몸집을 불려 나가더니 이내 실타래처럼 둘둘 풀려 장원 안으로 흘러들어 갔다.

"천마신교의 마인들이라면 반응이 올 겁니다."

그가 부린 사술은 아주 기초적인 것. 상대의 정신을 현혹하고 광분하게 만드는 수법이었다. 정신적 수련을 등한시한 마인들의 경우 이런 수법에는 취약하게 마련이다. 하지만 아무리 기다려도 반응이 오질 않았다.

"이상하군요. 아무래도 맹회에서 잘못 파악한 듯싶습니다만……."

제갈운이 고개를 갸웃거렸지만 법륜은 장원을 내려다보며 미동도 하지 않았다. 무언가가 느껴졌다. 광포한 기운. 흉포한 야수 한 마리가 자리를 지킨 채 이쪽을 올려다보고 있는 느낌이 들었다.

"뒤로 물러서시오."

"에……?"

제갈운의 얼빠진 소리에도 법륜은 그를 타박하지 않았다. 대신 그의 옷자락을 끌어당겨 자신의 뒤로 밀어냈다. 상황이 급박해지자 절로 말이 짧아졌다.

"온다."

법륜이 입을 다무는 순간 무시무시한 기운이 폭발하듯 일어났다. 강철 같은 근육을 자랑하는 노인. 구부정한 허리는 어디에다 내다 팔았는지 꼿꼿한 거목을 보는 것 같은 느낌이다.

콰아앙!

단순한 각력으로 십 장이 넘는 절벽을 뛰어넘는다. 그 폭발력에 놀란 제갈운이 얼굴을 찌푸렸다. 쉽게 생각했다 뒤통수를 맞은 느낌이다.

"본 적이 있는 얼굴이로군."

노인이 법륜을 보며 조용히 입을 열었다. 조용한 음성임에도 그 속에는 무시 못 할 분노가 자리하고 있었다. 법륜 또한 마찬가지였다. 몸속에 들어찬 진기를 잔뜩 끌어 올리며 답했다.

"확실히. 평량산에서였지?"

"그래."

노인 주명은 이를 바득바득 갈았다. 그리고 또 한탄했다. 만약 평량산에서 이들을 처리했다면 지금과 같은 상황은 벌어지지 않았을 것이다. 중원에 고수가 많다고 하나 그 숫자는 한정되어 있다. 백유혼이라는 초고수를 앞세웠다면 맹회가 단기 결전에서만큼은 천마신교를 압도할 일은 없었을 것이다.

'허나 이제 와서는 무의미한 가정이지.'

백유혼은 행방이 묘연했고, 침탈한 중원은 대부분 맹회의 손에 빼앗겼다. 때문에 주명은 분타에 몇 남아 있지 않은 무인들을 신강으로 돌려보냈다. 신강에는 아직 신교의 최후 보루나 다름없는 장로원이 버티고 있었다. 지금의 상황을 뒤집지는 못해도 명맥을 이어갈 정도는 되었다.

주명은 그렇게 생각하며 한 걸음 앞으로 내디뎠다.

"애송이, 오늘이 네가 살아 숨 쉬는 마지막 날이 될 것이다."

"혀가 길군. 준비가 되었다면 오라."

주명은 법륜의 도발에도 침착하게 움직였다. 극마신투의 기운을 끌어 올리자 건장한 몸이 한 차례 더 부풀어 올랐다. 강력한 힘. 무엇이든 부술 수 있을 것 같은 힘이 전신에 차올랐다.

극마신투의 무공은 외공의 극을 달리는 무공이다. 노쇠한 육신도 전성기로 돌려놓는 무공. 그 폭발적인 힘을 잘 활용한다면 두 사람을 상대하는 것도 무리는 아닐 것이다. 분명 그렇게 생각했다.

'그런데…….'

부딪쳐 오는 법륜의 주먹이 상상을 초월했다. 내뻗는 일격에 정면으로 부딪쳐 왔다. 그러고도 한 치의 밀림이 없었다. 아니, 도리어 압도했다. 주명의 주먹이 법륜의 일권과 부딪칠 때마다 조금씩 뒤로 밀렸다.

"이놈이!"

주명의 고성에도 법륜의 눈가는 미동도 안 했다. 기실 법륜은 지금 기묘한 감상에 빠져들고 있었다.

'어째서…….'

이상했다.

'가볍지?'

주명의 일수는 하나하나가 모두 강력했다. 그런데도 법륜은 그 주먹이 가볍다는 생각이 들었다. 여유를 두고 상대해도 충분히 이겨낼 수 있는 수준. 주명의 무공은 평량산에서 본 실력 그대로였다. 그렇다면 달라진 것은 단 하나였다.

'성장했군.'

법륜은 그 이유를 알 것 같았다. 백유혼 때문이다. 올려다보기도 힘든 자를 상대로 살아남았다. 비록 그 생존이 변덕과 자존심 때문이었다고 해도 그의 손에서 살아남은 것이다. 그 결과가 지금 여기에 있었다.

"이제 상황이 바뀌었군."

"이익!"

법륜의 손에서 금광이 치솟았다. 어렵다고만 생각하던 상대가 손바닥 위에서 놀자 법륜은 더는 끌 마음이 없어졌다. 부지불식간 허공에서 강환이 떠올랐다. 개량에 개량을 거친 염라주. 자그마한 강환을 들여다보면 막대한 양의 진기가 요동치며 고속으로 회전하고 있음을 알 수 있으리라.

"터져라!"

법륜이 뒤로 재빠르게 물러나며 주먹을 쥐자 주명의 지근거리에서 염라주가 하나씩 터져 나가기 시작했다. 백팔 개의 강환이 차례대로 터져 나가자 주명의 피부가 피로 물들었다. 용케도 목숨은 부지했지만 승부는 이미 결정 난 것이나 다름없었다.

"커억, 커어억!"

주명은 핏물을 연신 게워내면서도 핏발이 선 두 눈으로 법륜을 노려봤다. 이대로 허무하게 아무것도 해보지 못하고 눈을 감을 수는 없었다. 오랜 꿈, 험준한 산과 모래바람이 부는 척박한 땅을 벗어나 푸른 초원 위에서 모두가 풍족하고 행복하게 사는 꿈. 아직 자신은 그 꿈을 보지 못했다.

"아직… 아직이야."

"아니, 끝이다."

법륜은 단호하게 주명의 바람을 짓밟았다. 무슨 생각을 하는지, 또 어떤 마음을 품고 있는지는 중요하지 않았다. 이들은 적일 뿐이다.

"내가… 우리가… 그리 잘못한 것이 있던가."

주명은 법륜의 단호한 어조에 고개를 들어 비통한 음성을 내뱉었다.

"추위와 싸우는 대신 따뜻한 바람을 맞게 하고 싶었다. 한겨울 나무껍질과 풀을 벗겨 먹는 대신 제대로 된 식사를 하길 바랐다. 우리가 바라는 것은 그것이 전부였어. 그것이 그리도 잘못된 것이었나?"

주명의 말이 지속될수록 법륜의 눈이 가늘어졌다.

"어불성설이군."

"맞습니다."

제갈운 또한 뒤에서 거들었다.

"단지 풍족하게 살고 싶었다? 그렇다면 칼 대신 농기구를 들고 수련 대신 밭을 일구고 집을 지었어야지. 수만의 목숨을 앗아간 자의 입에서 나온 대답이라기엔 어처구니가 없군."

"네놈들이 무얼 아는가!"

주명은 피범벅이 된 얼굴을 잔뜩 일그러뜨리며 노성을 토해냈다.

"중원은 단 한 차례도 우리를 인정하지 않았다! 무림도 황실도 전부 똑같아! 무림은 구사하는 무공의 방식이 다르다는 이유로 우리를 변방으로 내몰았고, 황실은 사교라며 배척했다! 우리가 무엇을 더 할 수 있겠나!"

"아무것도 하지 말았어야지."

아무것도 하지 않는 것, 참으로 어려운 일이다. 주명은 법륜의 말에 꿀 먹은 벙어리처럼 입을 다물었다. 맞다. 힘이 생기면 생길수록 욕심이 생겼다. 가진 것을 빼앗고 내 것으로 하고자 했다. 그 결과가 지금이다. 주명은 허망한 눈으로 법륜을 올려다봤다.

풍족한 중원에서 나고 자랐기에 그런 생각을 하는 것이 아닌가 하는 생각이 들었지만 아무래도 상관없었다. 문득 눈앞으로 생경한 광경이 스쳐 지나갔다.

'만약… 그저 살고자 했다면 어땠을지…….'

무인들이 밭을 갈고 나무를 베어 집을 짓는다. 짐승을 사냥하고 어로(漁撈)를 행한다. 그랬다면 적어도 무공을 모르는 교도들이 굶주리는 일은 없었을 것이다. 약육강식 대신 공존을 택했다면 많은 것이 달라졌으리라.

"그런가? 그런 것인가?"

생각의 차이. 주명은 법륜을 허망한 눈으로 바라볼 수밖에 없었다. 하나 이제 와서 어찌할까. 와도 너무 멀리 왔다. 이제 남은 것은 죽고 죽이는 일뿐이다. 주명은 피투성이가 된 몸을 일으켰다.

"납득했다. 하지만 수긍하지는 않겠다. 그래 봐야 그 시절로 돌아갈 수는 없을 테니까."

"물론."

"무인으로 죽고 싶다."

주명의 몸에서 활화산 같은 기세가 뿜어졌다. 남아 있는 모든 진력을 끌어내고도 모자라 진원진기까지 폭발시켰다. 법륜 또한 그런 주명의 기대에 부응했다. 끌어낼 수 있는 전력. 황금빛 광채를 넘어서 황금 그 자체가 된 것 같은 모습으로 맞섰다.

"못 말리겠군요."

두 사람의 격돌에 제갈운이 고개를 내저었다. 끼어들려 해도 끼어들 틈이 없었다. 두 사람의 수준이 너무 높아서 그런 것은 아니었다. 그 또한 그 정도의 실력은 갖추고 있었으니까. 하나 법륜의 기세가, 그 어떤 방해도 용납하지 않겠다는 절대자의 위용이 제갈운의 걸음을 가로막았다.

"괴물……."

두 사람의 격돌은 괴물들의 싸움이었다. 일수에 땅거죽이 뒤집히고 나무들이 송두리째 뽑혀 나갔다. 하나 그 시간은 그리 길지 않았다. 점점 쇠약해지는 주명에 비해 법륜은 계속해서 강해졌으니까.

그 결과로 승부는 당연하게도 법륜의 승리로 돌아갔다. 천마신교의 우호법이라는 높은 벽을 마주하고도 법륜의 몸에는 생채기 하나 없었다.

"끝났군."

법륜은 이제 완전한 노인의 모습으로 화한 주명의 시신을 내려다봤다. 압도적인 싸움이었지만 법륜은 착잡한 마음을 지울 길이 없었다. 어째서일까. 우호법이 아닌 노인 주명은 그리 악한 사람처럼 느껴지지 않았다. 그의 눈에는 오직 무인이 아닌 노인만이 들어왔다.

"어차피 사람인 것을."

사람. 인간(人間). 만물의 영장. 그렇기에 탐욕스러울 수밖에 없는 이들. 노인 주명은 단지 길을 잘못 들었을 뿐이다. 법륜은 그렇게 생각했다. 아니, 그렇게 생각하고 싶었다. 어찌 사람이 사람을 평가하고 재단할 수 있을까.

'그저 가는 길이 달랐음에…….'

안타까울 뿐이었다. 법륜은 주명의 시신을 내려다보면서 그렇게 생각했다. 조금만 더 상념이 길어진다면 망설임이 생길 것 같기에.

"그만 가지. 아마 지금쯤이면 다른 성들도 전부 끝났을 테니."

제갈운은 왜인지 씁쓸해 보이는 법륜의 뒷모습에서 그의 고뇌를 읽을 수 있었다. 자신과는 전적으로 다른 사람이다. 사익을 위해 탐욕을 부리는 자신과는 달랐다. 그래서 더 가까이하고 싶고 동시에 멀리하고 싶은 사람이었다.

'어떻게 될 것인지…….'

이 싸움의 끝에 누가 승자가 될지 아무도 모른다. 하지만 누군가에게 그 끝은 꽤나 참혹하리라. 제갈운은 말없이 법륜의 뒤를 따라 걸었다. 중원의 미래를 책임질 이의 어깨는 그 어느 때보다 무거워 보였다.

*　　*　　*

"왔군."

청해의 끝자락. 법륜은 일행을 기다렸다. 신강에서 가장 가까운 청해의 정리를 도맡다 보니 가장 늦게 일을 시작했어도 가장 먼저 끝낸 형국이 됐다. 차례대로 그가 기다리던 이들이 당도하자 법륜은 오랜만에 진심에서 우러나오는 미소를 지을 수 있었다.

"우리가 마지막인가?"

"예."

"많이 늦었군."

청인은 늦었다고 말했다. 아니다. 이제 겨우 이십 일이다. 천마신교의 수중에 떨어진 땅을 아직까지 완벽하게 장악하지는 못했지만 이 정도면 엄청나게 빠른 속도이다. 그럼에도 법륜은 청인의 말을 부정하지 않았다. 그의 속내를 알고 있는 까닭이다.

"화산의 꼬마, 네가 너무 신을 내서 우리가 제일 마지막이다."

"꼬마라고 하지 마시오."

청인과 함께한 백청학은 얼굴을 와락 일그러뜨렸다. 나이 차이가 십 년이 넘게 나긴 하지만 꼬마라는 말을 들을 이유는 없었다.

"하지만 사실이잖아요."

여전히 면사로 얼굴을 가리고 있던 이설영이 툭 내뱉자 백청학의 얼굴이 다시 한번 구겨졌다. 청인의 일행이 늦은 이유, 그것은 다름 아닌 백청학에게 있었다. 화산의 굴욕은 백청학에게도 쉽사리 넘어갈 수 없는 일이었기에 그는 눈앞에 보이는 마인들에게 그 분노를 풀었다.

"그만. 충분히 알아들었으니 둘 다 그만하시오."

백청학은 순순히 인정했다. 지금은 누군가의 잘잘못을 따질 때가 아니라고 판단한 것이다.

"그보다 상황은 어떻소?"

"아직까진 잠잠하다."

법륜은 백청학의 물음에 담담하게 답했다. 신강은 넓다. 변방이긴 하지만 중원으로 쳐주는 청해보다도 넓은 땅이 신강이다. 십만대산이라는 명확한 거점이 있긴 했지만 아직 맹회의 힘이 십만대산을 점령할 정도로 강성하지 못했다. 가능하면 적들을 끌어내야 하는데 천마신교의 마인들은 요지부동이었다.

"아무래도 그때 만난 노인이 문제인 것 같군요."

언제 다가왔는지 제갈운이 살며시 운을 뗐다. 청인과 백청학, 이설영이 이구동성으로 입을 열었다.

"노인?"

"우호법 주명."

법륜은 간단하게 우호법 주명에 대해 설명했다. 평량산에서 직접 그를 보지 못했으니 알 턱이 없었다. 하나 우호법이라는 단어 하나만으로도 세 사람의 안색이 변하기에 충분했다.

"우호법이 죽었다……."

세 사람 중 유일하게 그를 알고 있던 청인은 자신의 턱을 쓰다듬었다. 암은당의 일을 하며 그의 이름을 몇 번 접해본 기억이 있었다. 교주의 수족이자 신교의 이인자. 약육강식의 세계에서, 그것도 십만이 넘는 교도 중에서 이인자라는 말은 간단하게 치부할 만한 것이 아니었다.

'엄청나군.'

십만이 넘는 교도 중에서 무인이라 칭할 수 있는 자는 이만여 명. 그중에서 두 번째다. 법륜은 그런 자를 꺾고도 별다른 감흥을 느끼지 못했다. 그의 초점이 온통 백유혼에게 맞춰져 있는 까닭이다. 청인은 문득 오래전 숭산에서 만난 어린 승려가 떠올랐다.

'이제는 어리다고도 못 하겠군.'

격세지감(隔世之感)이라 할까. 청인 또한 명숙이라 불릴 만한 나이이긴 했지만 그리 고령의 연배는 아니었다. 하나 하루가 다르게 달라지는 법륜의 모습은 청인 스스로가 늙어간다고 느낄 만큼 빠르고 성장 폭이 컸다.

"그만 들어가시지요."

법륜은 세 사람을 안으로 이끌고 들어갔다. 이제 종착지에 다 온 것 같은 기분이 들었다.

"어찌할 계획인가?"

법륜과 제갈운, 그리고 이제 막 섬서에서 온 세 사람이 안으로 들어서자 이미 각 성에서 일을 끝마치고 온 절대지경의 무인들이 동시에 입을 열었다. 법륜은 그 한가운데에서 담담하게 입을 열었다.

"하루, 하루만 쉰 뒤 바로 밀고 들어가겠소."

"맹회는?"

상관책이 묻자 법륜은 고개를 내저었다.

"맹회는 배제한다."

맹회는 여력이 없었다. 오로지 그들의 힘만으로 해결해야 했다. 또한 충분히 가능성이 있는 이야기였다. 천마신교의 힘은 북방에서 그 명운을 달리했다. 얼마 남지 않은 지휘관 격의 무인들 또한 유명을 달리했다.

남아 있는 숫자는 얼마 되지 않을 터. 여기 모인 아홉 명이라면 제 몸을 지키면서 큰 타격을 줄 수 있으리라. 모두의 고개가 끄덕여질 때쯤, 청인이 이견을 제기했다.

"그 계획에는 동의한다. 하지만 우리가 간과하고 있는 것이 하나 있다."

"무엇이지요?"

"정도가 강한 이유, 중원 무림이 강한 이유, 그것은 오랜 시간 내려온 전통에 있다."

청인은 뜬금없는 이야기를 꺼냈다. 하나 여기 모인 모두가 청인이 쓸데없는 이야기를 할 위인이 아니라는 것을 잘 알았기에 잠자코 듣기만 했다.

"전통이라는 것은 명문(名聞)을 만들어냈지. 위에서 아래로, 다시 아래에서 더 아래로. 명문은 수많은 세대를 거쳐 만들어진다."

"도대체 무슨 말이 하고 싶은 거요?"

백청학이 딴죽을 걸자 청인은 희미하게 미소를 지었다. 화산의 꼬마는 언제나 제가 하고 싶은 말을 한다. 그 점이 마음에 들었다.

"우리는 그렇게 해서 강해졌지. 허면 천마신교는?"

청인의 마지막 말에 백청학이 입을 꾹 다물었다. 맞다. 화산의 제자인 그는 전통 있는 명문이 지니는 저력을 잘 알고 있다. 천마신교가 그저 그런 무파였다면 이렇게 오랜 시간 동안 회자될 이유가 없었다.

"전대의 고수들……."

팽도경의 입에서 우려하던 말이 나오자 청인은 고개를 끄덕였다.

"마인들의 숫자가 줄었다고는 해도… 우리는 아직 그 진면목을 다 본 것이 아니야."

팔대마장과 십이타격대주, 그중에서 대부분은 북방에서 목숨을 잃었지만 그렇지 않은 자도 있었다. 거기에다 전대의 고수들이 몇 명이나 있을지 모르는 상황. 청인이 걱정하는 것도 당연했다.

"맹회를 조금 더 기다려 보는 것이 어떻소?"

당천호와 조비영이 의견을 같이하자 모두의 얼굴에 수긍의 빛이 떠올랐다. 하지만 조용히 이들의 대화를 듣고 있던 법륜은 단호하게 고개를 저었다.

"불가(不可). 우리는 계획대로 움직인다. 우리에겐 시간이 없다. 백유혼이 오기 전까지 모든 것을 끝내야만 해."

진퇴양난이다. 앞으로 나아가자니 숫자가 부족했고, 뒤로 물러서자니 때를 놓치게 된다. 어떤 것이 더 중요한지 가늠할 계제가 아니었다.

"결국은 강행뿐인가."

모두의 안색이 단단하게 굳어졌다. 결국은 진격뿐. 각자의 고민과 우려 속에서 날이 저물고 밝아왔다.

"간다."

목적지는 십만대산. 목표는 마인의 말살이었다.

* * *

아무것도 없는 무색의 공간.

"지겹군."

백유혼은 자신의 주변을 떠다니는 검붉은 띠를 보며 허탈한 음성을 흘렸다. 처음에는 별짓을 다 했다. 띠를 잘라보기도 했고 그대로 앞으로 헤치고 나아가기도 했다. 하지만 결과는 언제나 제자리였다.

속으로 시간을 계산하길 며칠, 그것도 열흘까지 세고는 그만둬 버렸다. 어떻게 해도 그 자리를 벗어날 방도가 보이질 않은 까닭이다.

'언제쯤 끝나려나.'

이런 지독한 무력감을 느껴본 것은 태어나서 처음이다. 백유혼은 그 무력감을 떨쳐내기 위해 전력을 다해 검을 내질렀다. 체력도 정신력도 이제 거의 한계에 도달해 있었다. 그래서인지 그의 검은 수만의 대군을 앞두고도 압도적인 위용을 펼치던 것과 달리 빈약하기 그지없었다.

"후우."

할 수 있는 전력을 내지르고 가볍게 한숨을 토해내자 숨통이 조금이나마 트이는 것 같았다. 그리고 이변은 그때 벌어졌다.

'벌어졌어?'

순식간에 아무것도 없는 무색의 공간으로 돌아오긴 했지만 순간이나마 다른 색깔이 보였다. 백유혼은 재빨리 다시 검을 휘둘렀다. 확실하게 보였다. 이 무색의 공간에 잠시나마 바깥의 풍경이 들어왔다.

"……!"

"……!"

게다가 정체를 알 수 없는 누군가의 소리마저 들려왔다. 비로소 희망이 보이기 시작했다. 그러자 백유혼의 안색이 붉게 변했다. 밖으로 나갈 수 있다는 희망에 열기가 차오른 탓이다.

"얼마나 되었지?"

시간을 센 것이 열흘, 그리고 무의미하게 보낸 시간이 대략…….

"열흘."

스무 날이다. 무슨 술수를 쓴 것인지 모르겠지만 천하의 백유혼을 스무 날이나 붙잡아뒀다. 그것으로 이 진법의 가치는 무궁무진했다. 하나 그것보다 더 중요한 것은 밖으로 나갈 방도가 보였다는 점이다.

"조금만… 조금만 기다려라."

백유혼은 끓어오르는 분노를 속으로 삼켜냈다. 샌님처럼 생긴 놈. 제갈운이라 했던가. 백유혼은 밖으로 나가자마자 제갈운을 찢어 죽여 버리겠다고 다짐하며 힘을 비축했다. 어설픈 일격으론 틈을 만들 수 없으니까.

"우선……."

힘을 비축한다. 그 시작은 만마의 정점이라 불리는 천마불사공(天魔不死功). 역천의 마공이 몸을 휘감자 떨어진 내력이 어느 정도 보충되기 시작했다. 문득 허기가 졌다. 이대로 밖으로 나가도 체력적인 문제는 어찌할 수가 없었다.

"나가도 문제가 많겠군."

백유혼은 검을 들어 자신의 팔뚝을 베어냈다. 피가 흐르자 망설임 없이 그 피를 빨아댔다.

ㅊㅊㅊㅊ.

상처가 난 팔이 저절로 아물고 있다. 약간의 피, 그리고 금세 아물어 버린 상처. 장기적으로 봤을 때는 좋지 않은 수지만 지금 당장은 어쩔 수가 없었다.

"곧 나간다."

그렇게 백유혼이 밖으로 나왔을 때, 천마신교가 자리한 신강이 불타고 있었다. 그리고 법륜과 일행은 예상치 못한 난관에 부딪혀 있었다. 천마신교의 장로들, 그들이 법륜의 앞을 막아섰다.

"구제 못 할 중생들이로다."

천마신교의 장로 흑미륵(黑彌勒) 하정은 간신히 한마디를 내뱉었다. 열 명의 무인. 장로들의 무위와도 비견되는 실력을 지닌 이들. 장로원에서 무거운 몸을 일으킨 여덟 모두가 고전을 면치 못하고 있었다.

"마치… 승려처럼 말하는군."

법륜은 누더기 가사를 입은 주름이 자글자글한 노인을 보며 고소를 금치 못했다. 노인이 검은 피부를 지닌 곤륜노(崑崙奴)인 까닭이다. 곤륜노는 저 멀리 서역에서 노예로 붙잡아온 인종이다. 중원에서도 그리 쉽게 볼 수 없는 외형이었다.

"중생아, 나는 한시도 승려가 아닌 적이 없다."

"그런가?"

법륜은 노인을 바라보며 천천히 기세를 끌어 올렸다. 다른 이들은 이미 시작한 참이다. 숫자로는 이쪽이 우세. 하나 여기에 모인 이들 모두 천하를 오시할 만한 무공을 지닌 이들이다. 합격을 하거나 빈틈을 노리지 않고 무인 대 무인으로 생사결을 펼치고 있었다.

"나는 흑미륵 하정이다. 네놈이 필시 신승이라 불리는 놈일 테지."

"잘 아는군."

하정은 이빨이 다 빠진 주름진 입으로 웃음을 터뜨렸다. 흑색의 피부에 주름진 얼굴이 꽤나 익숙하지 않게 다가왔다.

"그럴 수밖에. 저기 있는 어떤 놈도 금빛 광채를 뿌리지는 않잖은가?"

"그것도 그렇군."

법륜은 자신이 신승이라는 것을 시인하려는 듯 몸에서 금빛 광채를 터뜨렸다.

"과연! 완연한 금광(金光)이로다. 그 금빛의 진기로 얼마나 많은 이들을 죽였나?"

"잘 모르겠군. 허나… 한 가지만큼은 확실하지."

흑미륵의 말을 전적으로 인정한다는 뜻이다. 실제로 법륜의 손에 생을 마감한 이는 손이 열 개여도 세기 힘드니까.

"네놈도 곧 그 사람들과 신세가 같아질 것이라는 거다."

반드시 죽여주겠다는 통보였다.

"그럴 수 있다면 얼마든지 해보거라."

하정은 즐겁다는 듯 연신 너털웃음을 터뜨렸다. 하나 법륜의 속내는 부글부글 끓어오르고 있었다. 강렬한 열망이 법륜의 속내를 지배했다. 그에게 가르쳐 주고 싶었다.

구제 못 할 중생? 말도 안 되는 이야기다. 오히려 마도를 걸으며 승려의 본분을 다한다고 말하는 저자의 입을 짓이겨 주고 싶었다.

'지금의 그 여유… 후회하게 될 것이다.'

불도로 중생을 구제한다. 그런 원대한 대의 따위는 이제 법륜에게 없었다. 오로지 무(武)로써 세상을 평정한다. 그 외에는 모두 사치라고 생각했다. 편협하게 들릴지도 모르지만 그것이 지금껏 법륜을 지탱해 온 원동력이고 살아 숨 쉬는 이유였다.

"준비가 되었으면 오너라."

"쉽지 않을 것이다."

황금빛 동체가 재빠르게 움직였다. 반격이나 역습의 여지를 주지 않겠다는 강맹한 움직임이었다. 세차게 진각을 밟자 땅이 진동했다. 흑미륵 하정 또한 그대로 부딪쳐 들어왔다.

파스스스!

들이치는 보법은 야차능공제, 그리고 단타로 이어진 야차구도살이다. 하정은 그에 맞서 장력을 쏟아냈다. 손바닥이 솥뚜껑처럼 부풀며 몸집을 키워갔다. 아니, 정확히는 진기가 솥뚜껑처럼 불어나 손을 감싸 안았다. 그 형태가 완연한 사람의 손 모양처럼 보였다.

'대수인!'

서장 밀교의 절학이라는 대수인이었다. 중원에서도 유명한 무공이니 몰라볼 수가 없다. 과연 천마신교의 장로라기에 손색이 없는 일수였다.

쩌어어엉!

구도살과 대수인이 부딪치자 힘껏 불어 넣은 진기가 동시에 폭발했다. 법륜은 상대가 펼친 무공이 대수인이기에, 그리고 천마신교의 장로라는 신분이기에 충분히 막아낼 것이라 여겼다.

하나 하정은 아니었다. 새파랗게 젊은 애송이에게 대수인이 깨지자 적잖이 당황한 모습이었다. 그리고 둘의 순간적인 판단력이 결정적인 차이를 만들었다.

"놈!"

연이어서 펼쳐진 야차구도살의 십팔강격이 대수인을 깨부수고 그대로 밀고 들어왔다. 하정은 신법을 펼쳐 뒤로 훌쩍 물러나서야 법륜의 공세에서 자유로워졌다. 이제 막 한수를 교환했고, 그 결과가 명백하게 드러났다.

'이놈, 아랍타와 비슷하다.'

아랍타. 서장이 자랑하는 불세출의 고수. 달리 뇌인(雷人)이라 불리는 이. 신승 법륜은 서장제일고수인 아랍타가 주는 압박감과 비슷한 압력을 행사했다.

'어디서 이런 놈이……!'

흑미륵 하정이 장로의 직위를 받은 것은 불과 삼 년 전. 그는 서장 밀교에서 벌어진 계파 간의 반목에서 밀려나 중원으로 떠밀리듯 도망쳐 왔다. 신강에 이르러서야 밀교의 추격이 멈췄고, 그는 천마신교에 귀의했다.

그는 막 천마신교에 귀의했을 때, 신교의 교주 백유혼을 대면

한 적이 있다. 천마신교의 교주인 백유혼도 괴물이었다. 백유혼은 대적 불가의 천재지변급 재앙이었다.

'반면에…….'

아랍타는 밀교주의 제자이자 서장 제일의 고수였다. 그리고 하정은 백유혼과는 달리 아랍타의 무공은 인력으로 충분히 극복할 수 있는 종류의 것이라고만 생각했다. 막연하게.

하나 그 생각이 얼마나 잘못되었는지 삼 년이 지난 지금에서야 깨달았다.

'이놈이나 저놈이나 괴물 천지군.'

무언가 결심한 듯 하정의 안색이 딱딱하게 굳었다. 하정의 손가락이 다섯 개의 색깔로 빛나기 시작한 것도 그 즈음이었다. 이 또한 서장 밀교의 절학 중 하나로 꼽히는 오색인(五色印)이라는 무공이었다.

여러 가지 내력을 익혀야 하기에 고수들은 안전성을 생각해 좀처럼 손대지 않는 무공. 하나 다섯 가지 속성을 한 번에 사용하는 오색인은 밀교의 절학 중에서도 수위에 꼽힐 만한 훌륭한 무공이었다.

적청녹금황(赤青綠金黃).

오색인은 시전자가 보유한 내공의 속성에 따라 색을 달리 하는데, 하정이 익힌 내력은 오행(五行)에 기반을 둔 내력이었다. 법륜은 하정의 손가락에서 느껴지는 기운으로 그가 지닌 내공의 속성을 짐작했다. 적은 화(火), 청은 수(水), 녹은 목(木), 금은 철(鐵), 그리고 마지막 황은 토(土)였다.

'허나.'

그래 봐야 법륜의 손바닥 안이었다. 법륜은 불광벽파를 넓게 펼쳐 오색인에 담긴 진력이 넓게 퍼져 나가지 못하도록 제어했다. 아무리 강맹한 일격이라도 황금빛 방벽을 뚫지 못한다면 무의미했다. 하물며 법륜이 준비한 불광벽파는 백유혼의 일격을 막아내기 위해 제련하고 또 제련한 무공이다.

'이런 것이 통할 리 없다.'

오행상생의 이치는 지고한 것임이 분명하나 하나의 조화로운 기운으로 엮지 못한 이상 그 한계가 명확하다는 것을 법륜은 알았다. 그리고 시작부터 의도가 막혀 오색인의 진기가 넓게 뻗어나가지 못하자 하정은 이를 바득바득 갈았다.

오색인의 묘용은 다섯 개의 속성을 고루 펼쳐 적을 압박하는 것에 있었다. 그 뒤 이어지는 대수인의 연계, 그것이 하정이 자랑하는 필승의 공략법이었다. 실제로 그 한수가 막힌 적은 거의 없었다.

'헌데 어째서!'

오색인의 진기 자체가 뻗어나가질 못하니 무공 자체가 지닌 묘용도 소용이 없었다. 지금껏 오색인을 깨뜨린 자들은 엄청난 속도로, 혹은 엄청난 힘으로 오색인을 그대로 무력화했다. 법륜은 당황한 하정의 얼굴을 보며 불광벽파를 앞세운 채 앞으로 돌진했다.

'최소한의 힘으로 최대의 효과를!'

법륜이 지닌 절기 중 염라주를 제외하고 가장 강력한 파괴력을 자랑하는 무공 제마장의 적옥이 불광벽파의 벽을 허물고 불을 뿜었다.

쩌어엉!

오색인이 단숨에 부서졌다. 그와 동시에 하정의 얼굴에도 금이 가기 시작했다. 고도의 방어 무공으로 오색인을 막아낼 때와는 정반대의 상황이 펼쳐지자, 하정은 이렇게 허를 찔릴 줄 몰랐다는 듯 다급하게 손을 움직여 적옥의 공세를 비껴냈다.

하나 이미 안일한 판단으로 수세에 몰린 상황. 그 호재를 놓칠 법륜이 아니었다. 보검의 일격이 하정의 팔을 쓸고 지나갔다. 사멸각의 기본 초식 보검난파. 기본 중의 기본임에도 그 위력은 상상을 초월했다.

써거걱!

하정의 부풀어 오른 두 손에 한 줄기 선이 비쳤다. 단순한 각법으로 대수인의 진기로 보호하는 손바닥에 날카로운 자상을 입힌 것이다.

"우아아아!"

하정은 자신을 다잡고 반격의 실마리를 만들기 위해 크게 기합을 넣었다. 이렇게라도 하지 않으면 금세 잡아먹힐 것만 같은 불안감이 들었다.

'신승!'

과연 중원이 자랑하는 신성다웠다. 상대는 신승이라 불릴 만한 무위를 지니고 있었다. 하정은 법륜을 홀로는 감당하기 어렵겠다는 생각이 들어 주변을 슬쩍 돌아보았다.

'제길.'

자신을 제외한 일곱 명의 장로 또한 그리 좋은 상황은 아니었다. 상대하는 이들이 하나같이 젊은이들임에도 불구하고 전혀 밀리는 기색이 없었다. 법륜은 눈치를 슬쩍슬쩍 보는 하정을 향해 발을 내디디며 물었다.

"알고 싶나?"

"무엇이 말이냐?"

"이렇게 새파랗게 젊은이들이 어째서 마교의 장로들을 찍어 누를 수 있는지 말이다."

"……."

하정은 법륜이 정곡을 찌르자 굳게 입을 다물었다. 하나 자신도 궁금했다. 최고라 불릴 만한 무공들, 그 무공들을 탄탄하게 잡아줄 수 있는 세월. 그리고 젊은이들은 가질 수 없는 오랜 세월의 보상인 내력까지. 이렇게 밀리는 것이 무엇 때문인지 궁금했다.

"당신들, 너무 오래 쉬었어."

하정이 입을 다물었음에도 법륜은 간단하게 답을 내렸다. 실전의 부재. 아마 이들은 장로라는 직위로 많은 것을 누려왔을 것이다. 그리고 생사를 가늠할 수 없는 적을 만나 마음껏 전력을 쏟아낸 것도 한참 되었을 테고. 일선에서 진두지휘하던 좌우호법과는 완벽하게 정반대에 있는 경우였다.

"차라리 팔대마장의 실력이 더 낫다."

굴욕적인 평가였다. 팔대마장은 장로들보다 서열이 한참 아래이다. 그런데도 그들이 더 낫다고 말한다. 법륜은 그에 대한 증거를 보여주겠다는 듯 더욱더 기세를 북돋았다.

"이제 그만 사라져라, 과거의 잔재이자 망령이여."

법륜의 몸 주변으로 염라주가 두둥실 떠올랐다. 상대를 완벽하게 침묵시킬 수 있는 최강의 절기. 상대가 백유혼 정도의 고수가 아니라면 절대로 막아낼 수 없는 무공. 염라주가 허공을 날아 하정의 몸 주변에서 폭발했다.

하정은 폭발하는 진기 속에서 고함을 내질렀다.

"이렇게 죽어줄 성싶으냐!"

마지막까지 포기하지 못한 대수인의 일격이 법륜의 가슴을 두드렸다. 하나 법륜의 가슴에 닿은 두 손은 일 촌(寸) 거리에서 멈추어야만 했다. 불광벽파가 절로 일어나 법륜의 몸을 보호한 것이다.

"그렇게 죽어라."

법륜은 가슴 앞에 멈춰 선 두 손을 내려다보며 쓰게 웃었다. 죽고 죽이는 자, 무인. 무인의 피할 수 없는 숙명 앞에서 법륜은 단죄의 칼을 들었다.

"적으로 만나 유감이었다."

퍼석!

하정의 머리가 그대로 으깨졌다. 흑미륵이라는 거창한 별호치고는 꽤나 허무한 최후였다. 법륜은 하정의 몸이 바닥으로 허물어지자 아직까지 손속을 교환하고 있는 동료들을 향해 시선을 돌렸다.

"시간이 없소. 빨리 끝내시오."

모두의 손속이 빨라지기 시작했다.

제사십팔장(第四十八章)

종장(終章)

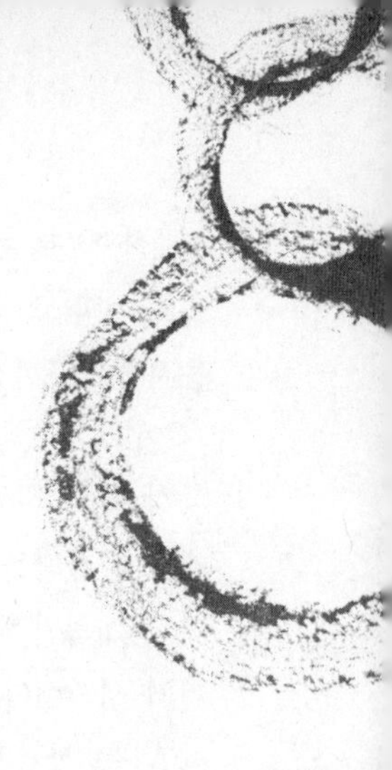

법륜의 독려가 영향을 미친 탓일까, 그게 아니라면 흑미륵 하정이 유명을 달리했기 때문일까. 천마신교의 장로들은 점차 상대하는 이의 공세가 무거워짐을 느꼈다. 마치 지금까지는 몸풀기였다는 듯 휘두르는 검의 속도도, 몸의 움직임도 배는 빨라진 것 같았다.

"크윽!"

쌍단창을 거칠게 휘두르며 뒤로 물러선 노인 벽무는 기다란 장창을 겨누고 있는 상관책을 보며 욕지거리를 내뱉었다. 쌍단창과 장창. 둘은 서로를 보자마자 본인들의 상대를 알아봤다. 그리고 시작된 격돌. 분명히 처음에는 두 사람의 실력이 백중세였다.

'체력이…….'

늙은 육신과 새파랗게 젊은 육신. 그 차이는 시간이 흐르면

흐를수록 메울 수 없는 간극을 만들어냈다. 그간 쌓아온 내력으로 버티고 있긴 했지만 육체가 움직이지 않는다면 내력은 무용지물이다.

"이제 멈췄군."

상관책은 무표정한 얼굴로 장창을 그러쥐었다. 단병을 이용한 쾌속의 공격을 이어나가는 노인은 장병기를 사용하는 그에게 있어 상대하기 까다로운 존재였다. 하나 늙은 육신은 금세 삐걱거리기 시작했다.

"나는 상관책이다."

"이제 와서 통성명을 하자는 건가?"

벽무가 잡아먹을 듯한 기세로 되묻자 상관책은 피식 웃음을 터뜨렸다.

"아니. 그냥 누가 네 멱을 따는지 알아나 두라고."

상관책의 창에서 섬전이 뿜어졌다.

* * *

반면, 처음부터 통성명을 나누고 시작한 사람도 있었다.

"청인."

"말은 많이 들었다. 늑대의 후손. 나는 공호기다."

"허."

도대체 어디까지 이야기가 퍼진 것인지. 그토록 비밀을 감추기 위해 은둔에 가까운 삶을 살았건만 한번 새어나간 비밀은 너무도 쉽게 퍼져 나갔다. 청인은 오늘 여기서 비밀을 아는 자의 입 하나를 막기로 작정했다.

"내가 늑대의 후손인 것을 안다면… 군이 거리낄 것이 없겠지."

청인의 몸이 부풀어 올랐다. 핏줄이 도드라지고 송곳니가 자라났다. 평범하던 손등에 털이 자라나고 손톱이 날카롭게 변했다. 이어지는 폭발적인 도약. 공호기는 청인을 바라보며 쓴웃음을 지었다.

"말로만 들었는데 명불허전이구만."

거칠게 날아오는 손톱, 아니, 이제는 발톱으로 화한 것들의 공격에 당호기는 연신 뒤로 물러섰다. 하나 그에게는 아직 충분한 여유가 있었다.

'본능에 의지하는 괴물일 뿐.'

그것이 공호기가 지닌 자신감의 근거였다. 하지만 상황은 급박하게 돌아갔다. 청인의 얼굴이 공호기의 면전에 도달했을 때다.

"무슨 생각을 하는지 뻔히 보이는군."

"무슨?"

청인은 확실하게 이성을 유지하고 있었다. 그것이 시작이었다. 반인반수의 몸으로 펼쳐내는 무당 무공의 정수. 그중에서도 청인이 직접 창안한 멸옥장이 공호기의 가슴에 틀어박혔다.

* * *

"너, 화산의 일에 관여했나?"

백청학은 시체처럼 창백한 얼굴의 남자를 보며 물었다. 그의 말투는 창백한 얼굴만큼이나 차갑고 음습했다.

"화산의 일?"

무슨 말인지 전혀 모르겠다는 표정이다. 그보다 어서 빨리 끝내고 쉬고 싶다는 느낌이 강렬하게 들었다. 무시당했다고 생각해서일까. 백청학은 허리춤에 찬 검을 뽑아냈다. 화산의 상징이나 다름없는 매화검이 기분 좋은 소리를 내며 뽑혀 나왔다.

"오라."

피식.

유령신공(幽靈神功). 남자의 신형이 그림자처럼 사라졌다. 동시에 순간적으로 햇빛이 사라지는 듯한 착각이 들 정도로 서늘한 기운이 느껴졌다.

"살수?"

등 뒤에서 급작스럽게 찔러 들어오는 검은 분명 살수의 검이었다. 일격필살. 먹히기만 한다면 그보다 강력한 한수는 없으리라. 하나 백청학 또한 백전을 경험한 고수. 고작 살수의 검에 당할 생각 따위는 없었다.

"고작 살수의 검에 당할 것 같은가!"

화산의 검은 환검의 극치. 하나 백청학이 부리는 검은 그 수준을 아득히 넘어섰다. 환을 넘어 실(實)에 도달한 검공. 검막을 뛰어넘는 검공이 몸 주변을 둘러쌌다. 살수 무공 중 제일이라 자부하는 유령신공으로도 뚫고 들어가기 힘든 방어, 살수의 검이 원천 봉쇄됐다.

'화산의 정신은 어디에나 있나니.'

절정을 넘어서 하나의 검결이 된 이십사수매화검법이 올올이 풀려 나왔다.

*　　　*　　　*

"시간 끌 생각 없다."

"이쪽도."

팽도경은 곧바로 천중도를 겨눴다. 그의 옆에는 풍혼의 가호를 받고 있는 검성 남궁호원이 함께하고 있었다.

"자존심 부릴 생각도 없다."

"마찬가지."

두 사람은 눈빛을 교환하자마자 앞으로 치달았다. 호쾌하게 뻗어나가는 도격, 그리고 유려한 선을 그리며 춤을 추는 검격이다. 두 사람의 합은 강맹한 무공을 펼치는 것치고는 꽤 아름다웠다.

"불리하다. 빨리 끝내야 해."

"알고 있다."

천마신교의 장로 풍운마도(風雲魔刀) 갈영이 흑철도를 뽑아 들며 말했다. 그의 옆에는 폭풍마검(爆風魔劍) 황우량이 함께하고 있었다. 풍운과 폭풍. 두 사람의 합격은 천마신교 내에서도 뛰어나기로 정평이 나 있었다.

두 사람이 지닌 무공이 약해서 합격진이 좋은 평가를 받는 것이 아니었다. 두 사람이 합이 잘 맞는 이유, 그것은 두 사람이 지닌 무공의 뿌리가 같기 때문이었다. 전륜겁(轉輪劫). 두 사람의 무공이 풍운마도와 폭풍마검으로 나뉘기 이전의 이름이다. 두 사람의 합격은 전륜이라 불리기에 충분했다.

"위쪽!"

팽도경의 경호성이 울리자 남궁호원은 급하게 검을 위쪽으로 들어 올렸다. 두툼한 도신이 머리를 찍어 눌렀다. 남궁호원은 들어 올린 검을 회전시켜 도신을 밀어냈다. 그사이 단신이 된 팽도경을 향해 마검이 질주했다.

"조심!"

남궁호원은 풍혼의 가호를 받은 검으로 도격을 막아내면서 팽도경에게 시선을 던졌다. 팽도경은 천중도를 곧게 세워 황우량의 전진을 저지했다.

'생각보다 오래 걸리겠군.'

물 흐르듯 흐르는 합격도 합격이지만 개개인의 무력이 자신과 남궁호원 이상이다. 팽도경은 계속해서 몰아치는 검격을 막아내며 주변을 둘러봤다.

'빈틈이…….'

돌파구가 필요했다. 여기에서 이렇게 시간을 끌어서는 안 됐다. 팽도경의 염원을 읽었음인가. 뒤쪽에서 익숙한 기운이 다가서는 것이 느껴졌다. 가장 짧은 시간 합을 맞춘 사람임에도 무시할 수 없는 사람. 부채를 기가 막히게 다루는 여인 이설영이 재빠르게 다가서고 있었다.

"틈을!"

이설영은 그간 합을 맞춰온 사람답게 팽도경의 고함이 의미하는 바를 명확하게 이해했다. 천풍곡의 절기 천풍선법의 회풍

유성이 펼쳐졌다. 바람의 힘이 가득 담긴 진기의 결정체가 알알이 모습을 드러냈다. 쏘아지는 유성. 갈영과 황우량은 갑작스럽게 쏟아지는 빛살 같은 공격에 뒤로 물러서며 안색을 굳혔다.

"비겁하게!"

"정도의 무인이라는 자들이!"

두 사람의 분노에 찬 고함이 들려왔다. 그럼에도 팽도경과 남궁호원은 아랑곳하지 않았다. 그들은 전쟁을 하는 것이지 비무를 하는 것이 아니었다. 그 사실을 명확하게 인지하고 있는 두 사람은 이설영이 만든 틈을 놓치지 않았다.

"웃기는 소리!"

팽도경의 고함, 그리고 몰아치는 연격. 풍운의 검과 천중의 도가 물러서는 두 사람을 향해 찔러 들어갔다.

*　　　　*　　　　*

조비영과 당천호는 살벌한 기세를 풍기는 천마신교의 장로 두 사람을 노려보며 전의를 다졌다. 파리한 인상의 노인과 다부진 몸집의 노인. 대조되는 두 사람의 외형에 조비영과 당천호는 눈빛을 주고받으며 서로의 상대를 골랐다.

'왼쪽?'

'아니, 오른쪽.'

가장 오랜 시간을 함께 보낸 두 사람은 눈빛만으로도 뜻이 통하는 지경에 이르렀다. 조비영이 왼쪽, 그리고 당천호가 오른쪽이다.

"내 이름은 조비영이다."

파리한 인상의 노인 천수괴의(千手怪醫) 강호량은 눈에 익은 검을 뽑아 든 젊은 청년을 보며 혀를 찼다.

"수라검대주의 검이군. 놀라운 일이야."

조비영의 눈썹이 강호량의 말에 꿈틀거렸다. 수라검대주의 검, 수라검이라는 신병을 손에 꼭 쥔 조비영이 되물었다.

"무엇이 그리 놀랍지?"

"네놈이 살아 있는 것이 놀랍다는 뜻이니라. 교주가 꽤나 아끼는 아이의 검이었는데……."

그 말에 조비영의 안색이 돌처럼 굳어졌다. 맞다. 백유혼이 변덕을 부리지 않았다면 그날 평량산에서 조비영은 죽었을 것이다.

'허나 이왕 살았으니…….'

여기에서 죽어줄 생각 따윈 추호도 없었다. 조비영이 어서 시작하자는 듯 검을 흔들자 강호량은 혀를 끌끌 차며 소매에서 침통을 꺼내 들었다. 천수괴의라는 별호 그대로 그의 본업은 의원이었다.

"나는 본디 의원. 괴의란 명칭이 붙기는 했지만 생명은 어느 것 하나 소중하지 않은 것이 없다고 생각하는 바, 굳이 살업을 저지르고 싶지는 않다. 그러니……."

강호량의 표정이 돌변했다.

"내 의술의 발전을 위해 목숨만 붙여 실험체로 써주마."

침통의 뚜껑이 열리며 온갖 종류의 침이 비산했다. 장침부터 대침, 그리고 소침까지 수백 개가 넘는 침이 제각각의 속도로 날아들었다.

'미친!'

강호량의 경지가 낮아서 침들이 중구난방으로 날아든 것이 아니었다. 조비영은 검을 휘둘러 침들을 떨구며 그 사실을 여실히 느꼈다. 모든 것이 완벽하게 계산된 상황에서 던져진 비침. 조비영이 열심히 침들을 떨구곤 있었지만 저 커다란 소매 춤에 얼마나 많은 침통이 들어 있는지 알 턱이 없었다.

'상성이 별로 안 좋군.'

슬쩍 당천호를 바라보자 그 또한 그와 비슷한 상황이었다. 당천호의 상대는 철탑처럼 다부진 몸을 지닌 상대. 외형만 보면 외공에 치중할 것 같은 생각이 들었지만 철탑사내의 주력은 내공을 이용한 기공이었다.

"빌어먹을!"

구독연환이 틈을 만들어 파고들고자 용을 썼지만 단단한 내공을 지닌 철탑사내의 방벽을 뚫고 들어가지 못하고 있었다.

"바꾸자!"

조비영의 외침에 당천호는 그게 무슨 소리냐는 듯 눈을 동그랗게 떴다가 조비영이 비침을 떨구는 모습을 보곤 그의 의도를 단번에 알아차렸다. 당천호는 구독연환의 독강을 쏟아내며 조비영 쪽으로 몸을 날렸다.

"지금!"

조비영은 짧게 검을 여러 차례 찔러 넣고 당천호와 자리를 바꿨다. 원래 그 자리에 있었다고 해도 믿을 만큼 신속한 움직임이었다. 상대를 바꾼 두 사람은 새로운 적을 향해 이빨을 들이밀었다.

"으음……."

그리고 이 모든 상황을 지켜보고 있던 한 사람. 법륜은 일곱 명의 적을 보며 깊은 생각에 잠겼다. 자존심과 실리. 함께한 이들의 자존심을 지켜주자면 끼어들지 않는 것이 옳았다. 하지만 자존심을 챙기다가 손해를 본 전례가 있지 않던가.

'마교주…….'

백유혼의 일이 그러했다. 그가 자존심을 챙겼기에 목숨을 부지했고, 상황은 반전했다.

'그렇다면…….'

실리를 챙겨야 했다. 돌아가는 상황을 보니 딱히 어느 누구 하나 밀리는 이는 없었다. 동료들을 바라보는 시선에 여유가 생기자 자존심과 실리를 모두 챙길 수 있는 방도가 떠올랐다.

[제갈운, 혹시 모를 상황을 부탁한다.]

[무슨……?]

만일의 사태는 제갈운에게 맡긴다. 그리고 자신은 실리를 챙긴다.

'돌파한다.'

적의 숫자를 줄이는 것, 그것은 자존심과 실리를 모두 챙기는 방법. 어딘가로 물러나고 있을 천마신교의 패잔병을 쫓는 일이었다.

결론부터 말하자면 법륜은 패잔병을 쫓을 수 없었다. 알 수 없는 힘이나 외력이 작용해 법륜을 막아선 것이 아니었다.

'아무도 없어.'

기감에 얽히는 것이 아무것도 없었다. 법륜이 기감으로 감지할 수 있는 범위는 상상을 초월할 정도로 넓다. 그런데도 아무것도 잡히지 않았다. 그 말은 곧 천마신교의 잔당이 미리 몸을 빼고 음지로 숨어들었다는 것을 의미했다.

"무의미한 싸움의 반복인가……."

음지로 숨어든 이들은 언제고 다시 힘을 길러 복수하려 들 것이다. 언제가 될지는 모르겠지만 중원은 다시 피로 물들겠지. 법륜은 신음을 흘렸다. 어찌할까. 이대로 산을 이 잡듯이 뒤진다면 언젠가 그들을 발견할 수도 있을 것이다. 십만마교라는 것은 그 엄청난 숫자를 의미했으니까.

"하지만 이것 또한 무의미하군."

법륜은 가라앉은 눈으로 산허리를 훑었다. 이곳에서의 볼일은 이제 끝났다. 천마신교는 와해되었고 백유혼은 나타나지 않았다.

'아니, 어쩌면……'

이미 나왔을지도 모른다. 수만의 혼령이 붙드는 진법에서. 법륜은 불길하지만 강렬한 예감에 미간을 찌푸렸다. 사우도의 주인인 제갈운은 분명 연락을 취할 수 있는 방비를 했다고 말했다. 하지만 백유혼의 수준을 감안했을 때 제갈운이 아닌 사우도의 일개 술사가 그를 감당해 내며 연락을 취할 수 있을까.

"준비를 해야겠군."

법륜은 등을 돌렸다. 신교가 남아 있는 자리, 이제 그곳에 남은 것은 폐허뿐이었다.

*　　　*　　　*

"왔나."

법륜이 격전이 벌어지던 곳으로 다시 돌아왔을 때는 상황이 대부분 정리가 되어 있었다. 청인은 편안한 자세로 앉아 찢어진 장포를 어깨에 걸치고 있었다. 수인화하는 과정에서 상의가 찢겨져 나간 탓이다.

"어찌 되고 있소?"

"보고 있는 그대로."

남은 것은 다섯 사람뿐이었다. 팽도경과 남궁호원, 그리고 이설영, 조비영, 당천호다. 팽도경과 남궁호원은 이설영의 보조를 받으며 갈영과 황우량을 압박하고 있었다. 일격, 일격이 혼신의 힘을 실은 필사의 한수였다. 그 사이로 이설영의 보조가 끼어들자 팽도경과 남궁호원은 온전히 공격에 집중할 수 있었다.

"곧 끝나겠군."

"그래."

반면, 조비영과 당천호는 고전을 면치 못하고 있었다. 아니, 이것을 고전이라 불러도 좋을까. 두 사람은 앞선 세 사람이 펼치는 일전과는 전혀 다른 양상을 보이고 있었다. 가벼운 움직임, 그리고 빠른 속도. 끊임없이 상대를 바꿔가며 수를 교환하고 있었다.

"상성이 좋질 않군."

"그런 면도 있지만……."

"있지만?"

"아무래도 심화를 풀려고 하는 것 같아 보이는데."

심화(心火)를 푼다. 마음속의 불길을 잡는다는 말이다. 법륜은 진정으로 의문스럽다는 표정을 지우지 못했다. 심화라는 말뜻을 몰라서가 아니었다. 맹회에서 줄곧 수련에만 힘을 쏟아왔는데 마음속에 화가 쌓였다는 것이 이해가 가질 않았다.

"그럴 만도 하다. 저들의 상대는 언제나 너였겠지. 닿을 것 같다 싶으면 저만치 도망가 버리는. 그걸 몇 번이고 반복했으니 약이 올라도 바짝 올랐겠지."

"그런가."

법륜은 쓴웃음을 지으며 쾌속하게 움직이는 두 사람을 바라보았다. 그런 생각을 가슴에 품고 있었던가. 신경이 쓰이지 않는다면 거짓말이겠지만, 반대로 법륜은 그 신경 쓰임이 별로 거슬리지 않았다. 도리어 기쁘다는 생각이 들었다. 누군가의 일생 목표가 된다는 것이니까.

"그것보다 아까 황급히 움직이는 것 같더니 어찌 되었지?"

"아무것도 없었소."

"그런 것인가. 언젠가 또 피로 물들겠군."

청인은 법륜의 짧은 말에 담긴 걱정과 근심을 단번에 읽었다. 오랜 시간 암은당에서 암약한 만큼 그 여파 또한 잘 알고 있었다. 한동안 잠 못 드는 밤이 계속되겠지. 그리고 몇 십 년이 흐르고 흘러서 긴장이 풀릴 때쯤 저들은 이렇게 말할 것이다.

[우리가 돌아왔다. 중원을 피로 물들이기 위해서.]

"참으로 지랄 맞은 일이로군."

청인의 욕지거리에 법륜은 순간 놀란 표정을 지었다. 마도라고는 하지만 고고한 무당 도사의 입에서 그런 말이 튀어나왔다는 것에 놀란 것이다. 청인은 재미있다는 표정으로 법륜의 얼굴을 힐끗거렸다.

"놀라운가?"

"그렇지 않다면… 거짓말이겠지요."

"놀랄 것도, 이상하게 생각할 일도 없다네. 인간은 그런 것이지. 언제든 변화하고 고민하고 번뇌한다. 그게 인간이지. 나도 반쯤은 인간인데 그러지 말란 법이 있을까."

"그렇군요."

"그보다 일단 저쪽을 먼저 마무리 짓지. 이렇게 될지 몰랐다고는 해도 시간을 너무 오래 끌었어."

법륜은 말없이 고개만 끄덕였다. 적들이 본진을 버리고 도주했다지만 언제 다시 돌아올지 알 수 없었다. 법륜은 그 어떤 변수도 끼어들게 만들고 싶지 않았다.

"개입하겠습니다."

팽도경과 남궁호원, 그리고 이설영을 향해 한 말이다. 그 한마디가 지닌 위력은 상당했다. 갈영과 황우량. 그들이 익힌 전륜겁상의 무공은 분명 엄청난 위력을 자랑했지만 세 사람의 공세를 뚫지는 못했다. 거기에 법륜까지 가세한다면 답이 없었다.

"여기까지."

갈영이 황우량에게 손짓하며 뒤로 물러났다. 싸움을 포기한 것은 아니었다. 여기에 모인 이들은 모두가 스스로 하늘이라 칭해도 부족함이 없는 인물들. 그런 이들을 앞두고 합격진 따위를 구사하면서 생을 마무리하고 싶지는 않았다.

'끝이 있다면 무인으로.'

무인으로 죽고 싶은 마음이다. 갈영과 황우량 모두 같은 생각이었다.

"무인으로 죽을 수 있게 해다오."

황우량이 침중한 어조로 말하자 법륜이 고개를 끄덕였다. 그리해 주겠다는 의미이다. 법륜이 앞으로 나서자 황우량이 검을 들었다. 가장 먼저 싸움을 끝낸 청인이 갈영의 앞으로 나섰다. 그것으로 끝이었다. 더 이상의 대화는 무의미했다. 법륜은 말없이 금광을 끌어 올렸다.

"가오."

폭풍마검은 빠르고 강력했다. 폭풍이라는 이름이 부끄럽지 않을 만큼. 하지만 법륜에겐 그 폭풍이 그다지 두렵게 느껴지지 않았다. 알 수 있었다. 황우량이 전력을 다하고 있음을.

'가볍다.'

이제는 안다. 자신이 얼마나, 그리고 어디까지 할 수 있는지. 금광에 물든 손이 폭풍처럼 몰아치는 검신의 중턱을 잡아챘다.

콰드득!

검신이 손아귀 힘에 우그러들었다. 만년한철로 제련을 거듭한 보검이 순식간에 구겨졌다. 하나 황우량은 그 정도는 충분히 예상했다는 듯 움직였다. 그는 잔뜩 휘어버린 검을 놓는 대신 주먹을 내질렀다. 보통의 무인이었다면 그대로 머리가 터져 나갔을 허를 찌르는 일격. 하지만 법륜은 그마저도 너무 쉽게 피해냈다. 고개만 까닥여서.

"내세에서는 부디 편안하시오."

법륜의 손이 황우량의 가슴에 살며시 닿았다.

덜컥!

황우량의 몸이 무언가에 걸린 것처럼 덜덜 떨렸다. 그러곤 칠공에서 피를 쏟으며 허물어졌다. 무시무시하게 빠르고 강력한 침투경이었다. 너무도 간단하게 쓰러진 황우량을 보는 팽도경과 남궁호원의 눈빛이 복잡했다.

'평생… 평생을 바쳐도 넘을 수 있을지…….'

두 사람의 머릿속에 공통적으로 울린 생각이다. 반면, 청인의 싸움은 법륜의 싸움과는 양상이 달랐다. 수인화를 통해 압도적인 신체 능력을 이용해 무공을 펼치는 청인은 법륜처럼 단번에 상대를 압도할 수는 없었지만 차근차근, 그리고 착실히 갈영을 몰아붙이고 있었다.

"끝났군."

팽도경이 허탈하다는 듯 중얼거리자, 남궁호원이 손에 쥔 검을 강하게 허공에 흩뿌렸다. 그 역시 동감하고 있었다. 백유혼이라는 무인을 막아내기 위해 뭉친 그들이었지만 법륜의 무위는 확실히 적응하기 힘든 종류의 것이었다.

'마치 백유혼을 보는 것 같다.'

법륜의 기세는 잔잔했다. 마치 재앙 그 자체라도 되는 양 세상을 찍어 누르던 백유혼과는 달랐다. 그럼에도 팽도경은 그렇게 생각했다. 법륜이 순간 흘린 기세, 그 속엔 자비가 없었다.

팽도경이 법륜을 처음 만났던 날, 그러니까 법륜이 구양세가의 여식과 혼인하던 날 팽도경은 법륜을 처음 보았다. 그리고 알았다. 무시무시한 무공을 육신에 품고 있었지만 그는 지금처럼 목적을 향해 맹목적으로 달려 나가는 사람은 아니었다. 하지만 지금은 어떠한가.

'그렇군.'

팽도경은 거기까지 생각이 닿자 법륜이 무슨 생각을 하고 있는지 알았다. 그의 무대는 여기에서 끝이었다. 아니, 백유혼을 상대하고 그를 무너뜨린 다음이 끝이었다. 그러곤 세상 밖으로 나오지 않겠지. 그렇기에 지금의 법륜에겐 자비가 없었다. 물렁한 마음은 모두 뒤로 밀어두고 현재에 집중한다.

"신승……."

팽도경은 안타까움을 느꼈다. 그의 출신 내력에 대해서는 들어서 알고 있다. 또 그가 어떤 삶을 살아왔는지도. 자신이었다면 어땠을까. 그 모진 고난과 시련을 겪고 여기까지 도달할 수 있었을까.

자신 또한 그리 잘난 삶을 살아왔다고는 여기지 않았지만 쏟아져 내리는 절망 앞에서 태연할 수는 없을 것이 분명했다. 그래서 대단한 것이다. 그래서 더 안타까운 것이다. 위대한 무인이 이번을 끝으로 세상에서 영원히 사라지는 것이.

거기까지 생각했을 때, 갈영의 몸이 허물어졌다. 그의 시신엔 청인의 손톱에 의한 얇은 자상이 가득했다. 청인은 갈영의 쓰러진 몸을 걷어차며 조비영과 당천호 쪽을 돌아봤다.

"저쪽도 정리가 되었군."

이쪽의 분위기가 급박하게 돌아가니 알아서 정리한 모양이다. 천마신교의 팔 장로. 신교를 지탱하고 있던 거대한 힘이 무너졌다. 이제 남은 것은 단 하나, 신교의 주인이자 만마의 지배자 백유혼 하나만 남았다. 종막이 다가오고 있었다.

*　　　　*　　　　*

“오래도 걸렸군.”

백유혼은 지친 몸을 이끌고 십만대산을 올려다봤다. 얄궂은 운명이었다. 그 운명을 탓하고자 함이 아니었다. 어차피 이렇게 흘러갈 운명이었다면 발버둥 쳐도 소용이 없다는 것을 알았으니까. 그가 천마신교의 교주가 되었던 것처럼.

“조용하군.”

산은 조용했다. 아무것도 느껴지지 않았다. 풍족하진 않았지만 생기가 넘치던 산은 죽은 듯이 고요했다. 이유는 충분히 짐작이 갔다. 그럴 수밖에 없었을 테지.

“쯧.”

백유혼은 눈앞에 보이는 바위 위에 주저앉았다. 산에 아무도 없다는 것, 그것은 신교가 패해 뒤로 물러섰다는 것을 의미했다. 그런 상황에서 지금 상태로 곧장 산에 오르는 것은 어리석은 일이었다.

여정은 길었다. 오랜 시간 곡기를 대지 못한 것도 영향을 줬다. 마르지 않는 내력으로 여기까지 도달하긴 했지만 만전은 아니었다. 어떤 적이 있을지 모르는 곳에 그대로 올라갈 만큼 백유혼은 멍청하지 않았다.

“일단… 사냥이라도 해야겠군.”

백유혼은 그렇게 중얼거리며 손을 들어 올렸다. 그에게도 끝이 있을지 모른다는 불길한 예감을 덮어버리기라도 하려는 듯.

주변이 정리되자 법륜은 함께한 일행을 불러 모았다. 법륜의 얼굴은 담담했지만 그 입에서 나오는 말은 다른 사람의 얼굴을 굳게 만들기에 충분했다.

"우리는 지금 중요한 기로에 서 있소. 몸을 회복하는 것에 주력하시오. 백유혼이 가까이 와 있소."

"백유혼이?"

가장 놀란 것은 역시나 제갈운이었다. 제갈운은 사우도의 술사들로 하여금 혼령으로 만들어낸 진법을 지키라고 명한 바 있다. 그들에게서 아무 연락도 없었는데 뜬금없이 백유혼이 와 있다 하니 제갈운으로서는 믿기 어려웠다. 하지만 법륜의 눈은 한 치의 흔들림도 없었다.

"그럴 리 없소이다. 아무런 기미가 보이질 않았소."

"아니, 그는 여기서 그리 멀지 않은 곳에 와 있소. 나는 알 수 있어."

백유혼의 기가 느껴지거나 기감에 백유혼의 기척이 걸린 것이 아니었다. 그냥 알 수 있었다. 그는 꽤 가까운 곳에 와 있었고, 언제 산을 오를지 알 수 없는 일이나 마지막 결전의 때가 곧 다가온다는 것을 확실하게 알았다.

"그래서 우리는 뭘 해야 하지?"

옆에서 듣고 있던 청인이 끼어들었다. 법륜은 그런 청인의 저돌적인 질문에도 표정을 바꾸지 않고 답했다.

"별달리 할 것이 있겠소? 그저 몸을 회복하는 수밖에."

"힘을 회복한다……."

청인의 중얼거림에 몇몇의 얼굴이 움찔거렸다. 할 수 있는 최선의 힘을 기울여 적을 압살한 청인과 달리 몇 명은 기분을 내느라, 또 몇 명은 적의 강대함에 짓눌려 제대로 힘을 비축하지 못했다.

"정석적이로군."

법륜의 말은 정석 중에서도 정석이었다. 강력한 적을 상대로 요행을 바라기보다 가진 바 힘을 최대한 발휘할 수 있도록 정돈하는 것, 그것이 법륜이 이들에게 바라는 바였다.

"그럼 준비하시오."

법륜의 통보에 일행이 흩어졌다. 각자의 자리를 잡기 위해서이다. 청인은 조용히 숲으로 사라졌다. 소요가 발생하면 바로 달려올 수 있을 적당한 거리에 자리를 잡았다. 찢어진 장포 대신 죽어 숨을 쉬지 않는 공호기의 옷을 벗겨 걸쳤다.

'어차피 또 찢어질 테지만… 그래도 상관없나.'

물론이다. 어차피 이 싸움이 그에게도 마지막이 될 것이다. 아니, 꼭 그렇게 되어야만 한다. 이제 무림이라는 곳에 신물이 나니까. 청인은 곧 운기의 세계로 빠져들었다. 그에게 마도(魔道)라는 이름을 선사한 무공 태극암천공(太極暗天功)의 진기가 도도하게 흐르기 시작했다.

백청학은 그런 청인과는 정반대 방향에 자리를 잡아 가부좌를 틀고 앉았다. 그의 표정은 꽤 심각하게 가라앉아 있었는데, 어딘가 몸이 불편한 표정이었다. 유령신공을 사용하는 살수의 검에 작지 않은 부상을 입은 탓이다.

'힘겹다.'

살수의 검이라며 낮추어 보기는 했지만 유령신공을 사용하는 이의 무공은 놀라울 정도로 대단했다. 끝까지 비명 한 번 지르지 않던 살수. 백청학은 마음을 다잡았다.

'독해져야 해.'

적어도 자신이 목숨을 빼앗은 살수 이상으로 독해져야 했다. 그래야 종국에 살아남을 수 있을 테니까. 그는 부상을 최대한 수습하기 위해 운기에 들었다.

'저쪽은 알아서 할 테고…….'

법륜은 가부좌를 튼 채 두 사람을 지켜봤다. 그때 팽도경과 남궁호원, 그리고 상관책이 함께 움직였다. 세 사람은 합을 맞추는 과정에서 꽤나 의기투합한 모양인지 언제나 함께 움직였다. 세 사람은 품(品) 자 형태로 자리를 잡고 앉아 운기에 들어갔다.

'한 명이라면 몰라도 세 명이라면…….'

상당히 괜찮은 조합이다. 저쪽도 걱정할 필요가 없을 것 같았다. 서로가 서로의 힘이 되어 상승효과를 낳는다. 잔뜩 굳은 세 사람의 얼굴은 피로해 보이긴 했지만 단단한 결의가 비치고 있었다.

'아마 잘 이겨내겠지.'

서로를 끌어주고 밀어준다는 것은 그런 것이다. 마지막 싸움에서 살아남는다면 저 세 사람은 강호에 길이 이름을 남길 것이다.

'저쪽은…….'

법륜이 고개를 돌리자 조비영과 당천호가 잔뜩 굳은 얼굴로 대화를 나누고 있었다. 자세한 이야기는 들리지 않았지만 백유혼을 상대로 개량한 진 속에서 각자의 역할에 대해 이야기를 나누는 것 같았다.

'한 걸음만 더 나아간다면…….'

항상 아쉬운 부분이었다. 조비영과 당천호는 상당한 무공을 구사한다. 절대지경의 경지에 오른 이들이니 약하다면 도리어 그것이 이상한 일이다. 하지만 그렇기에 법륜이 생각하는 저들의 약점은 무공에 있었다.

'너무 다수의 적을 상대하는 것에 특화되어 있어.'

그렇기에 일대일의 전투에서 다른 이들보다 손색이 있을 수밖에 없었다.

'만약 그 약점을 극복한다면.'

절대지경에 든 무인이라도 함부로 볼 수 없을 정도의 고수가 될 것이다. 저들은 자질이 충분했으니까. 그리고 제갈운. 사우도의 도주이자 사법의 대가인 그는 천마신교의 장로들을 상대로 힘을 쓴 적이 없어 아직 팔팔했다.

그는 이곳저곳 기웃거리며 중얼거리다 손짓하기를 반복했다. 그가 손짓할 때마다 붉은 빛깔의 안개가 피어올랐다가 사라졌다. 제갈운은 법륜의 시선을 느꼈는지 쓴웃음을 지으며 혼잣말로 중얼거렸다.

"손 놓고 구경만 했으니 이 정도는 해야 하지 않겠소? 도움이 될 만한 주술들을 대지에 걸어놓았으니 유념해 두시오."

제갈운이 펼친 주술은 방대했다. 적을 속박하는 것부터 시작해 귀신을 부리는 술수까지. 술법의 배치를 마친 그는 곧이어 전음으로 자신이 설치한 주술과 그 주술의 효용에 대해 법륜에게 떠들기 시작했다.

그리고 그런 두 사람의 모습을 지켜보는 한 사람, 이설영은 두 사람을 바라보며 잊지 못할 기억을 떠올리고 있었다.

'그때 저 사람을 만나지 못했더라면…….'

아마 그녀의 인생은 꽤나 많이 달라졌을 것이다. 마인 구양선에게 낭패를 당했을 수도 있었고, 법륜에게 자극받지 못해 지금의 경지를 이루지 못했을지도 모른다. 그에게 법륜은 참으로 의미가 깊은 사람이었다. 본인은 모르겠지만.

"무엇을 그리 보시오?"

법륜은 이설영을 향해 말을 던졌다.

"당신을 보고 있었어요."

"나를 보고 있었다… 무슨 이유에서요?"

이설영은 즉답했다.

"당신이 궁금하니까."

이설영의 눈빛은 진지했다. 법륜은 그런 이설영의 눈빛을 받으며 난감한 표정을 지었다. 딱히 궁금증을 일으킬 만한 행동을 한 것이 없는 탓이다.

"그런 눈으로 보지 않아도 돼요. 그저 과거의 당신이 떠올랐을 뿐이니. 과거의 당신은… 강했지만 지금만큼의 무력을 지니고 있지는 않았죠. 나는 그저… 당신을 여기까지 이끌어온 원동력이 무엇인지 궁금할 뿐이에요."

"원동력이라……."

법륜은 이설영의 말에 속으로 깊은 탄식을 터뜨렸다. 답이 정해진 물음이었다. 그가 여기까지 온 이유, 그저 살기 위해서였다. 그 어떤 인간보다도 인간답게 살기 위해서. 법륜은 그렇게 살아왔다.

"나는… 그저 제대로 살고 싶었소. 나고 자랄 때부터 무공을 익혔으니… 무인이 아닌 평범한 인간이 되기엔 힘들었겠지만 말이오. 그래서 생각하고 또 생각했지. 내가 인간답게 살기 위해서 어찌해야 하는지."

이설영은 진정으로 궁금하다는 듯 물었다.

"그래서 답은 찾았나요?"

"협(俠)."

법륜의 답은 짧았지만 많은 뜻을 내포하고 있었다. 그가 소림에서부터 가지고 자란 것.

협의지도(俠義之道).

많은 흔들림과 부침(浮沈)이 있었지만 그는 끝내 인간답게 살기 위한 길이 협의지도라고 생각했다. 그렇게 결론을 내리고 싶었다.

"그래서 그 협의지도를 이룰 방도는 찾았나요?"

"아직 찾고 있는 중이라 생각하오. 그 답을 찾기에 아직 나는 부족하니까."

"그렇군요."

이설영은 그 말을 끝으로 돌아섰다. 협의지도라는 말에 가슴이 두근거렸다.

'협의지도라…….'

스스로 협의지도를 세운 법륜. 이설영은 그 방도에 대해서 제대로 답을 못 한 법륜에게 실망했다기보다 안쓰러운 마음이 먼저 들었다. 그토록 힘겨운 삶을 살아도 얻고자 하지 못한 그의 마음을 위로하기라도 하는 듯. 그녀는 기원했다. 그의 도가 반드시 이루어지기를.

그렇게 각자의 시간은 빠르게 흘러갔다.

* * *

백유혼은 핏물이 뚝뚝 떨어지는 사슴 한 마리를 날것 그대로 집어삼켰다. 그래도 허기는 가시질 않았다. 아무리 진기로 연명했어도 사람은 먹고 마셔야 사는 존재이다. 백유혼이 아닌 다른 이가 진법에 갇혀 한 달이 넘는 시간을 견뎌냈다면 지금처럼 움직이지도, 무언가를 먹겠다고 생각하지도 못했을 것이다.

'이제 절반…….'

이제 절반 가까이 전력을 끌어 올렸다. 무시무시하게 빠른 속도다. 포식을 하면 할수록 쪼그라들었던 근육이 무섭게 부풀어 올랐다.

"어찌 되었을까."

신교는 이미 무너졌다. 남은 이들이 돌아갈 곳이야 이미 정해져 있다고 해도 안타깝고 궁금한 것은 어쩔 수 없는 일이었다.

'만약 그때 내가…….'

좌호법 철부용의 말을 들었다면 이런 상황까지 몰리진 않았으리라. 철부용은 계속해서 전면적인 결사항전 대신 기습전을 주장했으니까.

'결국 모든 것이 내 탓이로군.'

백유혼은 태어나서 처음으로 자책했다. 잘못된 판단 한 번으로, 고집 한 번으로 상황이 걷잡을 수 없이 밀렸다. 백유혼은 이대로 모든 것을 포기하는 것은 어떨까 하는 생각까지 했다. 몸이 약해지니 마음도 약해졌다.

백유혼은 뺨을 두드리며 고개를 내저었다. 이래서는 안 되었다. 몸은 몰라도 마음이 약해지면 아무것도 할 수 없었다. 사람들이 그를 만마(萬魔)의 주인으로 떠받들었고, 세상은 그를 공포의 주역으로 생각했다.

'그래, 나답게, 나답게 해야겠지.'

백유혼다운 것, 간단했다. 힘을 회복하고 눈에 보이는 모든 것을 죽이고 부순다. 힘으로 적을 복속시키고 다시 천하를 향해 검을 뽑아 든다. 그리고 외치리라.

[세상아, 내 앞에 무릎을 꿇어라!]

그게 그가 해야 할 일이었다.

"조금만 기다려라."

백유혼은 입가에 묻은 짐승의 핏물을 닦아내고 진기를 휘돌렸다. 천마불사공의 기운이 단전에서 위태롭게 일어섰다. 천마불사공은 백유혼을 절대지경에 올려놓은 희대의 신공이지만 위험한 무공이었다.

주인마저 잡아먹는 무공. 신교의 주인만이 익힐 수 있는 무공이었다. 위대한 경지에 올라 만마의 주인 된 자만이 익힐 수 있는 것. 마(魔)에 관해선 절대적인 공능을 선사하기에 천마(天魔)이며, 종국에는 무공에게 잡아먹혀 되살아나는 무공이기에 불사(不死)였다.

백유혼은 어떤 적이 기다리고 있을지 모르지만, 얼마나 되는 숫자가 자신을 잡아먹기 위해 준비하고 있을지 또한 모르지만 한 가지는 확신했다.

"나를 죽일 수는 있어도… 괴물을 죽일 수는 없을 것이다."

천마불사공으로 되살아난 이들의 무공은 그랬다. 그 또한 부친을 두 번 죽인 뒤에야 교주의 자리에 오를 수 있지 않았던가. 그는 그렇게 생각하며 천마불사공의 세계로 빠져들었다.

"늦었군."

백유혼은 산에 올라 천마신교로 들어서는 문턱에서 그렇게 중얼거렸다. 너무 늦었다. 부서져 폐허가 된 입구에서 느낄 수 있는 감정은 그것이 전부였다. 일말의 안타까움이나 당혹스러움, 절망 같은 것은 없었다.

"늦었다."

법륜 또한 그렇게 생각했다. 하지만 그의 음성에는 백유혼과는 상반된 감정이 묻어나고 있었다. 그중 가장 진하게 풍겨오는 감정은 안타까움이었다. 그것은 한 인간에 대한 연민과도 비슷한 느낌을 자아냈다.

"네가 오지 않기를 바랐다."

"오지 않기를 바랐다? 내 집이 이곳인데 여기를 버리고 어디를 간단 말인가?"

집. 많은 의미를 내포한 단어였다. 법륜은 나지막하게 탄식을 터뜨렸다.

'집.'

얼마나 그리운 말인가. 그 또한 돌아갈 집이 있질 않은가. 법륜은 처음으로 백유혼의 심정을 이해할 수 있을 것 같았다. 그는 어째서 이리로 돌아온 것일까. 백유혼은 뛰어났다. 영민하고 강인했다. 그런 그가 세의 불리함을 알고도 돌아올 수밖에 없는 이유, 그것은 이곳이 그의 집이었기 때문이다.

"더 이상의 대화는 필요 없겠군. 그대의 입장에서 나는… 집을 침탈한 도적쯤 될까."

"도적이라……. 도적의 집을 침탈했다고 도적이라 부른다면 그것 또한 모순이지 않을까?"

백유혼은 스스로를 도적이라 칭했다. 맞다. 그는 세상을 훔치려 한 대도(大盜)였다. 백유혼은 조용히 법륜을 지나쳐 안쪽으로, 더 안쪽으로 들어갔다. 법륜 또한 그의 등 뒤를 조용히 따랐다. 백유혼다운, 그리고 법륜다운 대담함이다.

"편안했나?"

"편안했다고… 말하기엔 어렵겠군."

백유혼은 어느새 가지런히 올라온 여덟 개의 봉분 앞에 서 있었다. 팔 장로의 무덤이다. 적이었지만 시신을 그대로 방치하는 것은 도리가 아닌 것 같아 취한 조치였다. 백유혼은 풀이 자라지 않은 흙 한 줌을 들어 올렸다.

"이들은 나에게도 참으로 힘겨운 존재였지."

"힘겹다?"

"그래. 교주의 권위에도 굴하지 않을 수 있는 자들이 있다면 오직 장로원에 소속된 노괴들뿐이었다. 허나 이들이 내 결정에 사사건건 방해했어도… 나는 이들을 그리 미워하지 않았어."

"어째서?"

"이들뿐이었으니까. 나를 교주가 아닌 한 명의 인간으로 봐준 것은."

인간. 교주가 아닌 무인의 한 사람으로 봐줬다는 말일 테지. 백유혼은 법륜의 감상이 어떤지는 신경 쓰지 않았다. 이제는 정해진 일을 해야 하니까.

"다 끝났나?"

법륜 또한 그것을 인지하고 있기는 마찬가지였다. 백유혼은 천천히 몸을 풀며 자리에서 일어났다. 그의 손에는 어느새 칠흑의 검이 들려 있었다. 그의 검에서 짙은 허무가 묻어 나왔다. 세상을 뒤엎을 패기도, 숨을 틀어막는 마기도 없었다.

'위험하군.'

법륜은 그 검을 보고 지울 수 없는 불길함을 느꼈다. 차라리 평량산에서 마주한 백유혼이 더 상대하기 편할 것 같다는 생각이 들 정도로.

"많이 버린 모양이로군."

"그랬지."

그렇지 않았다면 지금과 같은 기도는 설명할 수 없었다.

공(空)의 경지. 백유혼은 자신이 가진 욕망과 아집을 버림으로써 한 걸음 더 나아갔다. 그렇다면 법륜은 어떠한가.

법륜은 애초에 공(空)의 묘리가 최고조에 이른 소림에서 수학

했다. 애초에 공의 묘리는 법륜에게 공기와도 같은 것이었다. 한 사람은 패(敗)에서 공(空)으로, 또 한 사람은 공(空)에서 패(敗)로. 상반된 길을 걸어온 두 사람이다.

"이제 준비해 놓은 것들을 꺼내봐."

백유혼은 입을 열며 고요하게 검을 겨눴다. 법륜은 고개를 내저었다.

"그럴 필요가 있을까."

법륜은 앞으로 나서며 팔을 들어 올렸다. 백유혼을 상대하기 위해 법륜을 제외한 나머지 무인들이 준비를 마친 채 기다리는 상태였지만 아직은 때가 아니었다. 우선은 홀로 얼마나 할 수 있는지, 또 어디까지 그를 곤란하게 만들 수 있을지 해보고 싶었다.

"자만이 지나치군."

"두고 봐야겠지."

법륜은 찬란한 금빛을 두르며 몸을 움직였다. 백유혼은 애초에 법륜보다도 강했다. 정신적 각성을 통해 한 차례 더 성장을 일궈내기는 했지만, 백유혼 역시 한 걸음 더 나아간 상태.

'무인으로 부딪쳐 보고 싶다.'

무인이길 심적으로 거부하지만 그는 어쩔 수 없는 천생 무인이었다. 그래서 순수한 무력에서 밀리게 되더라도 한번 싸워보고 싶었다.

[잠시 대기해 주시오.]

법륜은 청인에게 전음을 날렸다. 함부로 끼어들지 않게 만들기 위해서였다. 청인은 즉답했다.

[알겠네. 허나 위험하면… 언제든지 개입하겠네.]

[알겠습니다.]

검은색 마기와 황금빛 불광이 넘실거리며 서로의 영역을 침범하기 시작했다. 백유혼은 법륜이 잠시간 멈칫하는 것을 보며 고개를 갸우뚱거렸다. 그가 고개를 돌린 쪽에서는 아무것도 느껴지지 않은 탓이다. 그렇다면 답은 정해져 있었다.

'진법…….'

그때 북방의 초원에서 그 기분 나쁜 기억을 심어준 남자가 떠올랐다.

"다음은 네놈이다."

백유혼의 음성이 섬뜩하게 울렸다. 진법 안에 있을 제갈운에게 경고한 것이다.

"그럴 기회는 없을 것이다."

법륜의 눈이 위험하게 빛났다.

"네놈은 내 손에 죽을 테니까."

기세 싸움은 팽팽했다. 백유혼의 마기가 조금은 우세해 보였지만, 법륜도 밀리지 않기 위해 안간힘을 썼다. 그리고 두 사람이 동시에 지면을 밀어내며 앞으로 달렸다.

'선공은 양보한다.'

법륜은 백유혼에게 선공을 양보했다. 시험해 볼 것이 있었다. 그가 개량을 거듭해 만들어낸 불광벽파, 그 무공이 백유혼의 공세를 얼마나 막아낼 수 있을지 확인해 봐야 했기 때문이다.

'어리석은!'

백유혼은 법륜이 선공을 포기한 것을 보고 이를 뿌득 갈았다. 자신을 상대로 여유를 부렸다고 생각했기 때문이다. 백유혼의 검이 그대로 허공을 갈랐다. 첫 수부터 여지를 주지 않겠다는 듯 천마삼검의 일초 천마붕천이 법륜의 머리 위로 떨어져 내렸다.

'위험!'

법륜은 급하게 불광벽파의 방패를 머리 위로 띄워냈지만 그것으로는 부족함을 알았다. 창졸간에 펼쳐낸 때문이 아니었다. 압도적인 힘의 차이였다.

'무리였군.'

법륜은 재빠르게 발끝에 힘을 줘 몸을 멈춰 세운 뒤 뒤로 몸을 날렸다. 법륜의 몸이 빙판 위를 달리는 것처럼 물러났다. 그와 동시에 올려 친 각법 보검난파가 백유혼의 검을 한 차례 때리고 지나갔다.

따당!

'그래도… 승산은 있다.'

지난번과는 달랐다. 지난번 평량산에서 법륜은 백유혼의 일검을 막아내지 못했다. 살을 주고 뼈를 취한 것도 아니었다. 뼈를 주고 피륙만 취했다. 하나 지금은 달랐다. 조금씩 밀릴지언정 단번에 죽어나갈 정도는 아니었다.

"많이 늘었군!"

백유혼은 법륜이 차올린 각법을 검으로 찍어 누르며 전진했다. 다시 한번 천마붕천이다. 태산압정을 닮은 내려찍기가 대기를 가르며 떨어졌다. 하나 거기서 끝이 아니었다. 이어지는 이초, 지면과 수평으로 휘둘러진 천마단해(天魔斷海)가 법륜의 상반신을 쪼갤 듯 강렬하게 다가왔다.

'일초는 불광벽파로, 이초는 여래헌신으로.'

법륜은 다시 한번 불광의 방패를 머리 위로 띄워냈다. 이번에는 한 개가 아니었다.

'한 개로 안 된다면 막아낼 때까지!'

한 개가 그대로 쪼개졌다. 두 개째에서 내리찍는 힘이 줄어들었다. 세 번째 방패는 위태롭게 버티는 듯하더니 우그러들어 사라졌다. 네 개째, 버텨냈다. 그리고 이어진 천마단해의 초식에 맞서듯 법륜의 몸에 금광이 실체를 갖추고 일어났다. 정확히 법륜의 몸에 맞춘 크기였다.

'합장.'

법륜의 몸에서 일어난 여래불이 법륜의 팔에서 빠져나왔다. 순식간에 몸에서 팔 두 개가 돋아난 것처럼 보였다. 여래불이 두 손을 마주쳐 합장하자 금빛 기파가 끝을 모르고 뻗어나갔다. 그리고 이어지는 법륜의 합장. 두 번의 기파가 주변을 휩쓸고 지나가자 천마단해의 초식이 힘을 잃고 흔들렸다.

'기회!'

일그러진 초식의 틈으로 법륜이 몸을 밀어 넣었다. 이어지는 폭발.

콰카캉!

콰아아앙!

염라주가 부지불식간에 생성되어 터져 버렸다. 백유혼은 법륜이 펼친 방어에 상당히 놀란 듯 두 눈을 끔뻑였다.

'아직 놀라기에는 이르지. 여력은 남겨뒀다.'

뻗어나가는 손은 맹회에서 새로이 창안한 무공 육도지옥수의 삼초 관천(貫天)이었다. 금빛의 수도가 천마단해의 초식을 뚫고 백유혼의 검에 닿았다.

퍼어엉!

진기로 만들어낸 칠흑의 검이 관천의 손길에 산산이 쪼개졌다. 흩날리는 파편 사이로 법륜은 백유혼의 두 눈을 똑바로 직시했다. 백유혼이 한 것이 방심인지, 아니면 의도된 것인지는 모르겠지만 한 가지는 확실했다.

'이대로 끝낸다.'

두 번은 오지 않을 기회였다. 법륜은 낼 수 있는 최대의 전력으로 몸을 부딪쳤다. 천공고가 백유혼의 몸에 작렬했다. 법륜의 어깨에 부딪친 백유혼의 몸이 공 구르듯 뒤로 튕겨져 나갔다.

'너무… 쉬운데?'

이상했다. 법륜은 백유혼이 이어지는 공세도 충분히 막아낼 수 있을 것이라 생각했다. 아니, 그것을 뛰어넘어 반격까지 가능하리라 생각했다. 하지만 백유혼은 법륜의 몸이 부딪치는 순간 방어를 포기했고 반격마저 하지 않았다.

"크어어어어……!"

백유혼의 입에서 괴성이 흘러나왔다. 본래라면 고통에 찬 신음이 흘러나와야 하는데 흘러나온 것은 괴물의 울음소리였다. 움푹 들어간 가슴팍이 삽시간에 부풀어 올랐다.

"위험!"

경호성은 법륜이 아닌 진법 안에서 터져 나왔다. 제갈운의 다급한 외침에 법륜은 재빠르게 뒤로 물러섰다. 어느새 진법을 해

제했는지 모두가 땅에서 괴롭다는 듯 뒹구는 백유혼의 몸을 바라보고 있었다.

"소문이 사실이었다니……."

"소문?"

제갈운은 잔뜩 굳은 얼굴로 입을 열었다.

"천마신교의 교주만이 익힐 수 있는 천마불사공이라 불리는 고대의 무공은… 진위를 알 수 없는 소문이 많지. 그중에서 가장 유명한 것은 두 가지요. 첫 번째는 제 주인을 잡아먹고 깨어난다는 것이고……."

"주인을 잡아먹는다……."

"그렇소. 이 경우에는… 주인이 제 몸뚱이와 이지를 먹이로 준 것 같소만."

법륜은 심각한 얼굴로 제갈운에게 되물었다.

"두 번째는……?"

제갈운이 백유혼을 손으로 가리켰다.

"불사(不死). 죽여도 죽지 않는 공능. 주인을 잡아먹고 되살아난 괴물은 절대로 죽지 않는다는 소문이오."

"아……!"

법륜이 백유혼을 너무 쉽게 압도할 수 있던 이유, 그것은 백유혼이 그 스스로 싸움을 포기했기 때문에 내린 결정이었다. 되살아난 불사의 괴물에게 모든 것을 맡기기 위해. 법륜의 미간이 잔뜩 찌푸려졌다. 그리고 어느새 몸을 완전히 수복한 백유혼, 아니, 백유혼의 탈을 쓴 괴물이 이들을 바라보고 있었다.

'아까 한 말은 취소다.'

법륜은 거침없이 밀고 들어오는 백유혼, 아니, 이제는 괴물이 되어버린 그 무언가를 막아내며 그렇게 생각했다. 제갈운의 표현이 맞았다. 저건 괴물이다. 진의 방어를 담당하고 있는 법륜조차 아무렇지 않게 휘두른 일격을 막아내기 위해 전력을 다해야 했다.

"오른쪽으로!"

그때 제갈운의 고함이 등 뒤에서 터졌다. 급히 오른쪽을 돌아보니 아까 제갈운이 주술을 걸던 장소였다. 법륜은 진의 중심에서 무인들의 방위를 조정했다. 오랜 시간 합을 맞춰온 만큼 신속하기 그지없었다. 괴물은 법륜의 인도에 따라 제갈운이 펼친 주술 한가운데로 걸어 들어갔다.

덜컥!

괴물의 몸에 붉은빛 주술이 넘실거리며 잠시나마 그의 몸을 붙잡았다.

"타핫!"

드물게 상관책이 기합을 내지르며 창을 꽂아 넣었다. 섬광의 창은 아무런 저항 없이 백유혼의 몸통에 꽂혔다.

"크륵!"

괴물의 입에서 고통스러운 신음이 흘러나왔지만 아무도 그것에 신경을 쓸 여력이 없었다.

"온다!"

괴물은 몸이 꿰뚫리는 상황에서도 한 발 더 전진했다. 몸에 창을 꽂은 채로 살이 급속도로 아물었다. 이지를 상실해 정교하고 위력적인 초식을 구사하는 것이 불가능해졌지만, 그 반대급부로 엄청난 회복력과 과단성을 손에 넣은 것이다.

"물러서!"

당천호가 급하게 상관책을 뒤로 물렸다. 상관책은 있는 힘껏 창대를 잡아 뽑았다.

푸화하학!

피가 튀며 상관책이 서 있던 자리에서 독강이 솟아올라 괴물의 진로를 방해했다. 하지만 그 역시도 안일한 판단이었을까. 괴물은 구독연환의 독강을 몸으로 받아내며 그대로 전진해 주먹을 꽂아 넣었다.

퍼어어억!

독강이 한수에 터져 나갔다. 법륜은 이지를 상실한 백유혼을 보며 방금 전의 판단을 정정했다. 정교한 초식, 위력적인 내력 운용. 그런 것은 지금의 백유혼에게 필요가 없는 것이었다. 무지막지하게 증폭된 천마불사공의 기운을 이용해 힘으로 모든 것을 찢어버린다.

'진정한 괴물이군.'

초식을 구사할 필요가 없을 정도로 막대한 힘을 어린아이처럼 휘두른다. 그럼에도 절대지경에 이른 이들이 속수무책으로 밀려났다. 마의 정점이라는 천마의 이름이 아깝지 않은 무위였다.

'하지만…….'

법륜은 이런 것을 기대한 것이 아니었다. 인세를 벗어난 괴물을 상대하기 위해 진법을 연마하고 힘을 기른 것이 아니었다. 그 괴물이 무소불위의 힘을 휘두른다고 해도.

"안 되는 것은 안 되는 것이지."

법륜의 손에 금빛 서기가 어렸다. 백유혼이 이지를 상실하기 전 그를 궤멸적인 타격에 몰아넣은 초식 관천이 불을 뿜을 준비를 마쳤다. 백유혼은 본능적으로 법륜의 공격이 예사롭지 않다는 것을 알아차렸는지 황급하게 뒤로 물러섰다. 처음 보이는 모습이다.

"보조를."

하나 그 광경을 목격한 것은 법륜의 주변에 있는 이들도 마찬가지였다. 진을 구성하는 무인들은 백유혼의 진로를 방해하기 위해 힘을 모았다. 가장 먼저 백청학의 검이 춤을 췄다. 매화꽃이 흩날리는 절묘한 환검. 흔들리는 꽃잎마다 강기가 실리며 짙은 매화 향을 품었다.

터엉!

터어엉!

터어엉!

파악!

천마불사공에 잡아먹힌 괴물은 그런 백유혼의 검세를 삼 격에 깨부쉈다. 세 번의 주먹질, 그것으로 화산이 자랑하는 검공을 깨뜨린 것이다. 하지만 백청학은 혼자가 아니었다. 뒤이어 이어지는 절기들은 백청학의 이십사수매화검법에 버금가는 것이었다.

'이번엔.'

팽가의 전설, 구전으로만 전해지던 팽가의 절기, 천중도법이 허공을 갈랐다. 일격에 산이라도 허물 것 같은 위력. 실전에 실전을 거듭해 개량한 팽도경의 천중도가 전진하던 괴물을 막아섰다.

푸와하학!

다시 한번 괴물의 몸에서 피가 튀었다. 절대지경에 이른 무인의 이격까지는 감당하기 힘들었음일까.

'아니.'

괴물은 팽도경의 일격을 정면에서 맞고도 그대로 돌진했다. 팽도경이 천중도를 곧게 세워 전면을 보호했다.

까앙!

두툼한 도신으로 주먹질을 막아냈지만 그의 몸은 급속도로 뒤로 밀려나고 있었다. 보다 못한 청인이 팽도경의 밀려나는 몸을 손으로 받아냈다.

"무리하지 말라."

청인의 몸은 이미 반인반수, 늑대의 형상을 고스란히 드러내고 있었다. 그는 부풀어 오른 근육과 날카롭게 선 손톱으로 괴물의 몸체를 밀어냈다. 그 틈으로 남궁호원의 검이 작렬했다. 정령의 가호를 입은 검은 괴물의 몸을 베어내는 것에 그치지 않고 완전하게 갈라내기까지 했다.

하지만 득의양양한 표정도 잠시, 남궁호원의 얼굴이 경악으로 일그러졌다. 갈라진 상반신에서 흘러내려야 할 피가 그대로 갈라진 몸을 끌어당겨 다시 붙어버린 것이다.

"크라락!"

괴물은 남궁호원의 검격이 제법 매섭다고 느꼈는지 쉽사리 접근하지 못하고 경계를 취하며 서 있는 조비영을 향해 달려들었다.

"우습게 보였나."

조비영은 그대로 수라검을 들어 포신탄을 장전했다. 그의 검은 언제나 정직했다. 비록 기교가 백청학에 비해 부족하고 정령의 힘을 이용하는 남궁호원에겐 미치지 못했지만 그 역시 절대지경의 무인임은 부인하지 못할 사실. 장전된 포신탄이 검신에서 폭발했다.

콰아앙!

괴물의 몸체가 다시 한번 뒤로 튕겨져 나갔다. 그 위로 이설영의 천풍선법이 떨어져 내렸다. 그간 단 한 번도 보여주지 않은 선법을 선보였다. 부채 위로 거대한 진기의 흐름이 이어졌다. 뭉치고 또 뭉치고, 거대한 바람이 눈에 보일 정도로 뭉쳐서 회전하고 있었다.

'갑니다.'

이설영의 눈은 법륜을 향해 있었다. 법륜이 마주 고개를 끄덕였다. 그의 양손에서 다시 한번 관천의 힘을 머금은 빛이 머물렀다. 광풍이 불어닥쳤다. 괴물의 몸이 비틀거렸다. 그 틈으로 법륜은 두 손을 찔러 넣었다.

"커커커컥!"

괴물의 입에서 비틀린 괴성이 흘러나왔다. 법륜의 두 손은 괴물의 양어깨에 박혀 있었다. 억지로 몸을 회복하려는 괴물의 회복력을 억제하기 위함이다. 법륜의 의도대로 괴물은 입에서 끊임없이 고통스러운 신음을 흘렸다.

"그른 선택이었다."

법륜은 고통에 차 신음을 흘리는 괴물의 두 눈을 마주 보았다.

"이런 괴물이 아니었다면… 너는 이것보다 더 우리를 곤란하게 만들었겠지."

백유혼이 한 선택, 그것은 스스로를 포기하고 천마불사공의 제물이 되어 상대를 잡아먹겠다는 계획이었다. 하지만 그 계획은 애초부터 잘못된 전제하에서 세워졌다.

첫째, 백유혼은 제갈운이 펼친 진법 뒤에 몇 명이나 되는 무인들이 도사리고 있는지 몰랐다. 둘째, 그 몇 명의 무인이 어떤 경지에 오른 이들인지 관심이 없었다.

"크르륵!"

만약 진법 뒤에 도사리고 있는 아홉의 무인이 전부 절대지경인 것을 알았다면 뒤도 돌아보지 않고 후일을 도모하기 위해 도망부터 쳤으리라. 하지만 백유혼은 그러지 않았다. 도리어 스스로를 포기해 가며 무리수를 뒀다.

"그게 지금 상황이다."

법륜은 어깨에 박힌 손에 힘을 주며 괴물을 몰아붙였다. 손에서 다시 한번 금광이 솟구쳤다. 법륜이 금강령주의 기운을 끌어낼 때마다 괴물은 고통스러운 듯 괴성을 질러댔다. 법륜은 처연한 얼굴로 괴성을 지르는 괴물의 얼굴을 직시했다.

"어디 이것도 막을 수 있는지 보겠다."

끝내야 할 때였다. 이 이상은 상대에게도 본인에게도 고통이었다. 어깨에 박힌 손에서 금빛이 일어났다. 분명 육신에 박혀 금광이 보이지 않아야 정상인데 금빛 서기가 여실히 보였다. 그리고 폭발했다.

퍼어억!

백유혼의 어깨에 집어넣은 손에 진기를 전달해 그대로 염라주를 터뜨려 버린 것이다. 순식간에 괴물의 양팔이 떨어져 나갔다. 동시에 괴물이 비명을 터뜨렸다. 백유혼은 피가 흐르고 뼈가 부러지길 몇 번을 반복했지만 계속해서 회복해 냈다. 그것이 천마불사공의 묘용.

'하지만 팔이 떨어져 나간다면? 아니, 팔 자체가 없어져 버린다면?'

과연 그것까지 재생해 낼 수 있을까? 법륜은 아니라고 봤다. 불사(不死). 그 두 글자는 말 그대로 죽지 않는다는 뜻이다. 잘려 나간 것을 붙일 수는 있어도 없어진 것을 창조하지는 못할 것이라 생각했다. 그리고 그 예상은 정확하게 들어맞았다. 괴물은 팔을 재생하지 못했다. 단지 그나마 멀쩡하게 남은 발을 차올리며 발악할 뿐이었다. 물론 그 의미 없는 발길질이 법륜에게 통할 일은 없었지만.

"길고도 길었다. 이제 진짜 끝을 내자."

법륜은 주변을 둘러봤다. 모두가 지친 기색이 역력했다. 강행군이었기 때문이다. 여기까지 달려오는 동안 수도 없이 많은 일이 있었다. 천마신교에게 빼앗긴 성들을 탈환했고, 장로들을 상대했다. 그리고 얼마 지나지 않아 백유혼을 맞이해 싸웠다.

'그리고 이제 이뤄냈다.'

그 끝에 도착했다. 이제 그는 집으로 돌아가 편히 쉴 수 있으리라. 법륜은 백유혼의 가슴에 손을 박아 넣었다. 물속을 헤치듯 가벼운 손짓이었다. 그동안의 번뇌가 무색하게 흩어졌다.

"잘 가시게."

백유혼의 몸이 그대로 스러졌다. 막이 내렸다.

*　　　*　　　*

법륜은 백유혼에게 예우를 다해 장례를 치렀다. 적으로 만났지만 위대한 무를 쌓아올린 무인이었으니 그만한 대우를 해준 것이다. 간단하게 무덤을 만든 법륜이 입을 열었다.

"돌아가지."

귀로(歸路). 중원의 끝자락에서 그들은 집으로 돌아갔다. 그렇기에 보지 못했다. 진정한 불사의 권능이 어떤 것인지를. 하루가 흐르고 이틀, 삼 일, 일주일, 그리고 한 달. 이제 막 싹을 피워낸 풀이 덮인 봉분이 들썩였다. 힘겹게 흙더미를 밀어내는 손.

"죽다 살았군."

피골이 상접한 얼굴이었지만 그 얼굴은 분명 백유혼이었다. 게다가 법륜에 의해 터져 나간 손까지 완벽하게 재생되어 있었다. 자신의 무덤을 헤치고 나온 백유혼의 표정은 굉장히 복잡해 보였다.

'이것으로 됐다.'

모든 것이 해결됐다. 천마신교라는 짐은 자신의 손을 떠났고, 자신의 목숨을 위협하는 적도 물러갔다.

'물론… 이렇게까지 손해를 볼 것이라곤 생각지 않았지만…….'

양팔과 목숨 두 개. 천마불사공이 아니었다면 생각도 못 했을 방법이다. 천마불사공으로 탄생한 괴물은 오로지 같은 천마불사공으로만 잡아먹을 수 있었다. 그렇다고 해도 타격이 너무 컸다. 몸을 수복하는 데 너무 오랜 시간이 걸렸고, 그 여파로 의욕도 뚝 떨어졌다.

"지겹다."

공(空)의 묘리를 익히고 터득할수록 늘어만 가는 허무함. 백유혼은 그대로 고개를 들어 하늘을 올려다봤다. 시야에 걸린 산이 답답하기만 했다.

'다른 산으로 가야겠어.'

십만대산과는 이제 이별이다. 그는 자신만의 산을 찾기로 결심했다. 그리고 계속해서 비워내겠지. 그렇게 그 끝에 도달하면 그는 망설임 없이 다시 한번 법륜을 찾아갈 것이다. 그는 그런 인물이니까.

'일단 좀 쉬자. 가능하면 좀 길게.'

모든 것을 벗어던진 지금 그는 자유로웠다.

*　　　*　　　*

"여기까지군."

법륜은 일행의 얼굴을 하나하나 뜯어보며 입을 열었다. 긴 여정의 끝자락. 청해에서 호북으로 향하는 내내 법륜의 입은 굳게 다물려 있었다. 그의 입이 열린 것은 막 호북의 경계에 진입할 때였다.

"모두 고생이 많았소."

무슨 말이 그다음에 나올까. 일행은 법륜의 입을 주목했다. 하지만 그다음 법륜의 입에서 나온 말은 모두의 표정을 굳히기에 충분했다.

"나는 여기까지인 것 같소."

"그게 무슨 뜻이지?"

청인이 대표로 물었다. 법륜은 쓴웃음을 지으며 답했다.

"말 그대로입니다. 너무 집을 오래 비웠습니다. 이제는 돌아가야지요."

"아……!"

맹회에는 들르지 않겠다는 말이었다. 그대로 떠나겠다는 의지. 팽도경은 어렴풋이 느낀 법륜의 결심을 이제야 제대로 확인했다는 듯 미미하게 고개를 끄덕였다.

"그렇게 하시지요."

"이해해 주니 고맙군."

법륜 또한 팽도경의 눈을 보며 그가 어떤 생각을 했는지 알았다. 그렇기에 조용히 고개를 숙여 감사를 표했다. 인사는 짧았다. 그래서 아쉬움이 더 깊게 남았다. 하나 함께한 이들의 생각과 달리 법륜의 머릿속엔 한 가지 상념만이 떠돌고 있었다.

'쉬고 싶다.'

하남까지는 아직 길이 멀었다.

종막(終幕)

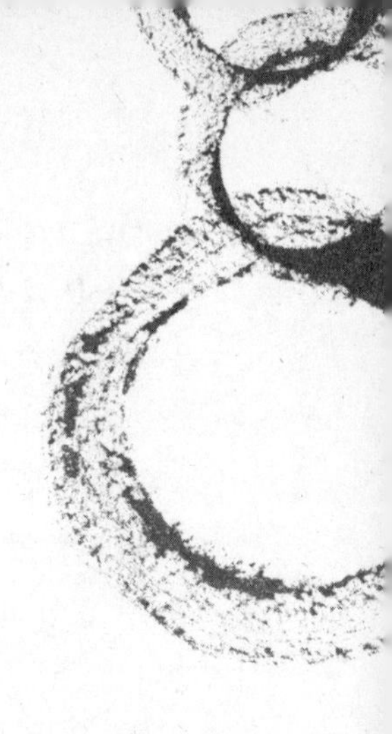

칠 년이 흘렀다. 숭산의 시간은 여느 때와 다름없이 흘러갔다. 새벽녘 짙은 안개와 영기가 퍼져 나갈 때면 법륜은 그가 기거하는 암자의 문을 살짝 열고 밖으로 나왔다. 태영사는 그가 떠날 때와 별반 달라진 점이 없었다. 단 한 가지만 빼고.

'오늘도 일찍 나선 모양이군.'

법륜은 비어 있는 자리 하나를 보며 쓰게 웃었다. 그의 자식, 핏줄, 혈맥. 어떤 표현을 붙여도 그 벅차오르는 감정을 다 표현할 수 없었다. 그의 아들 유정. 유정의 이름은 법륜의 법명이 아닌 본명인 유호정의 이름을 따서 지었다.

"시간 참 빠르군."

청해에서 백유혼을 격살하고 돌아온 태영사에서 법륜은 말 그대로 푹 쉬었다. 강호나 문파, 무공 따위는 생각하지 않았다.

그저 먹고 싶을 때 먹고 쉬고 싶을 때 쉬었다. 한동안은. 그저 한때였다. 한량처럼 지내길 한 달쯤, 법륜은 더 이상 그런 생활을 지속할 수 없었다. 천성 때문이다.

'오늘은 저쪽인가.'

유정은 무공을 배웠다. 가르치지 않으려 했지만 자식 이기는 부모는 없다고 했던가. 법륜 또한 유정의 진득한 요구에 어쩔 수 없이 하나둘 가르치다 보니 시간 가는 줄 모르고 몰두했다.

걸음을 옮기자 한적한 공터가 드러났다. 그 안에서 법륜의 분신 유정이 재빠르게 보법을 밟고 있었다. 여섯 살이라는 나이치곤 굉장히 훌륭했다. 하지만 법륜이 보기엔…….

"거기선 뒤꿈치를 드는 것이 좋다. 중심축이 뒤로 쏠렸기에 다음 방위를 밟는 것이 늦는 것이니."

"아……!"

유정은 나지막하게 탄성을 내질렀지만 펼치던 보법을 멈추지는 않았다. 이제 겨우 걸음마 단계. 하지만 법륜의 두 눈엔 기특함이 가득 담겨 있었다. 어느새 보법을 마친 유정이 법륜의 앞으로 다가서고 있었다.

"아버지."

아버지. 너무나도 흔한 단어. 하지만 이 세 글자를 들을 때마다 법륜은 가슴 벅찬 감동을 주체할 수 없었다.

"일찍 일어났구나."

"예……."

유정의 표정이 당황으로 물들었다. 그토록 이른 아침에 홀로 움직이지 말라 일렀는데 그 명을 어긴 것이다.

"혼내지 않을 터이니 그런 표정 하지 말거라."

"네……."

"하지만 앞으로 혼자 이렇게 새벽에 돌아다니지는 말거라."

"하지만… 무공을 배우는 것이 재미있는걸요."

천생 무골인가. 유정의 발언은 마치 어릴 적의 자신을 보는 것 같으면서도 또 다른 감상을 느끼게 했다.

'나는 사조의 기준을 충족시키기 위해 노력했지. 비록 나만의 착각이었지만…….'

하나 법륜은 굳이 그 말을 입 밖으로 끄집어내진 않았다. 대신 알려주었다. 사조 무허가 그랬던 것처럼 누군가 그를 걱정하고 있음을.

"네 어머니가 걱정하신다."

그 말에 유정은 결국 백기를 들 수밖에 없었다. 어머니 구양연은 유정에겐 무서울 수밖에 없었으니까.

"돌아가자."

법륜은 유정을 이끌고 암자로 돌아왔다. 유정의 어머니 구양연은 유정을 보자마자 대뜸 등짝을 때리기 시작했다.

"혼자! 돌아다니지! 말라고! 했지!"

등짝을 맞을 때마다 유정의 비명이 적막한 숭산에 울려 퍼졌다.

"잘못했어요!"

법륜은 그 모습을 바라보며 생각했다.

참으로 평화롭다고.

*　　　*　　　*

인적이 드문 산속. 서생은 산에 오르다 넓적한 바위 위에 짐을 풀었다. 잠시 쉬어갈 요량이다. 서생은 이내 봇짐에서 한 권의 서책을 꺼내 들었다. 그러곤 서책의 표지를 조심스레 쓰다듬었다.

포회천하록(抱懷天下錄).

"내 나이 스물하고도 여덟. 약관의 나이에 뜻을 품어 붓 끝에 천하를 담고자 했으니 그것이 내 천명이요, 후세에 남길 내 모든 것이다."

서생은 잠시간 감격에 잠겼다. 고즈넉한 산속의 달빛 아래에서, 풀벌레 소리 하나 없는 이곳에서 느끼는 정취는 홍안의 시절 처음으로 부모의 반대를 무릅쓰고 강호에 나서던 때를 상기시켰다.

'가만, 풀벌레……?'

서생은 이 고요한 적막이 가져오는 기묘한 분위기에 절로 경각심이 생겼다. 수풀이 우거진 산속, 게다가 무회신승(武悔神僧)을 만나러 가는 여정의 끝에 중원 무학의 상징이자 시발점인 숭산에 올랐음에 너무 들떠 있던 것이 화근이었다.

사락사락.

무언가 수풀을 헤치고 다가오는 소리가 들렸다. 아직 소림이 있는 소실봉의 초입에도 들지 못했으나 불문의 성지인 이 숭산 자락에 도적들이 있을 줄은 꿈에도 몰랐다.

'그저 산짐승일 수도 있지 않은가?'

서생은 호신용으로 패용한 검을 조심스레 쥐었다. 인면수심의 도적놈보단 산짐승이 그나마 상대하기 좋았다. 이곳은 숭산. 소림이 있는 곳에서 혈겁을 저지를 놈들이라면 예사 놈들이 아닐 것이 분명하기 때문이다. 검을 잡은 손아귀에서 땀이 배어 나왔지만 미지의 존재에 대한 긴장감에 땀이 검병을 적시는 것도 몰랐다. 이윽고 수풀을 헤치고 노란 안광이 서생의 시야에 들어왔다.

'늑대!'

아직도 수풀을 헤치는 소리가 끊이질 않는 것을 보면 한두 마리가 아닌 듯싶었다. 서생은 갑작스레 출연한 늑대들에 당황했으나 이내 조심스럽게 뒤로 물러서며 검을 뽑았다. 그 동작이 무척 매끄러워 한두 번 해본 솜씨가 아닌 것 같았다. 비록 서생임에도 허유가 강호를 주유하길 근 십 년.

이와 같은 위기가 여러 차례 있었고, 고작해야 호신의 수준이지만 정식으로 무예를 연마하기도 했다. 어느새 늑대 무리는 허유를 둘러싼 포위망을 구축했고, 우두머리로 보이는 녀석이 자세를 낮추고 도약할 준비를 마쳤다.

늑대를 일수에 물리칠 무력이 없는 바, 대장으로 보이는 녀석을 빠르게 잡아내 나머지 늑대들에게 경각심을 심어주어야 했다. 허유는 대장으로 보이는 녀석을 노려보며 양손으로 검병을 강하게 감싸 쥐었다.

"하앗!"

허유의 기합성과 동시에 대장으로 보이는 늑대가 도약했다.

휘잉!

호신용이었어도 제법 단련한 검이었는지 칼날이 매서운 바람을 가르고 날아갔다. 모자랐음인가. 허유의 검은 대장 늑대를 가볍게 스치고 지나가는 데 그쳤다. 동시에 허유를 포위한 늑대들이 동시에 달려들었다.

'이제 끝이구나!'

허유의 눈동자에 달려드는 늑대들이 또렷하게 보였다. 숨 쉬는 것을 잊은 듯 그렇게 숨이 막혀 버렸다. 그 순간 든 생각은 아무도 없는 산속에서 쥐도 새도 모르게 죽는다는 생각보다 그저 신승을 보지 못하고 죽는다는 것에 대한 허무함뿐이었다. 여러 명사(名士)들을 만나며 천하를 내 집 삼아 활보하길 팔 년. 그 원대한 뜻이 시작하기도 전에 꺾여 버릴 것 같아 두려웠다.

그 순간,

짜악!

손바닥이 부딪치는 소리가 들렸다. 그와 동시에 강대한 기파(氣波)가 사위를 휩쓸고 지나갔다. 허유는 그 강력한 기운의 여파로 뒷걸음질 치다 땅바닥에 털썩 주저앉아 버렸다. 늑대들이 깨갱 하며 뒷걸음질 친다. 산짐승들이란 대저 자신보다 강한 맹수를 만나면 도망을 치는 것이 일반적이지만 너무 굶주렸음인가. 노란 눈동자에 광기가 흐른다.

"어찌하여 이리 늦는가 했더니 나와 보기를 잘했소. 산의 초입에서 어물거리는 것이 잠시 쉬어가는 것 같더니만."

허유는 왠지 모르게 눈앞에 서 있는 남자가 신승일 것 같다는 생각을 지울 수 없었다. 신승이 거하는 태영사(太永寺)는 소림에서 지척이지만 허유가 서 있는 이 산자락의 초입과는 어마어마한 거리였다. 그 먼 거리를 격하고 자신을 찾아낸다? 게다가 허유가 바위 위에 짐을 풀고 쉬어가기로 한 지 이제 고작 일각(一刻) 정도. 일각 만에 수백여 장(丈)을 뛰어넘어 이 앞에 선 것은 불가해한 일이었다.

"일단 저 어리석은 금수들부터 뒤로 물려야겠소."

남자의 두 손끝이 늑대들을 향했다. 그와 동시에 늑대들의 깨갱 하는 소리가 적막한 산중에 울려 퍼졌다. 침을 질질 흘리며 먹이로만 본 상대가 발한 무형의 기운이 늑대들의 이빨 한쪽을 깨부순 것이다. 놀랐는지 줄행랑을 치는 금수들이다. 허유는 순식간에 벌어진 일에 놀라움을 금치 못했다. 순식간에 굶주린 늑대 여덟 마리의, 그것도 왼쪽 이빨만 골라서 깨뜨리다니. 이것이 말로만 듣던 신승의 무공이련가.

"법륜구절(法輪九絶)의 탄지공(彈指功)!"

"정확히는 십지관천(十指貫天)이라고 한다네."

허유의 앞에 선 남자는 승려라고 보기에는 그 복색이 독특했다. 걸친 옷가지도 가사(袈裟)가 아닌 평범한 마의였고, 머리도 길었다. 역시 소문이 맞았다.

허유는 반드시 이 남자가 신승일 거라고 생각했다. 아니, 확신했다. 포회천하(包懷天下)를 외치며 강호 명사들을 두루 만난 허유이다. 그 안에는 한 지역의 패주를 자처하는 이도, 강호에 이름난 절정의 협객도, 대지를 피로 물들인 마인도 있었다. 하지만 그 누구도 눈앞의 이 남자만 못해 보였다.

게다가 그가 보여준 무공. 법륜구절이라 불리는 신승만의 독문무공이 틀림없다. 십지관천이라 이름 붙인 것만큼 하늘을 꿰뚫는 위력은 확인하지 못했지만 순식간에 늑대의 어금니만 골라서 탄지했다는 것은 굉장한 일이었다.

그 누구도 쉽게 따라 할 수 없는 기예였다. 무공을 익히지 않았다지만 그간 허유가 보아온 것이 부지기수. 절대라는 이름이 붙은 무공도 몇 번 견식한 적이 있지 않는가. 그런 무공에는 저마다 담는 기세가 있는 법이다. 그런데도 허유는 법륜이 펼친 무공에서 아무것도 발견하지 못했다. 그만큼 기세의 조절에 능하다는 이야기다.

"신승을 뵙소. 초면에 부끄러운 모습을 보였소. 천품사(天稟士)라는 별호를 가지고 있는 허 모라고 하오."

허유는 담백한 인사를 전했다. 신승이 누구이던가. 소림의 기린아. 고작 이립(而立)이 조금 넘은 나이에 중원무림(中原武林)에 상대할 자가 드물다는 그 신승이 아니던가. 그런 신승을 대하는 허유의 태도는 그 명성에 비해 한없이 단출하고 간결했다.

"나를 신승이라 부르지 말라. 그저 한 사람의 승일 뿐이니."

"그러나 그 기도와 풍모, 신승이 아니라면 달리 부를 말이 없을 듯하오."

신승이라 불린 이는 미소를 지었다.

"허례가 없으니 탁상 앞 무의미한 설전을 벌이는 선비의 태도라고 보기엔 담백하다. 천품사라지? 하늘을 품은 선비라……. 글귀 속에 열여섯 살인마의 이야기를 담는다고 들었다."

"살인마라니 당치 않소. 물론 작금의 천하십육무성이 자리 잡기까지 많은 피가 흐른 것은 부정할 수 없으나 그 전부가 무의미한 피는 아니었다고 사료되오."

"이름이 무엇인가?"

"허유라고 하오, 무회신승(武悔神僧) 법륜(法輪)이여."

법륜은 이마를 잔뜩 구겼다. 무회신승. 그리 불리길 원치 않았으나 세상 모두가 그를 신승이라 불렀다. 무를 익힌 것을 후회하는 신승이라. 그저 한 명의 불제자임에 법륜은 그 칭호가 무척 부담스러웠다. 벌써 칠 년이 흘렀음에도 그랬다.

"서신을 받았을 때 적지 않게 놀랐다. 서책에 천하를 담고자 한다지? 그렇다면 이야기에 앞서 내 한마디 하겠다. 그런 무의미한 짓은 그만두라. 방금 전만 해도 그렇다. 그대는 생명을 위협받았다. 그것이 고작 산짐승이라고 해도 인명은 그 무엇보다 앞서 있는 것. 그대의 여정에는 수많은 화가 미칠 것이다. 대저 나를 포함한 살인마라는 것들은 그런 식이니까."

법륜의 표정은 진지했다. 그저 인명을 존중하는 것일는지, 아니면 밝힌 그대로 그 무가 하늘에 닿았다는 무인들의 이야기를 서책에 담기에 부족한 것일는지. 허유는 알 수 없는 이유에 침묵을 고수할 수밖에 없었다.

"고민이 많은 얼굴이로군. 좋은 얼굴이다. 인간이란 그러해야 한다. 온 세상의 인간은 온갖 감정이 얼굴에 담겨 있다. 허나 그대가 좇는 나를 포함한 살인마들은 그런 것이 없어. 감추고 통제하고 없앤다. 그런 이의 이야기를 서책에 담는다고 해봐야 그것이 얼마나 가치가 있으며 또 얼마나 지속되겠는가. 허나……."

법륜의 가지런한 치아가 드러났다.

"그럼에도 그대의 천명(天命)이 거기에 있다면 말리지는 않겠다. 듣고 싶은 이야기가 있다면 물으라. 내 얼마든지 대답해 주겠다."

『불영야차』 완결